ELLIS PETERS

Die Nacht am Wasser

Buch

Nach einem Autounfall kommt die weltberühmte Sängerin Maggie Tressider erst wieder im Krankenhaus zu sich. Obwohl sie ohne schwere Verletzungen davongekommen ist, hat das Ereignis weitreichende Folgen. Denn durch den Schock wurden tief verschüttete Erinnerungen freigelegt, vage Bilder einer lang zurückliegenden Schuld, die Maggie nicht ignorieren kann. Sie ist überzeugt, vor vielen Jahren den Tod eines Menschen verursacht zu haben, doch wessen Tod und wie es dazu kam liegt völlig im Dunkeln. Mit Hilfe eines Privatdetektivs hofft sie, Näheres herauszufinden, und so macht sich Francis Killian für Maggie auf die Suche nach den Geistern ihrer Vergangenheit. Eine der Spuren führt ihn zu Bunty Felse, eine ehemalige Bekannte Maggies und heute Frau von Inspector Felse. Der Schlüssel zu dem Rätsel scheint allerdings nicht in England zu liegen, sondern in einem kleinen Dorf in den österreichischen Alpen. Hier, wo sich viele Wege kreuzen und Grenzen zusammentreffen, scheint die Wahrheit zum Greifen nahe. Doch der Tod lauert nicht nur in der Vergangenheit ...

Autorin

Ellis Peters ist das Pseudonym der englischen Autorin Edith Pargeter. 1913 in Wales geboren, arbeitete sie nach ihrer Schulzeit als Apothekenhelferin, verlor aber ihr Ziel, Schriftstellerin zu werden, niemals aus den Augen. Nach dem Zweiten Weltkrieg begann sie, Romane zu schreiben, außerdem übersetzte sie eine Reihe tschechischer Werke ins Englische. 1959 begann ihre Karriere als Krimiautorin, und bereits zwei Jahre später, 1961, wurde *Der Tod und die lachende Jungfrau* mit dem *Edgar-Allan-Poe-Award* ausgezeichnet. Ellis Peters starb im Oktober 1995.

Ellis Peters im Goldmann Verlag:

Das Rätsel der Treverra-Gruft. Roman (4208) · Der Tod und die lachende Jungfrau. Roman (4236) · Die Primadonna lachte. Roman (5912) · Die Raga vom gewaltsamen Tod. Roman (4021) · Grüne Witwe am Sonntag. Roman (4945) · Hexenflug. Roman (5950) · Mord zur Gitarre. Roman (3219)

ELLIS
PETERS

Die Nacht am Wasser

Roman

Aus dem Englischen
von Ursula Walther

GOLDMANN

Die Originalausgabe erschien 1969 unter dem Titel
»The House of Green Turf« bei Collins, London

Umwelthinweis:
Alle bedruckten Materialien dieses Taschenbuches
sind chlorfrei und umweltschonend.
Das Papier enthält Recycling-Anteile.

Deutsche Erstausgabe 1/98

Umschlaggestaltung: Design Team München
Umschlagfoto: AKG, Berlin
Satz: DTP Service Apel, Hannover
Druck: Elsnerdruck, Berlin
Krimi 5973
Redaktion: AB · Ilse Bezzenberger
Herstellung: Heidrun Nawrot
Made in Germany
ISBN 3-442-05973-9

3 5 7 9 10 8 6 4 2

1. Kapitel

Ohne den kurzen Regenschauer und ohne den grobkörnigen Lehm, der von der Ladefläche eines Lastwagens gerutscht war, hätte Maggie Tressider ihr Ziel an diesem Tag im August sicher erreicht, und nichts hätte sie dazu veranlaßt, einen Blick aus ihrem Elfenbeinturm in die Vergangenheit zu werfen – die spiegelnde Oberfläche hätte keinen Riß bekommen, und nichts hätte dieses unvorhergesehene, unfaßbare Unheil über sie gebracht. Sie wäre zur Teezeit in Liverpool gewesen und hätte Zeit gehabt, sich vor dem Konzert zu entspannen; dann hätte sie sich sorgsam angekleidet und mit ihrem musikalischen Begleiter auf den Weg in die Philharmonic Hall gemacht, um ihre gewohnt präzise Vorstellung zu geben: die *Altrhapsodie* von Brahms, eines der besten Stücke in ihrem Repertoire, und Schumanns *Frauenliebe und Leben*, was ihr ihrer Ansicht nach weniger gut lag. Und am Tag darauf wäre sie, wieder zusammen mit Tom Lowell, nach Hause gefahren und hätte sich auf ihr nächstes Engagement bei einer neuen, kostspieligen *Fidelio*-Aufzeichnung in London vorbereitet. Und alles wäre weiterhin so verheißungsvoll und vielversprechend verlaufen wie in den vergangenen zehn Jahren – jedes neue Unternehmen wäre ein neuer, glanzvoller Beitrag zu ihrem Ruhm geworden, und sie hätte sich immer mehr Lorbeeren für ihren Kranz verdient.

Aber der Lehm hatte sich aus der nachlässig aufgehäuften Ladung gelöst und war in der langgezogenen Kurve neben dem Mäuerchen auf die Fahrbahn gefallen, gerade dort, wo sich die Straße zur falschen Seite neigte; und ein nachfolgender Lastwagen hatte den klebrigen Matsch zu einer mörderischen Rutschbahn plattgefahren, die farblich kaum vom Asphalt zu unterscheiden war. Dann kam und ging der kurze Regenschauer – zu schwach, um die Straße ordentlich sauberzuwaschen, aber stark genug, um sich in kleinen Tröpfchen auf dem Lehmstreifen abzusetzen und ihn noch tückischer und glitschiger zu machen. Die Falle war bereit für ahnungslose Autofahrer.

Maggie, die die Strecke nicht kannte, aber eine gute Fahrerin war, schätzte den Winkel der Kurve ab, als sie näher kam. Die Straße machte eine scharfe Biegung nach rechts und fiel zur Seite hin steil ab – eine Gefahrenstelle, die eines Tages, sobald die zuständige Gemeinde genügend Geldmittel aufbringen konnte, beseitigt werden sollte. Die Kurve nahm und nahm kein Ende, bis es schien, als würden sie in dieselbe Richtung steuern, aus der sie gekommen waren, aber Maggie lenkte den Wagen sicher weiter und verringerte nur leicht die Geschwindigkeit. Am kritischsten Punkt der Kurve, an dem das Gefälle nach außen am steilsten war, lauerte der rutschige Lehm heimtückisch auf sein Opfer.

Sie kamen mit etwa vierzig Meilen Geschwindigkeit an, und plötzlich war der Teufel los. Die Reifen schlitterten bergab, während Maggie gegensteuerte und alles tat, was möglich war, um die Kontrolle über den außer Rand und Band geratenen Wagen zurückzugewinnen – ihre Manöver zeigten keinerlei Wirkung. Sie kämpfte mit allen Sinnen und jeder Nervenfaser gegen das drohende Unheil an, aber das Auto verfolgte eigensinnig seine einmal eingeschlagene Spur auf den weißen Randstein und den mit Gras bewachsenen Abhang zu. Die Reifen prallten gegen den Randstein, und das Auto wurde in die Luft geschleudert; noch bevor sie wieder Bodenberührung hatten, kurbelte Maggie hektisch am Steuer, um den Wagen wieder auf die Straße zu bekommen, aber schon im nächsten Moment waren sie auf der Böschung und holperten mit verrückten Sätzen wie ein wildgewordener Elefant über das Gras auf eine Weißdornhecke und drei Baumstümpfe zu.

Erde und Himmel flimmerten vor Maggies Augen und vertauschten die Plätze, zitterten und flackerten wie in einem zerrissenen Film. Sie hörte Tom schreien und spürte seine Hand neben ihrer auf dem Lenkrad; das war kein bißchen hilfreich. Sie umklammerte verbissen das Steuer, drehte und kurbelte, um das Schlingern, so gut sie konnte, auszugleichen, das Auto aufrecht zu halten und zum Stillstand zu bringen, aber die Neigung des Abhangs wirkte ihren Anstrengungen entgegen. Sie hätte genausogut versuchen können, den Lauf einer Gewehrkugel mit der Handfläche zu verändern. Trotzdem gab sie nicht auf.

Sie wußte noch, daß sie Tom schreiend aufgefordert hatte, seinen Sicherheitsgurt zu lösen und rauszuspringen, solange sie noch auf der Wiese waren. Und als er nicht reagierte, lehnte sie sich über ihn und versuchte, seine Tür aufzustoßen. Ein Fehler – sie mußte eine Hand vom Lenkrad nehmen. Kalte Luft strömte ihr entgegen. Das Gewicht der schwingenden Tür riß den Wagen in Schräglage, und fast wäre er vor der Hecke auf der Seite gelandet, doch die Wucht, mit der er aufschlug, war so stark, daß er abprallte und sich langsam überschlug. Die Tür flatterte wie ein Flügel, der an Höhe gewinnen will und dessen Rettungsbemühungen ebenso zwecklos waren wie die der verzweifelten Fahrerin. Plötzlich war der Sitz neben ihr leer, und die stachlige Silhouette der Hecke richtete sich in einem Moment nach oben, im nächsten wieder nach unten, um sie aufzuspießen, und ein moosbewachsener Baumstumpf stürzte vom Himmel herab, um sie in Grund und Boden zu stampfen.

Die Welt explodierte vor ihren Augen, und es fühlte sich

an, als würde eine Splitterbombe in ihrem Schoß losgehen. Und dann umgab sie nur noch Dunkelheit, ewige, immerwährende Dunkelheit. Das letzte, was sie noch bewußt wahrnahm, war ihre eigene Stimme, die sich im Nichts verlor, lange nachdem alles andere ausgeblendet war – oder vielleicht war es auch nur das schweigende Phantom ihrer Stimme, die untröstlich weinte: Mein Gott, was habe ich getan? Ich habe Tom getötet. Mein Gott, was habe ich getan, ich habe Tom getötet, ich hab' ihn getötet ... getötet ... getötet ...

Zwei Stimmen sprachen über ihren Kopf hinweg von ihr. Sie wußten nicht, daß Tote hören können. Ziemlich leidenschaftslose Stimmen, sachlich, träge und leise. Entweder hatten sie keine Körper, oder Tote können nicht sehen. Sie schwebte knapp unter der Bewußtseinsebene und klammerte sich an die Oberfläche wie eine dem Wasser entschlüpfte Insektenlarve, die Luft atmen muß.

»Und schön auch noch«, sagte die erste Stimme anerkennend.

»Niemand ist schön, wenn er auf dem Operationstisch liegt«, erwiderte die zweite Stimme zynisch.

»Schön, begabt und berühmt. Wie's scheint, *können* manche Menschen tatsächlich alles haben.«

»Nur keine Unsterblichkeit.«

»Wie stehen ihre Chancen?«

»Oh, jetzt stehen sie relativ gut. Nichts ist ganz sicher, aber ... ja, die Prognose ist ziemlich gut, obwohl uns die Dame einen ganz schönen Schrecken eingejagt hat. Sie ist dem Tod gerade noch mal von der Schippe gesprungen, wie man so schön sagt.«

»Die Waage hat sich im letzten Moment zur richtigen Seite geneigt. Wäre schade gewesen, wenn sie uns durch die Finger geschlüpft wäre ... Maggie Tressider ... was für ein Verlust!«

»›*Maggie ist tot, und die Musik stirbt!*‹«

»Wie bitte?« fragte die erste Stimme verständnislos – offenbar erkannte der Mann Byrds verzweifelte Huldigung an Tallis, sein Idol und seinen Meister, nicht. Aber Maggie verstand die Anspielung sofort, und sie war entzückt, besänftigt und beschämt zugleich.

»Ist nicht so wichtig«, sagte die zweite Stimme. »Sie wird es schaffen. Sie gehört zu jenen, denen die Möglichkeit für einen zweiten Anfang gegeben wird. Ich beneide sie fast darum.«

Etwas stach in ihren Oberschenkel. Dankbar versank sie wieder in tiefe Finsternis.

Gesichter tauchten über ihr auf, zogen sich zurück und lösten sich auf wie Rauchwolken. Stimmen, einige von ihnen real, andere Illusion, flüsterten, bellten, schrien und hallten wie Pistolenschüsse aus allen Ecken der Irrealität in dem verrückten Reigen ihrer Orientierungslosigkeit wider. Hände stützten sie, Wassertropfen sickerten in ihren Mund. Es gab lichte Momente, in denen ihre Sinne wach waren, aber sie verlor immer wieder jedes Gefühl, ehe sie sich zurechtfinden oder sich verständlich machen konnte. Schmerz, nie schlimm oder durchdringend, dafür ständig spürbar, ebbte in eigenwilligen Intervallen ab und schwoll wieder an. Sie jagte durch die düstere Unterwelt mit den stachligen Weißdornhecken und den Glasscherben und wurde gejagt; in jedem wachen Augenblick streckte sie die Hände hilfesuchend aus und flehte: »Tom ... bitte, finden Sie Tom! Kümmern Sie sich nicht um mich, suchen Sie nach Tom ... er ist verletzt ...« Und die ganze Zeit verfolgte sie der tote Mann und tippte ihr auf die Schulter, doch die Stimme, die ihr ins Ohr keuchte, war immer ihre eigene – dünn und wimmernd: Mein Gott, was habe ich getan? Ich habe ihn getötet ... getötet ... getötet ...

Später verspürte sie am ganzen Körper Schmerzen, das bedeutete, daß ihre Sinne, ihre Nerven intakt waren und ihre

Muskeln nicht arbeiten wollten. Sie versuchte, sich zu rühren, und es gelang ihr, die Schmerzen wurden stärker, aber das entmutigte sie keineswegs.

Ein erstauntes Gesicht schwebte über ihr: »Meine Güte, Sie bewegen sich ja!«

»Tom ...«, sagte sie eindringlich. »Bitte, ich muß wissen, was mit Tom ...«

»Tom? Wer ist Tom?«

»Tom Lowell. Er saß neben mir im Wagen ...«

»Oh, dem geht es gut. Machen Sie sich keine Sorgen um ihn. Er hatte Glück, er ist mit ein paar Kratzern und einer leichten Gehirnerschütterung davongekommen. Wir haben ihn gestern entlassen.«

Sie traute ihren Ohren nicht. »Sie meinen, er ist nicht tot? Wirklich nicht? Sie behaupten das nicht nur, um mich zu beruhigen?«

»Ganz bestimmt nicht. Er ist weit davon entfernt, tot zu sein. Wenn Sie kräftig genug sind, um Besuch zu empfangen – morgen –, kommt er her, dann können Sie sich selbst davon überzeugen. Die Sträucher haben sein Gesicht zerkratzt, aber das ist die einzige Verletzung, die man ihm ansehen kann. Er wurde in der Nähe der Hecke aus dem Wagen geschleudert. *Sie* sind diejenige, die das meiste abgekriegt hat, und Sie kommen auch wieder auf die Beine. Was zu trinken?«

»Wir wollten nach Liverpool.« Maggie klammerte sich an versäumte Verpflichtungen, die jeden Moment wieder an Bedeutung gewinnen konnten. »Wir sollten dort ein Konzert geben ...«

»Mr. Lowell hat sich darum gekümmert, sobald er das Bewußtsein wiedererlangte. Die Konzertleitung wurde telefonisch verständigt, und sie konnten jemand anderen für den Abend verpflichten. Es ist alles geregelt.«

Keine Frage schien mehr offen zu sein, und es gab offensichtlich nichts mehr zu sagen. Maggie sank in das Chaos zurück, das sie jetzt weniger ängstigte, weil es bedeutungsloser geworden war. Alles war geregelt. Tom war nicht tot. Wenigstens mußte sie nicht seiner Frau gegenübertreten und sich für den Unfall verantworten, der ihn das Leben gekostet hatte. Er lebte und war nicht einmal schwer verletzt.

Aber wenn es nicht Tom war, wer dann? Wer tippte ihr auf die Schulter, heftete sich an ihre Fersen und forderte Sühne für sein Leben von ihr?

Es war keine Wahnvorstellung, er war immer noch da, selbst in dem Augenblick der größten Erleichterung über Toms Rettung – ganz nah und gesichtslos –, und er benutzte ihre Stimme, weil er tot war und selbst keine mehr hatte: Mein Gott, was habe ich getan? Er ist tot, und ich habe ihn getötet! *Mein Gott, was hast du mir angetan? Du hast mich getötet ... getötet ... getötet ...*

Wie konnte sie ihn nur mit Tom verwechseln? Etwas so Bedrohliches, Gestaltloses konnte nur aus ferner Vergangenheit, in der soviel Vergessenes ruhte, an die Oberfläche drängen, um sie zu quälen und anzuklagen. Wenn die See aufgewühlt ist, erheben sich die Toten. Aber alle ihre Toten waren ordentlich bestattet worden, und sie hatte ihnen nie etwas Schlimmes angetan.

»Schwester, da war doch niemand sonst in den Unfall verwickelt, oder? Wir haben niemanden angefahren, als wir von der Straße abgekommen sind ...?«

»Es war kein Mensch in der Nähe, als Sie verunglückt sind. Nur Sie beide, aber das reicht ja wohl auch. Worüber machen Sie sich solche Sorgen? Sie beide werden wieder vollkommen gesund.«

Auch hier lag nicht die Antwort. Viel länger zurück, viel weiter weg, als die schlecht ausgebaute Kurve neben dem Mäuerchen. Irgendwo, irgendwann hatte sie jemandem etwas Schreckliches angetan, etwas, das ihn vernichtet hatte. O Gott, was konnte das gewesen sein? Wie war es nur möglich, daß sie wußte, etwas Unfaßbares getan zu haben, aber keine Erinnerung hatte, was es gewesen war? Das Schweigen, das die Tat zudeckte, konnte nur ihr eigenes Schweigen sein. Sie mußte früher einmal davon gewußt und ihren Mund gehalten haben, in der Hoffnung auf generelles Stillschweigen. Und allmählich hatte sie gelernt, wieder leichter zu atmen, weil nie etwas ans Licht kam und kein Mensch aufstand, um sie anzuklagen, niemand ausgrub, was tot war, und es niemanden gab, vor dem sie sich fürchten mußte – niemanden außer sich selbst, die sich beschwichtigt, betäubt, bestochen, überredet, sich sogar duldsam gefügt, doch niemals wirklich überzeugt hatte. Einzig sie und dieses neuerwachte Gespenst, das sich an ihre Schulter krallte, waren da, und dieser unauslöschliche Schmerz in ihrem Innern, verursacht durch eine unbezahlte, eine unbezahlbare Schuld.

»Und, wie fühlen Sie sich heute morgen?« fragte die Stationsschwester bei ihrer täglichen Runde.

»Viel besser, danke.« Die Patientin lag blaß, wach und verängstigt auf dem Kissen und betrachtete aus weit aufgerissenen Augen eine wiedergewonnene Welt, in der sie nichts Vertrautes zu finden schien. »Ich fürchte, ich habe Ihnen eine Menge Schwierigkeiten gemacht.«

»So schlimm war es gar nicht, wenn man die Umstände bedenkt. Sie haben allerdings den Ärzten im Operationssaal einen ganz schönen Schrecken eingejagt – eine scheußliche Reaktion auf die Narkosemittel. Aber das ist jetzt alles vergessen. Ihre Temperatur ist seit letzter Nacht wieder normal, und die Schwester hat mir erzählt, daß Sie heute morgen gut gefrühstückt haben. Nur weiter so, dann bekommen wir Sie in ein paar Tagen aus dem Bett.«

»Ich scheine großes Glück gehabt zu haben«, sagte Maggie und zog versuchsweise die Beine unter der Bettdecke an. »Alles funktioniert. Was ist mir eigentlich genau passiert?«

»Es war nicht halb so schlimm, wie es aussah, als man Sie herbrachte. Eine Menge Blut, aber keine Knochenbrüche. Sie hatten ziemlich böse Schnittwunden, unter den Pflastern und Bandagen sehen Ihre Schenkel und Hüften aus wie ein Victorianisches Stickmuster. Aber zerbrechen Sie sich deswegen nicht den Kopf, die Narben sind an Stellen, die man normalerweise nicht herzeigt, und wenn Wunden bei Ihnen im allgemeinen gut verheilen, wird man in einem oder zwei Jahren ohnehin kaum mehr etwas davon sehen. Viele Leute haben sich hier gemeldet, um nach Ihnen zu fragen. Ihre Schwester hat angerufen und Ihr Bruder ... Ihr Agent ... In ein paar Tagen stellen wir Ihnen ein Telefon auf den Nachttisch, nur im Moment wäre es dafür noch zu früh. Aber ich denke, wir können heute nachmittag Besucher zu Ihnen lassen. Mr. Lowell hat Ihnen Rosen geschickt und gesagt, er würde in der Minute, in der wir es erlauben, zu Ihnen kommen.«

»War ich nicht in einem größeren Krankensaal? Ich dachte ... ich erinnere mich an mehrere Betten ... an ein großes Zimmer und viele schlafende Menschen ...«

»Ihr Agent bat uns, Sie in ein Privatzimmer zu verlegen, sobald er erfuhr, was passiert ist.«

»Oh, ich verstehe«, sagte Maggie. Natürlich, das mußte für ihn eine Angelegenheit höchster Priorität gewesen sein. »Das klingt dumm, aber ich weiß nicht einmal, in welchem Krankenhaus ich liege. Ich bin nie zuvor diese Strecke gefahren.«

»Dies ist das Royal in Comerbourne. Wir sind die Klinik, die dieser tückischen Kurve, in der Sie verunglückt sind, am nächsten liegt. Sie sind nicht die erste, die wir von dort geholt haben, und ich bezweifle, daß Sie die letzte waren. Machen

Sie sich jetzt keine allzu großen Gedanken mehr, Sie halten sich ganz prima.«

»Alle sind so nett. Es tut mir leid, daß ich so eine Last für Sie bin.«

»Dafür sind wir doch da.« Die Stationsschwester war schon an der Tür und drehte sich noch einmal um. Sie sah, daß ihr der Blick aus den geweiteten, schwarzblauen Augen folgte, ohne jedoch wirklich etwas wahrzunehmen, und sie hatte den eigenartigen Eindruck, daß diese Augen eher nach innen als nach außen schauten. »Es gibt doch nichts, was Ihnen Sorgen bereitet, oder? Wenn Sie etwas brauchen oder falls wir irgend etwas für Sie tun können, dann genügt ein Druck auf den Klingelknopf neben Ihrem Bett.«

»Danke, es gibt wirklich nichts mehr, was Sie für mich tun könnten.«

Es gab nichts, was überhaupt jemand von ihnen für sie tun könnte. Nicht die Stationsschwester, nicht die kleine, drahtige Pflegerin und nicht die große, plattfüßige jamaikanische Hilfsschwester aus Port Royal, die durch die Station watschelte wie ein Skifahrer, der mit gegrätschten Beinen bergauf steigt, und die Atmosphäre mit ihrem breiten Lächeln und ihren fröhlichen, unschuldigen, großen Augen erhellte; niemand konnte ihr helfen – weder der junge Medizinalassistent, der täglich nach den Kranken sah, noch der Chirurg, der ihre zerschnittenen Oberschenkel wieder in Form genäht hatte, noch der Anästhesist, der sie auf dem Operationstisch gezwungen hatte weiterzuatmen, als sie schon drauf und dran gewesen war, den Kampf aufzugeben. Auch die Besucher halfen ihr nicht, die mit Blumen und Konfekt zu ihr kamen, sobald die Ärzte es erlaubten: Tom Lowell, der sprachlos war vor Freude darüber, sie wieder unter den Lebenden zu sehen, und dazu neigte, sich die Schuld an dem Unfall zu geben – der

Himmel wußte, weshalb; Maggies Agent, der beladen mit Rosen und beschwichtigenden Nachrichten aus London herbeieilte; ein junger Dirigent, der auf seinem Weg zu einem Engagement in Chester durch Comerbourne fuhr; ein berühmter Tenor, mit dem Maggie vor wenigen Monaten eine Plattenaufnahme gemacht hatte; ein Violinist und andere Freunde und Bekannte, die mit ihr Konzerte gegeben oder auf der Bühne gestanden hatten. Sie saßen eine Stunde an ihrem Bett und waren glücklich und erleichtert, dieselbe alte Maggie mit stabilem Kreislauf, einem zufriedenstellenden Blutdruck und unbeeinträchtigter Stimme vorzufinden. Und sie gingen mit dem behaglichen Gefühl, eine nicht allzu Kranke mit ihrem Besuch erfreut und ihr ein wenig Trost gespendet zu haben. Mehr konnte sie für die Besucher nicht tun oder die Besucher für sie.

Der Unbekannte, der Gesichtslose kam nicht etwa zurück, wenn die anderen gingen – nein, er saß vielmehr die ganze Zeit geduldig etwas abseits und schlich sich tief in ihr Herz, sobald die anderen weg waren. Oft wandte sie ihm dann unvermittelt und plötzlich ihre ganze Aufmerksamkeit zu in dem Versuch, ihn zu überrumpeln und etwas an ihm zu entdecken, das sie erkennen konnte, bevor ihn der Dunst umwirbelte und alles verbarg, aber er war immer schneller als sie. Sie wollte ihre Suche nicht aufgeben, und er wollte nicht entlarvt werden.

Aber die Freunde und Bekannten verabschiedeten sich zufrieden und beruhigt von ihr, weil sie so war wie immer, obwohl sie nie mehr dieselbe sein würde. Gewiß, sie hatte überlebt und war körperlich so gut wie unbeschädigt, nachdem sie die unerwartete Krise im Operationssaal überwunden hatte. Wir sterben nicht alle, aber wir werden alle verändert sein, dachte sie, allein gelassen während der geruhsamen Stunde vor dem Abendessen. Es passiert in einem kurzen Moment, im Bruchteil einer Sekunde, in der Zeitspanne, in der sich ein Wagen überschlägt, gegen einen Baumstumpf prallt und einen zusammen mit Glasscherben und verbogenen Metallteilen auf die grasbewachsene Böschung ausspuckt. Und wahrscheinlich dauert es nicht länger, das entscheidende Wort auszusprechen oder die folgenschwere Tat zu begehen, die zunächst beinahe entschuldbar wirkt und sich erst später, sehr viel später als die eigene Verdammnis herausstellt.

Am Nachmittag erwachte sie aus einem unruhigen Schlaf. Ein kleiner, älterer, struppiger Mann in weißem Kittel saß an ihrem Bett. Sie hatte ihn schon zweimal seit ihrer Einlieferung bei einer offiziellen Visite erlebt, und sie wußte, daß er der Chirurg war, der sie zusammengeflickt hatte, aber bis zu diesem Augenblick hatte sie ihn nie sitzend oder ohne sein Gefolge gesehen.

»Gut!« sagte er. »Ich habe auf die Gelegenheit gewartet, mit Ihnen in Ruhe reden zu können. Sie bereiten mir Sorgen.«

»Tatsächlich? Das tut mir leid«, erwiderte sie erschrocken, und in ihrem Gedächtnis rutschte wenigstens ein Puzzleteilchen an seinen richtigen Platz. »Ich kenne Sie«, sagte sie versonnen. »Sie sind derjenige, der sagte, mir würde die Möglichkeit für einen zweiten Anfang gegeben.«

»Habe ich das? Ich erinnere mich nicht mehr daran. Aber es stimmt, Sie haben diese Möglichkeit. Was werden Sie daraus machen?«

»Sie nutzen, hoffe ich.«

»Das hoffe ich auch, aber jetzt bin ich mir dessen nicht mehr so sicher wie vor drei Tagen. Ich habe viel in Sie investiert und möchte sehen, wie Sie blühen und gedeihen. Nach einem heiklen Start haben Sie Ihre körperlichen Blessuren großartig in den Griff bekommen, und glauben Sie mir, Sie können sich glücklich schätzen, eine solche Konstitution zu haben. Ihr Kreislauf ist stabil, Ihr Blutdruck zufriedenstellend, und Ihr Körper funktioniert wie eine erstklassige Maschine. Aber die Schwester hat mir berichtet, daß Sie an Gewicht verlieren und keinen Appetit haben. Warum? Wieso haben Sie heute weniger Energie als vor zwei, drei Tagen? Weshalb sprechen Sie mit niemandem, wenn die Höflichkeit Sie nicht dazu zwingt? Und warum benutzen Sie nie das Telefon, das wir Ihnen zur Verfügung stellen?«

Ihre Augen – er hatte noch nie so dunkle und tiefblaue Augen gesehen, und in jedem anderen, etwas trüberen Licht wären sie schwarz gewesen – weiteten sich vor Schreck, Erstaunen und schlechtem Gewissen. »Das habe ich gar nicht bemerkt«, sagte sie kleinlaut. »Es tut mir ehrlich leid.«

»Und für alles das – das sag' ich Ihnen – gibt es keinerlei organische Ursache. Ihr Körper erholt sich blendend und tut alles, um wieder ganz gesund zu werden. Da also keine organischen Gründe dafür vorliegen, daß Sie auf der Stelle treten und sogar an Boden verlieren, muß dieses Phänomen eine psychische Ursache haben. Jetzt werden Sie mir wahrscheinlich klarmachen, daß mich Ihr psychischer Zustand nichts angeht«, fügte er hinzu, »aber versuchen Sie mir wenigstens nicht weiszumachen, daß es da nichts Zerstörerisches gibt – das würde ich Ihnen nämlich nicht abnehmen.«

»Nein«, sagte Maggie und richtete sich eifrig auf, um ihm in die Augen sehen zu können. »Nein, ich verstehe schon ... Sie haben mich schließlich wieder zusammengeflickt.« Er begriff, was sie damit meinte – es gab ihm das Recht, Forderungen an sie zu stellen. Jeder Künstler, jeder Handwerker hat das Recht zu verlangen, daß sein Werk nicht mutwillig verwüstet oder auf unverantwortliche Weise vernachlässigt wird. »Ich möchte mich ja auch erholen und gesund werden«, sagte sie. »Ich will wieder singen – wozu wäre ich sonst nütze? Und ich möchte auch Ihnen alle Ehre machen. Diese Rechnung muß ich unbedingt begleichen, bevor ich Frieden finden kann. Mein Gott, glauben Sie nicht, daß ich es versucht habe?«

»Ich weiß, daß Sie es versucht haben. Sie waren sogar ausgesprochen erfolgreich, bis irgend etwas Ihre Aufmerksamkeit abgelenkt hat. Etwas, was noch höhere Priorität hat, stimmt's?«

Sie ließ sich aufs Kissen zurückfallen und schloß für einen Moment die Augen, öffnete sie jedoch gleich wieder, um seinem Blick unerschüttert standzuhalten. Es gab Verteidigungslinien, die nur ein alter Mann mit Privilegien aufzubrechen hoffen konnte, und auch er nur, wenn ihm Stunde und Stimmung günstig waren. Sie war eine starke, widerstandsfähige Frau, einunddreißig Jahre alt und einer der großen Schätze dieser Welt, selbst wenn ihr das nicht bewußt sein sollte – doch das erschien ihm eher unwahrscheinlich. Wenn sich niemand fand, der sie ins Leben zurücktrieb, würde sie sich in sich selbst zurückziehen und aus reiner Geistesabwesenheit sterben. Buchstäblich aus Gedankenlosigkeit, denn ihre ganze Energie, ihre Willenskraft und Leidenschaft waren anderweitig gebunden, und ihr Körper, egal wie robust und heroisch er sich auch wehren mochte, konnte ohne Unterstützung nicht überleben.

»Nein, sagen Sie jetzt nichts. Hören Sie mir zu. Ich weiß, daß Sie Ihren Beruf lieben und daß Ihnen bewußt ist, was Sie haben – nämlich eine große Stimme, die unter Millionen nur einmal vorkommt. Sie könnten diese Stimme nicht so nützen, wie Sie es tun, wenn Sie ihren Wert nicht kennten. Ich bin Ihr Chirurg, und es liegt in meinem ureigenen Interesse sicherzustellen, daß das, was ich mache, nicht von einer anderen Kraft ausgelöscht wird, ob diese zerstörerische Kraft nun in meinem Kompetenzbereich wirkt oder außerhalb. Aber ich bin auch ein Mann, der von Musik abhängig ist, und zwar in einem Maße, das Sie vermutlich nicht für möglich halten.

Wären Sie überrascht, wenn ich Ihnen erzähle, daß ich jede Platte, die Maggie Tressider aufgenommen hat, zu Hause habe? Sie leben durch meine Gnade und ich durch Ihre. Und ich brauche Sie, ich brauche Sie gesund und leistungsfähig, ich brauche Sie, weil Sie hervorragend sind, und Ihre Großartigkeit gehört mir wie jedem anderen, der sie erfühlen und verstehen kann. Wenn Sie von mir Gebrauch machen wollen, dann tun Sie es. Dafür bin ich ja schließlich da. Sie mögen keine medizinische Hilfestellung von mir fordern, aber es hat etwas mit Heilen zu tun, und Heilen ist mein Beruf. Zudem ist dieses Gespräch so etwas wie eine Beichte, also absolut vertraulich. Ich bin hier, um hinterher alles zu vergessen und vergessen zu werden.«

Sie lag lange reglos da, der stete Blick aus ihren blauen Augen musterte ihn wachsam.

»Sie werden mir aber auch Vertrauen entgegenbringen müssen«, warnte sie ihn schließlich, »oder Sie entscheiden sich für den leichten Weg und halten mich für geisteskrank.« Ihre Stimme, die sie jetzt wie eine Waffe einsetzte, hatte viel von ihrem strahlenden dunklen Ton zurückgewonnen; er hatte nie jemanden gehört, der vernünftiger und normaler geklungen hatte.

»*Ich werde verfolgt*«, sagte sie, »*heimgesucht von jemandem, den ich getötet habe.* Es gibt etwas, was höhere Priorität hat ... so haben Sie es ausgedrückt, nicht wahr? Genau das trifft in meinem Fall zu. Ich bin besessen. Ich schulde Ihnen und allen anderen in dieser Klinik eine Entschädigung für Ihre Investitionen, ich schulde der Welt das, was immer ich zu leisten vermag. Aber diesem Gespenst schulde ich ein Leben. Dagegen kommen Sie nicht an, hab' ich recht? Ich fürchte sehr, daß es mir äußerst schwerfallen wird, meine Schuld an Sie zurückzuzahlen. Wenn dieser Tote seine Rechnung eingefordert hat, bin ich bankrott.«

Der Blick aus den dunkelblauen Augen durchbohrte ihn plötzlich und entlarvte ihn und seine Gefühle. Maggie sah, daß er entsetzt und voller Mitleid war, genau wie sie es befürchtet hatte.

»Ich habe Ihnen ja gesagt, daß Sie mich für verrückt halten werden. Ich kann Ihnen das nicht übelnehmen – ich verstehe es sogar. Manchmal denke ich das selbst, dann verliere ich vollkommen den Boden unter den Füßen. Aber wenn Sie mich wirklich heilen wollen, dann sollten Sie mich besser als normal ansehen und mich weiter anhören. Sie sagten vorhin, dieses Gespräch ist wie eine Beichte, erinnern Sie sich?«

»Ja, ich erinnere mich. Was Sie hier und jetzt sagen, bleibt absolut innerhalb dieser vier Wände. Und ich glaube Ihnen.«

»Ich habe etwas Schreckliches getan«, fuhr Maggie fort. »Ich weiß nicht einmal, was das war oder wann es passiert ist, aber ich habe jemanden in den Tod getrieben. Das wurde mir in dem Moment klar, in dem ich an dem Abend nach dem Unfall zu mir kam. Er, dieser Tote, war da und hauchte mir seinen Atem in den Nacken, und er flüsterte mir zu, daß ich ihn getötet habe. Nicht vage oder aus der Ferne – er war vollkommen real und präsent, aber als ich mich umdrehte, um ihn mir genau anzusehen, war da plötzlich nichts mehr. Nur dieses quälende Schuldgefühl. Ich spüre, daß ich irgendwo irgendwann irgend jemanden im Stich gelassen oder verraten oder betrogen habe ... daß ich ihm etwas Unverzeihliches angetan habe ... ein Verbrechen? Ich weiß es nicht. Ich denke, es könnte eines gewesen sein, möglicherweise habe ich nur etwas verschwiegen, was ich wußte, doch das kann auch eine Art Verbrechen sein. Jemand hat fest mit mir gerechnet, und ich habe ihm den Rücken gekehrt und ihn fallenlassen. Das einzige, was wirklich zählt«, setzte sie hinzu, während sie den Blick nach oben auf die Lichtreflexion an der Decke richtete, »ist, daß er tot ist und daß ich ihn getötet habe.«

Sie wartete schweigend und bereitete sich innerlich beinahe hochmütig auf jenen leisen, besänftigenden Tonfall vor, den Mediziner für mental instabile Patienten parat haben.

»Und ist es Ihnen gelungen«, erkundigte sich der Mann im weißen Kittel ernst und nachdenklich, »etwas aus Ihrem Gedächtnis auszugraben, das Ihrem Verdacht eine Grundlage geben könnte?«

»Nein. Ich hab' mich immer und immer wieder bemüht, mich zu erinnern, aber ich konnte nicht den geringsten Hinweis auf einen einschneidenden Vorfall finden. Trotzdem ist dieser Tote immer da. Er verfolgt mich auf Schritt und Tritt.«

»Aber es gibt keine Ihnen bekannte Basis für diese Besessenheit. Vergessen Sie nicht, Sie wären bei der Operation beinahe gestorben und haben einen beträchtlichen Schock erlitten. Es ist nicht ungewöhnlich, daß solche traumatischen Ereignisse, wie Sie sie durchlebt haben, Alpträume hinterlassen, die an die Oberfläche driften, wenn man es am wenigsten erwartet. Die Einzelheiten gehen unter, und was bleibt, ist ein Grauen, ein Gefühl, das man nicht benennen kann. Aber dieses Gefühl schwindet allmählich, wenn Sie sich auf die Welt der Lebenden konzentrieren und es vorübergehen lassen.«

»Nein«, widersprach sie bestimmt und ohne auch nur einen Augenblick zu zögern. »Sie vergessen, daß inzwischen fast eine Woche vergangen ist, und ich habe seit dem Unfall mit angehaltenem Atem gewartet, aber das Gefühl ist nicht vergangen. Weil es einen realen Ursprung hat – es ist kein böser Traum, kein diffuser Bodensatz einer Wahnvorstellung, der zufällig an die Oberfläche drängt. *Dieses Gespenst ist da!* Ich sehe es ständig aus dem Augenwinkel, und wenn ich mich umdrehe, ist es überall, nur nicht dort, wohin ich schaue. Ich weiß nicht, wann, ich weiß nicht, wie, aber ich muß irgend etwas Schreckliches getan haben, und davon komme ich nicht mehr los.«

»Angenommen, es gibt einen tatsächlichen Grund dafür, dann könnte sich trotzdem herausstellen, daß dieses starke Gefühl auf einem lächerlichen Zwischenfall basiert und in keinem Verhältnis zu dem steht, was wirklich vorgefallen ist – das ist Ihnen doch klar?«

»Mag sein«, räumte sie ein, aber er erkannte an ihrem Gesichtsausdruck, daß sie nicht aufrichtig an diese Möglichkeit glaubte.

»Selbst wenn so etwas Düsteres oder Unklares in Ihrer Vergangenheit existiert, egal wie geringfügig es auch ist, dann muß es doch möglich sein, es aufzustöbern.«

»Das versuche ich ja seit Tagen. Ich habe mein Leben vorwärts und rückwärts Revue passieren lassen und jeden Stein umgedreht, den ich finden konnte. Zuerst war ich ganz sicher, daß es Tom ist ... verstehen Sie? Daß ich ihn bei dem Unfall getötet habe. Aber man sagte mir sofort, daß er heil und gesund ist. Dann dachte ich, noch jemand wäre in den Unfall verwickelt gewesen, doch das war's auch nicht. So einfach ist es nicht, und es liegt sicher viel weiter zurück. Das Wissen scheint aus tiefsten Tiefen zu kommen, als hätte ein Erdbeben den Boden aufgerissen und etwas, das klaftertief vergraben war, ans Tageslicht geschleudert. Es gibt keine ebenen Flächen mehr, alles ist zerklüftet und durcheinandergeworfen. Die Trümmer müssen erst weggeräumt werden, damit die Oberfläche wieder begehbar wird. Die ersten Schritte werden sicher ziemlich wacklig, und vielleicht bricht unvermutet noch mehr Begrabenes auf und stellt sich einem in den Weg.«

Er beobachtete, wie sich ihre Brust schneller hob und senkte, als ihr Atem heftiger wurde, und wie eine hektische Röte ihre Wangen überzog. »Ich ermüde Sie zu sehr«, sagte er.

»Nein, gehen Sie nicht! Nein, Sie helfen mir. Nachdem ich

mein Gedächtnis so gut es ging bis zurück zu meiner Schulzeit durchgeforstet hatte, versuchte ich, mir die ganze Geschichte aus dem Kopf zu schlagen. Ich redete mir ein, daß es ein Hirngespinst sei, daß nur die Wogen des Schocks, der Angst und des Schmerzes nach dem Unfall auf diese Weise über mir zusammenschlagen. Daß nichts dahintersteckt. Aber damit konnte ich mich nicht beschwichtigen, und ich fürchte, Sie können das auch nicht. Ich habe kein Fieber mehr, ich bin nicht im Schockzustand, ich habe keine Sorgen – mich erwartet eine blendende Karriere, sobald ich wieder auf den Beinen bin, und ich brauche im Moment nichts weiter zu tun, als hier zu liegen und mir die Zeit so angenehm wie möglich zu vertreiben, während ich mich vollständig erhole. Es gibt nicht den geringsten Grund – oder? –, warum mich dieses scheußliche Schuldgefühl weiterhin plagen sollte. Nur eines ist denkbar, nämlich daß das Gefühl echt und gerechtfertigt ist.«

»Wenn es einen realen Ursprung dafür gäbe, hätten Sie ihn finden müssen.« Davon war er keineswegs überzeugt, und er wußte, sobald die Worte ausgesprochen waren, daß er sie damit auch nicht überzeugen konnte.

»Nein, weil ich die falsche Person für diese Nachforschungen bin. Oh, ich *glaube* schon, daß ich die Ursache finden will, aber wie kann ich da ganz *sicher* sein? Könnte es nicht möglich sein, daß ich unbewußt alles wieder in den Boden stampfen möchte, und zwar so schnell, daß ich nicht einmal einen kurzen Blick darauf werfen kann? Sehe ich dieses Gespenst nicht deshalb immer nur aus den Augenwinkeln?«

»Haben Sie bedacht, daß Sie Verwandte, Bekannte, Freunde haben, Menschen, die jahrelang mit Ihnen direkten Umgang hatten, und daß keiner von ihnen Sie beschuldigt, etwas Unrechtes getan zu haben? Glauben Sie wirklich, Sie könnten sich eines tödlichen Vergehens schuldig gemacht haben, ohne daß auch nur einer Ihrer Bekannten Kenntnis davon hat? Gibt es in Ihrem Leben irgendeinen einsamen Ort, an dem Sie dieses hypothetische Verbrechen begangen haben *könnten* – in absoluter Abgeschiedenheit, ohne auch nur einen einzigen Zeugen? Das würde alles ausschließen bis auf die brutaleren Dinge wie einen sorgfältig geplanten Mord, der natürlich geheimgehalten werden *muß*. Und das wiederum würde sehr viel voraussetzen, zum Beispiel eine Geschicklichkeit, die ich Ihnen, mit Verlaub, auf keinen Fall zutraue.« Er spann die Theorie bis zur letzten Absurdität weiter. »Und die Leiche? Soweit ich es verstanden habe, hat nie eine Leiche in Ihren Angelegenheiten eine Rolle gespielt, nicht wahr?«

»Nein . . . keine Leiche.« Sie schauderte und strich sich mit dem Handrücken über die Augen. »So etwas ist es sicher nicht. Man kann jemanden auch indirekt töten, sogar ohne es zu wollen. Verstehen Sie, nur weil ich selbst in gewisser Weise tot war, ist mir *bewußt* geworden, daß ich schuld am Tod eines anderen Menschen bin. Da ich ins Leben zurückgekehrt bin, muß ich einen neuen Anfang machen und meine Angelegenheiten klären, sonst wäre dieses Leben unerträglich für mich. Falls ich irgend etwas Schändliches in meiner Vergangenheit begraben habe, dann will ich wissen, was das ist. Ich möchte diese offene Rechnung begleichen, falls das überhaupt möglich ist, und mich von der Schuld befreien.«

»Und Sie haben mit niemandem sonst über dieses Schuldgefühl gesprochen? Nicht mit Ihrem Agenten oder einem Familienmitglied?«

Der Blick, mit dem sie ihn bedachte, reichte von anfänglicher Verständnislosigkeit bis zu hellstem Entsetzen und sagte mehr als jede Antwort. Natürlich wäre es für sie unvorstellbar, sich einem der sie umkreisenden Satelliten anzuvertrauen. Ihm war sie so offen gegenübergetreten, weil zwischen ihm und ihr eine sichere Distanz bestand und weil er ein zu Stillschweigen verpflichteter Mediziner mit legitimem, aber unpersönlichem Interesse an ihrer Genesung war. Und noch vor einem Augenblick war er versucht gewesen, ihre Hand zu berühren, weil er das Gefühl hatte, einen engeren Kontakt zu ihr herstellen zu müssen! Hätte er das getan, er hätte sie und ihr Zutrauen unwiderruflich verloren.

»Schön, nehmen wir mal an«, tastete er sich vorsichtig weiter, »ein anderer, ein gänzlich Unbeteiligter würde die Nachforschungen übernehmen, könnten Sie sich damit einverstanden erklären?«

Er übergab sie nur ungern den Psychiatern, aber sie könnten Erfolg haben, solange sich Maggie kooperativ zeigte. Und Harlingford war ein guter Mann und alt genug, um sie nüchtern und ohne Illusionen zu betrachten. Falls es überhaupt einen Mann gab, der alt genug war, um so etwas fertigzubringen, schränkte er in Gedanken ein. Zuneigung oder gar Liebe für sie zu empfinden würde bedeuten, daß man nicht mehr die Macht hatte, ihr weiterzuhelfen, das war klar, denn bei der ersten Annäherung – es brauchte nicht viel mehr als ein Blickkontakt zu sein – würde sie den Rückzug antreten, in ihre Festung flüchten und die Tore verriegeln.

Ich frage mich bloß, dachte er, ich frage mich wirklich, warum sie so ist.

»Angenommen, jemand, der sich eine derartige Suche in der Vergangenheit zum Beruf gemacht hat, übernimmt das Steineumdrehen für Sie . . . Wenn er nun eine vergessene Begebenheit – höchstwahrscheinlich eine ganz harmlose –, die dieses Krebsgeschwür in Ihnen nährt, aufdeckt, würde Sie das zufriedenstellen? Natürlich müßten Sie Vertrauen zu diesem Mann haben. Aber es gibt Menschen, die in diesen Techniken geschult sind, äußerst fähige, professionelle Spezialisten, die sich auf diesem Gebiet sehr gut auskennen.«

Hätte er sie besser gekannt, wäre ihm sofort klargeworden, daß es zu Mißverständnissen führen mußte, wenn er wie die

Katze um den heißen Brei herumschlich; sie hatten nicht dieselbe Wellenlänge, und die Kommunikation, oder das, was er dafür hielt, war gestört, dabei war er zu ihr durchgedrungen, und seine Worte machten Sinn für sie. Sie richtete sich lebhaft auf. Die Bezeichnung »professionelle Spezialisten« klang beruhigend in ihren Ohren. Warum nicht? Er hatte recht, sie brauchte jemanden, der es verstand, verlorene Dinge aufzuspüren und Hinweise zu verfolgen, jemanden, der seine Talente und seine Arbeit für einen fairen Preis anbot und für diesen Job auf rein geschäftlicher Basis angeheuert werden konnte. Bei einer derart geschäftsmäßigen Beziehung, auf die sich beide gleichermaßen einließen, würde es keine Verletzung der Privatsphäre geben.

»Wäre es Ihnen recht, wenn ich Ihren Fall in die Hände eines solchen Spezialisten geben und ihn bitten würde, die Suche für Sie aufzunehmen? Und wenn es diesem Experten nicht gelingt, irgendein Vergehen aufzudecken, würden Sie sich dann damit zufriedengeben?«

»Ja«, beteuerte sie eifrig. »*O ja!* Genau das brauche ich, jemanden, der ganz objektiv ist. Aber ich habe keine Ahnung, wo ich die richtige Person für diesen Job finden kann, und ich möchte nicht gern einen anderen bitten, den . . . den Vermittler zu spielen. Bringen Sie mir einen guten Privatdetektiv, und ich übergebe ihm diesen Alptraum. Ich verspreche, daß ich mich mit allem, was er ans Licht bringt, abfinden werde.«

2. Kapitel

Sein Name war Francis Killian, und er war einundvierzig Jahre alt. Strenggenommen entsprach er ganz und gar nicht den Vorstellungen, die man sich normalerweise von einem Privatdetektiv machte, und er hätte sich selbst auch nie als Privatdetektiv bezeichnet. Auf dem kleinen Schild an der Tür seines Büros, das sich in Comerbournes Market Street über einem Buchladen befand, stand nur: »Vertrauliche Ermittlungen«, und er bot nicht mehr und nicht weniger an. Mit Scheidungsfällen oder Wirtschaftsspionage wollte er nichts zu tun haben; hin und wieder fragte er sich, wieso er sich diesen Dingen verweigerte – er hatte keine allzu hohe Meinung von sich und seiner Tugendhaftigkeit, und er hätte sehr viel mehr Geld mit solchen Fällen machen können als mit den nüchternen, verschwiegenen Nachforschungen, die er anstellte. Ein ereignisreiches Leben, das ihn zum Militärdienst in Korea verschlagen hatte, ließ ihm kaum noch Illusionen, und selbst nachdem sich diese unvorstellbar grausame Falle Krieg wieder geöffnet und ihn, für immer gezeichnet, freigelassen hatte, war er halb aus eigenem Willen, halb unverschuldet in Situationen und Jobs geraten, in denen es nicht gerade zimperlich zuging. Vielleicht hatte er versucht, den Abscheu und Widerwillen wiederzuentdecken, den reine, unschuldige Menschen empfinden, aber er mußte einsehen, daß dieser Luxus für alle Verdorbenen und Besudelten, zu denen er sich zählte, außer Reichweite lag.

Also schrieb er es nicht seiner hohen Moral zu, daß einer

der angesehensten Anwälte von Comerbourne den bedeutendsten Arzt von Comerbourne an ihn verwiesen hatte, als er gefragt wurde, wer vertrauliche Ermittlungen anstellen konnte – »für einen Freund«, natürlich! Alles, was Francis für solche Klienten akzeptabel machte, war das untrügliche Gespür für Sauberkeit, die kalte Abneigung gegen jeden Schmutz. Falls ihm noch moralische Skrupel geblieben waren, dann nur aus alter Gewohnheit, und sie waren auf keinen Fall klar definiert.

Francis war unverheiratet und ungebunden. Er war nicht immer allein gewesen. Er erinnerte sich an Frauen – an zu viele Frauen –, die er – zu intim – gekannt hatte, aber das gehörte alles der Vergangenheit an. Jetzt rechnete er damit, für immer allein zu bleiben. Man kann sich nur bis zu einem gewissen Grad selbst aufgeben und seine Interessen und Zeit teilen; in seinem Fall war die Bereitschaft dazu sehr gering – der Gott in ihm war ein eifersüchtiger Gott. Seit etwa fünf Jahren war ihm klar, daß er es keiner Frau mehr gestatten durfte, die Ränder seiner Integrität noch mehr anzunagen. Die Reste wollte er sich erhalten, obwohl er sehr genau wußte, daß es nichts Großartiges oder Überragendes war, was er auf diese Weise in Ehren hielt.

Francis Killian war demnach ein einsamer Mann – in einem allumfassenden Sinne, der jede Trauer über das Alleinsein ausschloß. Er arbeitete viel wie alle alleinstehenden Männer, war effektiv, genau und gewissenhaft, und diese Arbeitsweise machte ihn hauptsächlich für einen juristischen Beruf geeignet. Meistens beauftragten ihn Anwälte, Unfallzeugen ausfindig zu machen, alte Kirchenregister zu wälzen, Auszüge aus weitschweifigen Dokumenten zusammenzustellen, oder Wissenschaftler und Schriftsteller wandten sich an ihn, wenn sie Klarheit über ungesicherte Quellen, gedrängte Zusammenfassungen von Gesetzen und Verordnungen oder Nachweise verschollener Details brauchten. Manchmal suchte er auch nach vermißten Personen und sogar nach unbekannten Vorfahren, von denen einige am besten für immer in der Versenkung geblieben wären. Gelegentlich erklärte er sich auch bereit, jemanden zu beschatten, etwa einen Zeugen, bei dem Fluchtgefahr bestand, oder wenn besorgte Eltern ihn baten, die fragwürdigen Freunde ihrer gefährdeten Sprößlinge im Auge zu behalten.

In Urkunden und Dokumenten zu wühlen war ein sauberes, steriles, angenehmes Geschäft, das ihn weder berührte noch beunruhigte – und darauf kam es ihm an. Seine Arbeit ermöglichte ihm einen bescheidenen Lebensstandard, dem Geld an sich maß er keine große Bedeutung bei. Genaugenommen hatte er überhaupt ein erholsames Stadium seines Lebens erreicht, in dem er nur mehr ein distanziertes Interesse an allem aufbringen konnte und es ihm am wichtigsten war, sich selbst und seine Umgebung von lästigen Gemütsbewegungen und allen menschlichen Verwicklungen freizuhalten. Er ähnelte einem Mann, der all seine irdische Habe wegwarf, um sich ganz frei fühlen zu können.

Dennoch gab es nach wie vor Dinge auf dieser Welt, die ihm tiefes, unwiderstehliches Vergnügen bereiteten und ihn dazu zwangen, der Menschheit, die hin und wieder erstaunlicherweise zur Perfektion fähig war, doch Beachtung zu schenken. Die erste und stärkste seiner unfreiwilligen Beziehungen war die zur Musik, und er mußte notgedrungen einräumen, daß noch Hoffnung bestehen müsse für eine Spezies, die einen Mozart hervorgebracht hatte.

Daher erklärte er sich wider besseres Wissen bereit, über seinen eigenen Schatten zu springen und darüber nachzudenken, ob er für Maggie Tressider arbeiten wollte. Für ihn war sie eher eine Stimme als eine Frau, aber die Stimme brauchte schließlich ein menschliches Medium, und nach allem, was der alte Mann sagte, war das menschliche Medium, dieser großartige Mechanismus, der die unvergleichlichen Töne produzieren konnte, ernsthaft bedroht. Eine Zwangsvorstellung, meinte der alte Mann, behindere den Genesungsprozeß.

Wäre irgendein anderer Name gefallen, Francis Killian hätte seinen Besucher mit einer glatten Zurückweisung vor den Kopf gestoßen. Zwangsvorstellungen gehörten nicht zu seinem Metier.

Dem alten Mann gefiel seine Mission ganz und gar nicht. Er hätte Maggie viel lieber den Seelenklempnern überlassen, um die Angelegenheit sozusagen in der Familie zu halten. Er war in Killians Büro gekommen, zimperlich wie eine Prinzessin, die sich in die Slums wagt, und war angenehm überrascht, sogar beruhigt gewesen durch den schlichten, ordentlichen Raum, der auf seine Weise ebenso klinisch und sachlich wirkte wie sein eigenes Behandlungszimmer. Er wußte Professionalität zu schätzen, doch der Mann hinter dem Schreibtisch machte den beschwichtigenden Effekt seiner Umgebung wieder zunichte. Francis vermittelte immer einen ambivalenten Eindruck – egal wie gesetzt er sich auch benahm, er wirkte immer, als karikiere er sich selbst, als könne er bei all seiner Verachtung, die er für die Menschheit als Ganzes empfand, die Verachtung für sich selbst nicht ganz verbergen.

Wenn der stadtbekannte Chirurg Gilbert Rice jetzt noch den Rückzug hätte antreten können, dann hätte er es getan, aber Rattray, Rattray, Bell und Rattray – alle vier Anwälte der Kanzlei – hatten beteuert, daß dieser Mann ein diskreter, zuverlässiger und gewissenhafter Ermittler wäre, und noch jemandem in diesen Fall einzuweihen wäre undenkbar. Außerdem machte Francis seine Mängel selbst wieder wett. Als der Name Maggie Tressider fiel, erstarrte er, vergaß alles, was er hatte sagen wollen, saß lange schweigend da und sah seinem Besucher nachdenklich in die Augen. Nach einer

Weile sagte er: »Erzählen Sie mir mehr davon. Wenn ich Miss Tressider helfen kann, dann werde ich es tun.«

»Sie müssen verstehen, daß sie es ist, die darauf besteht, einen Privatdetektiv zu beauftragen. Ich ... sie hat mich mißverstanden. Ich hätte es vorgezogen, sie an einen Psychiater zu empfehlen. Aber Miss Tressider ist eine willensstarke Frau und sich über ihren Geistes- und Seelenzustand durchaus im klaren. Gleichgültig ob sie nun einen Psychiater oder Detektiv braucht, die Tatsache bleibt bestehen, daß ihr nur jemand helfen kann, mit dem sie voll und ganz kooperiert, und sie weigert sich schlichtweg, einen Psychiater zu konsultieren.«

Francis korrigierte augenblicklich das Bild, das er sich von ihr gemacht hatte; sie mochte vielleicht zurückweisen, was sie am dringendsten brauchte, aber eine Frau, die ihren inneren Zustand so genau kannte, machte vermutlich zuverlässige Angaben und Aussagen. Er selbst würde seine dürftige Privatsphäre instinktiv bis aufs Blut verteidigen, wenn sich irgend jemand erdreisten würde, sich in seine persönlichen Angelegenheiten ungefragt einzumischen. Die unbekannte Frau, die Orpheus und Eboli war, eine unsichtbare, aber hörbare Schönheit, die durch ein kosmisches Paradoxon in einen Körper eingeschlossen war, rückte ihm ein Stückchen näher.

»Und Sie glauben«, schloß Francis messerscharf, »daß der erste Schritt zu ihrer Heilung der ist, ihre Zwangsvorstellung ernst zu nehmen. Kurz gesagt, ich müßte nur so tun, als würde ich Maßnahmen ergreifen, um der Sache, die sie so beunruhigt, auf die Spur zu kommen. Für den Fall, daß dies meine einzige Funktion sein soll, lehne ich ab. Sobald ich den Auftrag annehme, werde ich mein Bestes tun und nur von ihr Anweisungen entgegennehmen. Wenn sie will, daß ich ein Skelett in ihrem Schrank aufstöbere, dann werde ich danach suchen. Möglicherweise finde ich es sogar. Aber ich lasse mich nicht anheuern, um sie während ihrer Rekonvaleszenz bei Laune zu halten und nur so zu tun, als ob ich suchte. *Sie* glauben nicht«, erkundigte er sich neugierig, »daß es wirklich etwas zu finden gibt, oder?«

Nachdem Gilbert Rice seinen Widerwillen und sein Mißtrauen niedergekämpft hatte, versetzte er seinen Gesprächspartner in Erstaunen. »Doch«, erwiderte er ausdruckslos, »da ist etwas. Ziemlich sicher gibt es etwas. Ich möchte ganz offen zu Ihnen sein, Mr. Killian. Meiner Einschätzung nach ist Miss Tressider eine außergewöhnlich großzügige und integere Person, die kein Glück mit ihren privaten Beziehungen hatte. Sie stammt aus einer ganz gewöhnlichen Mittelstandsfamilie – Sie verstehen, ich benutze diese geläufigen Ausdrücke, weil sie einen brauchbaren Eindruck vermitteln. Ihre Familie hat sie seit Beginn ihrer Karriere schamlos und ohne jede Dankbarkeit ausgenutzt und ihr privat die herausragende Stellung, die sie in der Öffentlichkeit nur allzu gern teilten, übelgenommen. Ich glaube, sie war ihren Verwandten und Bekannten gegenüber immer sehr loyal, obwohl sie tief in ihrem Herzen ganz genau wußte, daß sie diese Loyalität nicht erwiderten. Ich halte es für durchaus möglich, daß sie einmal, nur einmal, rebelliert und sich verweigert hat, daß sie sich einmal abgewandt und jemanden im Stich gelassen hat – eine Protesthandlung, die längst überfällig war. Mir erscheint es sogar denkbar, daß das verheerende Folgen hatte für jemanden, der wenig Sympathie verdient. Sie ist echter Bosheit oder Gemeinheit nicht fähig. Aber sie hat hohe Grundsätze, und ich glaube, es gibt etwas, das sie, bei ihrer Einstellung, zu bereuen hat. Ich hielte es für besser, wenn sie wüßte, was das ist, und wenn sie gezwungen würde, es zu akzeptieren. Sie brauchen das Ergebnis Ihrer Arbeit nicht zu fürchten, wenn Sie diesen Vorfall ans Licht bringen. Sie hat ein Verantwortungsgefühl für uns alle, die wir die Musik lieben. Was immer Sie finden, es wird sie nicht vernichten, Sie können sie nur befreien. Sie weiß, daß sie die Hüterin eines wundervollen Schatzes ist.«

Phantastisch, dachte Francis – inzwischen hatte er all seine Objektivität verloren. Diese altehrwürdige Säule der Gesellschaft, seit dreißig Jahren etabliert, Vater und Großvater, schüttete ihm unvermittelt sein Herz aus und erzählte ihm alles über eine neurotische junge Frau, die er selbst noch nie gesehen hatte – und das alles nur, weil die launische Natur dieser Frau die Stimme eines Erzengels geschenkt hatte. Und wenn der alte Mann nun recht hatte? Wenn sie wirklich ein Schreckgespenst loswerden mußte, das sie umbrachte, wenn es nicht entlarvt wurde? Kein unsterblicher Orpheus mehr, nur noch das Wehklagen auf Schallplatten, das immer blasser werden würde vor Sehnsucht nach neuem lebendigen Atem. Was für ein Wichtigtuer Maggie Tressiders Arzt auch sein mochte, er handelte aus Überzeugung.

»Ich nehme an«, sagte Francis vorsichtig, während er das klassische Profil des Orpheus auf die halb mit Notizen gefüllte Seite zeichnete, »das Beste, was ich momentan tun kann, ist, Miss Tressider zur offiziellen Besuchszeit aufzusuchen und mit ihr zu sprechen . . . Gleich heute abend?«

Er ging nach Hause und hörte Gluck. Maggie Tressider war sogar noch besser, als er sie in Erinnerung hatte. Es war kein dunkler, gewichtiger, samtener Alt, sondern eine agile, elektrisierende und wahrhaftige Stimme, die ins Herz schnitt wie reiner Schmerz, wie die Liebe selbst, und alles Unwichtige auslöschte. In diese Stimme war der alte Mann verliebt. Kein Gesicht konnte es mit ihr aufnehmen, noch weniger das Herz oder das Wesen, das zu dem Gesicht gehörte.

Auf den Fotos hatte sie einen verzogenen Mund und aufgerissene Augen, die abwehrend wie ein Kind die Welt betrachteten. Ihr Gesicht wirkte ungewöhnlich asymmetrisch und schien auf der rechten Seite viel größer zu sein als auf der linken.

Na ja, es ging ja auch um ihre Stimme – das war der Schatz, der gerettet werden mußte.

Sie saß im Bett, als er hereinkam, und sah aus wie all die anderen Frauen in dem großen Krankensaal nebenan – geputzt und gebürstet und ordentlich zugedeckt für die Besuchszeit. Sie hatte sogar denselben halb verschreckten, halb erwartungsvollen Ausdruck wie sie, und ihre Augen wirkten wie die der anderen zu groß in dem blassen, nach dem erfahrenen Leid fast transparenten Gesicht. Ihr Blick huschte zur Tür, sobald er die Klinke berührte, und die Augen fixierten ihn mit ihrer blauen Intensität, als er über die Schwelle trat. Sie machte einen frohen, ungeduldigen und zugleich ängstlichen Eindruck, als wäre er tatsächlich ein persönlicher Bekannter, jemand, auf den sie sich schon lange freute.

»Miss Tressider? Mein Name ist Killian.«

»Es ist sehr nett von Ihnen«, sagte sie, »daß Sie so unverzüglich herkommen.«

Ihre Sprechstimme war tief, warm und kraftvoll. »Bitte, nehmen Sie Platz. Ich glaube, Mr. Rice hat Ihnen bereits erzählt, was mir Sorgen bereitet? . . . Was Sie für mich herausfinden sollen?«

Es schien, als sollte alles möglichst prompt und nüchtern abgewickelt werden wie zwischen zwei Geschäftspartnern, ohne die leiseste Andeutung ihrer inneren Qual. Es sei denn, dachte er nur einen Moment später, man sah sich die feinen Linien in ihrem Gesicht genauer an, die immer noch den Schock und das grausige Bild des Todes verrieten, dem sie noch einmal aus den Fängen geschlüpft war; oder man schaute ihr tief in die riesengroßen Augen, dann entdeckte man das silbrige Glimmen der Panik hinter dem reinen, wohlerzogenen Blau. Sie griff mit der Direktheit eines Kindes nach dem, was sie brauchte, aber an ihrem Bedürfnis war nichts Kindliches.

Genauso aufschlußreich war die Tatsache, daß sie regelrecht erschüttert war über die Taschenbücher, die er ihr mitgebracht hatte, und ihre Verlegenheit nicht verbergen konnte. Als er sie auf das Bett neben ihre Hand legte, berührte sie sie hilflos und wußte nicht, was sie tun oder sagen sollte. Der Dank kam ihr mechanisch über die Lippen, für das, was wirklich in ihrem Kopf vorging, fand sie keine Worte. Wie recht er doch gehabt hatte, von einem Rosenstrauß Abstand zu nehmen! Außer, er hätte gewollt, daß sie ihr Angebot für den Job zurückzöge. Ganz sicher war er sich dessen noch nicht, aber wenn er es darauf abgesehen hätte, dann wären Rosen ebensogut wie jede andere Art geeignet, einen Schlußstrich unter alles zu ziehen. Er war nicht hier, um eine persönliche Beziehung zu ihr zu knüpfen, ihre Gefühle durften nicht berührt werden. Alles, was er über sie in Erfahrung bringen konnte und mußte, würde sie als notwendigen Hinweis in diesem Fall begrüßen und ihn bestärken, mehr herauszufinden, aber er durfte sein Wissen nicht zu einem Netz gegenseitigen Einvernehmens spinnen. Ihre Zusammenarbeit würde auf rein sachlicher Ebene bleiben. Um so besser, diese Basis sagte Francis zu.

»Es schien mir ratsam, als normaler Besucher aufzutreten, und das so überzeugend wie möglich«, erklärte er geschäftsmäßig, »und Sie haben sicher beobachtet, daß niemand mit leeren Händen an ein Krankenbett kommt. Die Frauen im Krankensaal hätten es vielleicht nicht bemerkt, aber den Schwestern wäre es bestimmt aufgefallen. Ich gehe doch recht in der Annahme, daß Sie sich *nur* Mr. Rice anvertraut haben?«

»Oh, ich verstehe«, sagte sie errötend. »Ja, natürlich, das war sehr umsichtig von Ihnen. Ich dachte ... Ich hatte die

Befürchtung, daß Sie ohnehin zu bekannt sind, um unbemerkt zu bleiben.«

»Ich gehöre wohl kaum zu den Prominenten in meiner Branche«, versicherte er ihr amüsiert und freundlicher gestimmt. »Nur wenige von uns sind berühmt, um die Wahrheit zu sagen. Mit ziemlicher Wahrscheinlichkeit weiß hier kein Mensch, wer ich bin oder was ich tue. Ihre Privatsphäre sollte nicht gefährdet werden.«

»Das wäre mir natürlich lieb, wenn es machbar ist. Selbstverständlich müssen Sie die Ausgaben für die Bücher auf Ihre Spesenrechnung setzen.«

Ihr Ton war vielleicht ein bißchen arrogant, aber alles in allem war seiner das wohl auch gewesen.

»Darüber können wir uns später einigen«, entgegnete er. »Da unsere Zeit begrenzt ist, meine ich, Sie sollten sich jetzt entspannt zurücklegen und mir alles über diese Wahrnehmung erzählen, die Sie dazu veranlaßt hat, nach mir zu schicken. Soweit ich es verstanden habe, sind Sie bereit, sich in die Hände von Ärzten zu begeben, wenn Sie müssen. Betrachten Sie mich als jemanden, der in dieselbe Kategorie gehört. Machen Sie die Augen zu, und schließen Sie mich aus, wenn Ihnen das die Sache erleichtert. Die meisten von uns tun das, wenn die Ärzte mit der Behandlung beginnen.«

»Und die Zahnärzte«, gab Maggie unerwartet zurück und lächelte.

»Und die Zahnärzte.« Das ist vermutlich der bessere Vergleich, dachte er trübselig. »Ich werde mir Notizen machen. Sie haben doch nichts dagegen? Sie werden hinterher vernichtet.«

»Ja, ich verstehe.« Sie ließ den Kopf auf das Kissen zurückfallen. »Ich möchte alles tun, was Ihnen helfen kann, herauszufinden, was mich ... verfolgt. Sie begreifen doch, daß ich das wissen muß? Ich werde keinen Frieden haben und kein normales Leben mehr führen können, solange ich es nicht weiß. *Er* wollte ja, daß ich es aus meinem Bewußtsein verdränge, aber das kann ich nicht. Wenn ich jemandem schreckliches Unrecht angetan habe, und seit diesem Unfall *fühle* ich zum erstenmal, daß ich das getan habe, wie kann ich dann den Vorfall beiseite wischen und so tun, als hätte ich keine Ahnung davon? Dann wollte er, daß ich einen Psychiater konsultiere. Wieso sollte ich das tun? Ich will nicht, daß meine Tat mit irgendwelchen Argumenten wegrationalisiert wird, wenn ich sie tatsächlich begangen habe. *Ich will die Sache wieder in Ordnung bringen.* Tut mir leid«, sagte sie und blickte plötzlich mit diesen beunruhigenden Augen voll in sein aufmerksames Gesicht, »vielleicht finden Sie das alles ein wenig unausgegoren. Alles, was mir wirklich ins Bewußtsein gedrungen ist, ist dieses Schuldgefühl. Deshalb kann ich Ihnen auch keine rationalen Angaben machen über das, was ich von Ihnen erwarte. Glauben *Sie*, ich habe den Verstand verloren?«

»Nein«, sagte er, »ich glaube, Sie sind absolut Herr Ihrer Sinne. Erzählen Sie!«

Und sie erzählte bedächtig und sorgfältig, konzentrierte sich und wählte ihre Worte präzise wie ein Anwalt vor Gericht, der jetzt oder nie den Zuhörern den richtigen Eindruck vermitteln mußte. Nach kurzer Zeit schloß sie die Augen und behandelte Francis Killian nur noch wie einen körperlosen Beichtvater – für sie war das die beste Methode, die Objektivität zu wahren. Wie es schien, waren ihre Wahrheitsliebe und ihr Gerechtigkeitssinn groß genug, um sie zu absoluter Offenheit zu zwingen, so als ob sie sich Gott persönlich anvertraue. Francis' Erfahrung nach waren die Frauen falsch, auch noch in ihren Gebeten, aber er hätte seinen guten Ruf verwettet, daß diese Frau kein bißchen falsch war.

Maggie redete, und Francis hörte zu, machte sich Notizen und beobachtete ihr Gesicht, ein makelloses Oval – die Unregelmäßigkeiten waren kaum zu sehen, wenn man sie in Fleisch und Blut vor sich hatte. Fotografien übertrieben immer die falschen Proportionen, aber die Fotos von ihr waren beinahe Karikaturen und weit davon entfernt, ihr gerecht zu werden. Das lag zum größten Teil an den Farben. Diese tiefdunklen blauen Augen hatten auf dem Plattencover sanft und violett wie Stiefmütterchen ausgesehen, dabei waren sie in Wirklichkeit verblüffend und durchdringend blau wie Enzian, dabei so intensiv wie ein klarer Mitternachtshimmel. Ihm fiel auf, daß dieses Blau genau der Tönung ihrer dunklen Stimme entsprach. Ihr Haar – kaum edler als Mausbraun auf den Aufnahmen ... wer hätte gedacht, daß es diese unglaubliche Färbung zwischen sattem Gold und Rostbraun mit einem Stich ins Grünliche hatte und an die ersten Blattknospen von Eichen erinnerte? Sie war viel dünner als auf allen Fotos, die er zu Gesicht bekommen hatte, aber vermutlich hatte sie in der letzten Zeit nach dem Unfall und der Operation stark abgenommen, zudem zerrte sicherlich diese Besessenheit an ihr.

Er machte dieselbe Entdeckung wie vor etlichen Tagen der Anästhesist, der spätabends nach ihr geschaut hatte, um sich zu vergewissern, daß sie sich auch wirklich entschlossen hatte, wieder regelmäßig zu atmen: Sie war schön. Sehr schön. Es scheint, als könnten manche Menschen alles haben. Abgesehen natürlich vom Seelenfrieden und einem ruhigen Gewissen.

Etwa zu diesem Zeitpunkt fiel ihm die erste interessante Einzelheit in ihrem Bericht auf. Er machte sich keine Notiz – das brauchte er nicht.

»Danke«, sagte er, als sie in Schweigen verfiel. »Das war sehr ausführlich, und ich bezweifle, daß ich noch viele Fragen zu stellen habe. Wenn Sie einen Anhaltspunkt hätten, was den Zeitraum oder den Ort betrifft, so hätten Sie es erwähnt. Aber ich schätze, wir können die Möglichkeiten überhaupt nicht eingrenzen, abgesehen davon, daß die letzten paar Jahre nicht in Betracht kommen. Vergessen ist schrecklich einfach, viel einfacher, als sich zu erinnern, aber das braucht eine Weile. Würde das, was Sie quält, auf einem Vorfall beruhen, der vor kurzem stattgefunden hat, dann wären Ihnen mehr Einzelheiten im Gedächtnis geblieben.«

»Aber ist es überhaupt möglich«, fragte sie und riß die Augen weit auf, »etwas so Wichtiges, selbst wenn es Jahre zurückliegt, zu vergessen?«

»Das ist durchaus möglich. Was wir im Laufe unseres Lebens im Gedächtnis behalten, ist nur ein unendlich kleiner Teil des Ganzen. Denken Sie nur, wie viele Eindrücke wir in nur einer Stunde erhalten und wie viele kurze Begegnungen wir in einem Jahr haben. Selbst das phänomenalste Gedächtnis kann kein Zehntel aller Erlebnisse speichern.«

»Aber etwas wie das ... eine Sache auf Leben und Tod ... *das* würde man sich doch merken!«

»Wir wissen ja nicht, ob es eine Sache auf Leben und Tod war oder ob es Ihnen damals auch so wichtig erschienen war. Vielleicht nur jetzt im Rückblick. Damit meine ich nicht, daß Ihr angeschlagener Gesundheitszustand ein abstruses Schreckgespenst heraufbeschworen hat, aber es könnte doch sein, daß eine vergleichsweise harmlose Begebenheit andere Dimensionen für Sie eingenommen hat. Warten Sie«, empfahl er ihr vernünftig, »bis Sie es genauer wissen.«

»Sie lassen außer acht«, erwiderte Maggie sanft, »daß ich dem Tod gerade noch mal aus den Fingern geschlüpft bin. Wenn man so dicht vor dem Jüngsten Gericht steht, urteilt man genauer.«

»Nicht notwendigerweise. Außer, wenn Sie glauben, daß Angst die beste Annäherung an die Wahrheit ist. Selbst die Gerechten werden sich beim Jüngsten Gericht nicht allzusehr in Sicherheit wiegen.«

»O nein«, gab Maggie eigenartig bestimmt zurück, »ich

hatte keine Angst. Dieses Stadium hat man dann hinter sich – derartige Gefühle gibt es nicht mehr. Selbst jetzt empfinde ich keine Angst, es ist mir nur unmöglich weiterzuleben, ohne es zu *wissen.* Wie Ödipus. Man kann sich nicht einfach umdrehen und alles beim alten lassen. Man hätte keinen soliden Boden mehr unter den Füßen. Und man kann nicht singen ohne Wahrhaftigkeit.«

Nein, *sie* konnte das nicht, das war ihm klar. Es war nur schwer vorstellbar, aber diese Frau hatte selbst in dieser falschen Welt nie ihre kindliche Einstellung zur Wirklichkeit verloren, und sie spürte, daß alles entwertet werden würde, sogar ihre Kunst, wenn der Wahrheit nicht Genüge getan wurde. Jetzt wußte er, daß er verpflichtet war, nicht nur ihren Auftrag anzunehmen, sondern ihn auch zu einem erfolgreichen Abschluß zu bringen.

»Wir haben noch eine halbe Stunde Zeit. Falls Sie nicht zu müde sind, möchte ich Sie bitten, von Ihrem Leben zu sprechen. Mich interessiert alles, von Anfang an – Familie, Kindheit und jedes Vorkommnis, an das Sie sich erinnern, Namen, die Ihnen einfallen. Suchen Sie nicht nach dem Ursprung Ihres gegenwärtigen Leids. Vergessen Sie das für den Moment. Möglicherweise kommt alles ganz von selbst ans Licht, aber das wird es bestimmt nicht, wenn Sie sich anstrengen, es aufzuspüren. Erzählen Sie mir, mit wem Sie gespielt haben, wer Ihre Freunde und Kommilitonen waren . . .«

Aber auf den Namen, auf den es ankam, würde sie vermutlich gar nicht kommen; sie war fast sicher, daß sie ihn aus guten Gründen aus ihrem Gedächtnis verbannt hatte, und zwar für immer und ewig, es sei denn, Gottes Gnade oder Francis Killians Nachforschungen ließen ihn wieder auftauchen und konfrontierten sie mit ihm. Was sollte ein Mann, der in ihren Diensten stand, tun – hin- und hergerissen zwischen den Bedürfnissen ihres zweigeteilten Ichs?

Aber sie konnte nicht singen, solange sie die Wahrheit nicht kannte, das hatte sie gesagt, nicht er. Und ohne Singen konnte sie nicht leben.

»Reden Sie einfach mit sich selbst«, empfahl er, »ich werde mich ganz still verhalten.«

Und sie redete, und er rührte sich nicht. Ihre Lippen formten langsam und nachdenklich Worte, die ohne Sentimentalitäten und ohne nostalgischen Unterton – beinahe gleichgültig – ein Bild von ihrer ganz normalen Familie und ihrer Schulzeit zeichneten. Sie hatte, wie viele andere auch, ihre Sippe verlassen müssen, um Menschen ihres Schlages zu finden. Dabei spielte weder Klasse noch Gesellschaftsschicht eine Rolle, sondern nur Talent und Qualität – eine ganz eigene mysteriöse Dimension. Getreulich nannte sie Namen. Die meiste Zeit verzichtete Francis darauf, sich Notizen zu machen, manche Einzelheit blieb ihm im Gedächtnis haften. Inzwischen hatte er eine gewisse Sensibilität für die Unter- und Zwischentöne entwickelt. Und dann kamen ihre ersten Auftritte als Sängerin, die kleinen lokalen Erfolge, das Vorsingen, durch das sie in Doktor Paul Fredericks' Klasse Zugang erhielt, wo das ernsthafte Studium begann. Jetzt war die Eindringlichkeit nicht mehr zu überhören, und Francis schrieb all die Namen auf, die ihr ebenso wichtig zu sein schienen wie ihr eigener.

Als die Glocke, die das Ende der Besuchszeit verkündete, schrillte, war sie noch zwölf Jahre zurück. Sie schlug benommen die Augen auf. Ihre Stirn war feucht, aber ihr Gesicht wirkte entspannt und ruhig.

»Ich komme übermorgen wieder«, erklärte Francis und steckte sein Notizbuch weg, »gegen Abend, falls Sie all Ihre anderen Besucher abweisen können. Ich habe Sie zu sehr angestrengt ... es tut mir leid.«

»O nein!« widersprach sie schnell. »Ich bin froh! Allein,

daß ich etwas tun kann, ist mir alles wert. Ich fühle mich viel besser. Ich vertraue Ihnen.«

Das auch noch, dachte er bitter, während er sich einen Weg über den Parkplatz bahnte zu seinem Riley aus dritter Hand. Das ist wohl das Unfairste und Erschreckendste, was ein menschliches Wesen zu einem anderen sagen kann. Sie vertraut mir! Damit ich Wunder bewirke und sie aus ihrer eigenen kleinen Hölle befreie. In welche Lage bringt mich das? Aber immerhin, sie bezahlt den vollen Tagessatz und die Spesen ... sogar die Bücher, die ich ihr mitgebracht habe! Die Voraussetzungen sind für sie anders als für mich – sie verlangt nicht mehr als gute Arbeit für gutes Geld. Aber wie sind die Voraussetzungen für mich? Möglicherweise ist, um diesen X für sie ausfindig zu machen und ihr den Dorn aus dem Fleisch zu ziehen, mehr nötig als ein paar kleine beharrliche Nachforschungen, mehr als Laufereien und mehr, als man für normale Tagessätze kaufen kann.

Trotzdem, überlegte er auf der Fahrt zu seiner kahlen, zellenähnlichen Wohnung in der Market Street, hatte er etwas Positives aus diesem ersten Gespräch gezogen. All die Frauen, deren Namen er sich notiert hatte, durfte er lediglich als mögliche Quellen für Informationen betrachten; abgesehen davon konnte er die Namen ebensogut sofort wieder streichen. Maggie Tressider war sicher aufrichtig, wenn sie behauptete, sie könne nicht einen einzigen Hinweis auf die Identität von X geben. Aber jedesmal, wenn sie von ihrem Opfer und Verfolger sprach, sagte sie »er«.

Er machte sich die Mühe, ihre Familie zu überprüfen, obwohl sich sein Gefühl bestätigte, daß sie keine weiteren Aufschlüsse bringen würde. Ihre Eltern waren gestorben, der Vater schon vor langer Zeit, als Maggie noch zur Schule ging, die Mutter vor vier Jahren infolge eines Herzleidens. Blieben noch eine

Schwester und ein Bruder Alec – beide älter als Maggie. Der Bruder spielte Horn in einem Midland-Orchester, gut genug, um den Platz im Ensemble zu halten, jedoch nicht so gut, um weitere Karriereschritte zu machen. Francis hörte sich ein bißchen um und erfuhr nichts Überraschendes: Alec hatte das Ansehen seiner Schwester und seine verwandtschaftliche Beziehung zu ihr ausgenutzt, seit sie zu Ruhm gelangt war. Er hatte ihr einen Blitzbesuch im Krankenhaus abgestattet, da er es bis Comerbourne nicht weit hatte. Rice war der Ansicht, Alec sei nur gekommen, um Geld zu erbetteln, und sei auch nicht mit leeren Händen gegangen, aber wenigstens hatte er sich freundlich, liebenswürdig und heiter gegeben, solange er bei Maggie war.

Die verheiratete Schwester, die älteste der drei Geschwister, lebte zusammen mit ihrem Mann, einem Versicherungsvertreter, und zwei Kindern in Hertfordshire. Sie hatte Maggie nicht besucht. Es existierte ein Bericht, daß sie sich am Telefon mehrfach nach dem Zustand ihrer Schwester erkundigt hatte; am ersten Abend, als Maggie noch im Operationssaal gelegen hatte, war sie voll der Trauer und hinterließ den Eindruck, daß sie sofort alles stehen- und liegenlassen würde, um an das Bett der verunglückten Schwester zu eilen, doch der Ton kühlte sich merklich ab, sobald offenbar wurde, daß es kein Sterbebett sein würde. Mrs. Chalmers rief zwar nach wie vor an, um liebevolle Grüße auszurichten, aber es war nicht mehr die Rede davon, daß sie kommen wollte. Diese Einzelheiten erfuhr Francis von Rice, dessen Informationsquelle die Stationsschwester war, die anfangs die Telefonanrufe für Maggie angenommen hatte.

Es kristallisierte sich allmählich heraus, daß offenbar alle Menschen, die Maggie verbunden waren, gleichzeitig insgeheim nagende Ressentiments gegen sie hegten. Dennoch deutete alles darauf hin, daß sich die berühmte Sängerin ihrer

Familie und den früheren Bekannten gegenüber immer loyal und großzügig gezeigt hatte. Vielleicht war das ihre einzige wirklich unverzeihliche Tugend. Wenn sie die Schmarotzer abgeschüttelt hätte und ungehindert ihren Weg gegangen wäre, hätten sie wenigstens das Gefühl gehabt, daß auch sie nur ein menschliches Wesen war, hätten sich an ihren Fehlern erfreuen und damit trösten können. Menschen, die alles haben, wecken in Normalsterblichen leicht den gehässigen Ehrgeiz, ihnen so viel wie möglich zu nehmen oder, falls das nicht möglich war, wenigstens kaputtzumachen, was sie erwischen konnten. Nein, Maggie hatte ihre Verwandten nie dazu ermuntert, sich an ihrer Schulter auszuweinen. Eher würde ihre Sippe sie, sobald sie die Möglichkeit dazu hatte, ruinieren und ausplündern.

Dann waren da noch andere: Kollegen, Sänger, musikalische Begleiter, Dirigenten, Bewunderer. Die meisten von ihnen wären gern ihr Liebhaber geworden, ob ihnen das bewußt war oder nicht, einige wenige hatten sich jedoch auch die nötige Integrität und Distanz bewahrt, um eine von Begehren unbelastete Freundschaft zu ihr zu pflegen. Diese seltenen Freunde konnte sie weiß Gott gebrauchen. Zum Beispiel den Musiklehrer in ihrer Schule, der als erster erkannte, was für eine wundervolle Gabe sie besaß, und alles in seiner Macht Stehende getan hatte, um sie zu fördern. Und danach Paul Fredericks, den exzentrischen, wohlhabenden alten Genius, der die letzten Jahre seines Lebens damit zubrachte, die Profite, die er sich mit seiner eigenen musikalischen Karriere erworben hatte, an Musiker der Zukunft zu verschwenden. Aber hatte sie noch mehr echte Freunde?

Eine ganze Masse von Möchtegernliebhabern, angefangen von den bescheidenen Bewunderern aus ihrer Mädchenzeit über die endlose Schar ihrer Mitstudenten bis zu den prominenten Künstlern, die sie jetzt umschwirrten. Und war da nicht in dem süßen Chor ihrer Verehrung ein bitterer Unterton? Ein Mann, der einer Frau den Hof macht, kennt seinen Wert und erwartet, Eindruck zu machen, aber Maggie Tressider war immer unerreichbar geblieben. Trotzdem singen sie noch immer ihre Loblieder und bleiben am Ball, solange das Objekt ihrer Begierde ein so wertvolles Kultobjekt und Statussymbol ist, aber nach einer Weile macht sich leichte Verbitterung breit, das Herz macht die Farce nicht mehr mit, und etwas Fremdes tritt auf den Plan. Boshaftigkeit?

Bevor Francis nicht zum zweitenmal an die Tür von Maggies Krankenzimmer geklopft und sie mit – für seinen Besuch – dezent geschminktem Gesicht und glänzend gebürstetem Haar gesehen hatte, war ihm nicht klar gewesen, was an ihr ihn am meisten aus der Fassung brachte. Als er eintrat, betete er in Gedanken die Namen ihrer Bewunderer, die Legion waren, wie Rosenkranzperlen, und dort in dem weißen Bett, in dem weißen Zimmer, saß reglos und voller Spannung dieses zarte, einsame Wesen; die kobaltblauen Spiegel ihrer Augen warteten auf ein menschliches Bild, das sie reflektieren konnten und sie mit Leben erfüllte. Er hatte noch nie jemanden kennengelernt, den so viele Verehrer umkreisten, und er hatte nie jemanden kennengelernt, der so entsetzlich allein war.

Sie war eine angenehme Klientin, geduldig und ergeben. Sie nahm bereitwillig ihre persönliche Lebensgeschichte dort wieder auf, wo sie vor zwei Tagen aufgehört hatte, und sie leistete sogar seiner Empfehlung Folge, indem sie sich entspannte, während sie ihr Gedächtnis bemühte, als wäre er tatsächlich ein Arzt, der eine gewisse, wenn auch nur vorübergehende Autorität über sie hatte. Matt und mit geschlossenen Augen lag sie in den Kissen und breitete ihr Leben vor ihm aus. In den häufigen, aber kurzen Pausen dachte sie nach, ließ sich jedoch nicht genügend Zeit, um Täuschungen und Lügen für Francis zu erfinden. Er beobachtete ihre marmorhafte Ruhe, selbst ihr Atem schien stillzustehen, und fragte sich, was geschehen würde, wenn jemand diese schlafende Schönheit küßte. Würde sie erwachen wie Dornröschen? Im Gegenteil – sie würde sich schon bei der ersten Berührung in ihren hundertjährigen Schlaf zurückziehen. Man könnte sich schon glücklich schätzen, wenn man nicht von den Dornen durchbohrt wurde, bevor man ihren Mund erreichte.

»Dr. Fredericks suchte sich jedes Jahr im Frühling und im Herbst eine kleine Gruppe aus seinen Schülern aus und nahm sie mit auf eine Tournee über den Kontinent. Er hatte dort überall gute Verbindungen, und dies war seine Methode, uns Konzerterfahrung zu vermitteln, ehe wir die große Karriere anstrebten. ›Freddys Zirkus‹ nannten wir diese Reisen. Wir beteiligten uns an kleinen Festivals und boten Ergänzungen bei Konzerten in der Schweiz, in Österreich und auch einem Teil von Deutschland. Zu diesen Gruppen gehörten zwei oder drei Sänger, ein paar Soloinstrumentalisten, das heißt immer ein Pianist – einer der musikalischen Begleiter war immer für ein oder zwei Konzerte gut –, vielleicht ein Geiger und ein kleines Orchester. Es kostete Freddy ein Vermögen, diese Reisen durchzuführen, aber hin und wieder machte er auch Profit. Ich begleitete ihn dreimal. Einmal im Herbst 1954 – damals war ich achtzehn – und dann bei beiden Tourneen im Jahr 1955. Danach hatte ich meinen großen Durchbruch, als mir angeboten wurde, den Cherubin zu singen. Er erlaubte mir, die Rolle anzunehmen, und das machte mir bewußt, daß ich ›fertig‹ war. Ich fuhr nie wieder mit ihm ins Ausland, weil ich mit Konzerten, Engagements und Plattenaufnahmen beschäftigt war ... alles ging sehr schnell. Zwei Jahre später starb Freddy. In Bregenz bei den Festspielen. Es gab nie wieder einen Zirkus.«

»Und wer war mit Ihnen auf diesen Reisen? Entsinnen Sie sich daran?«

Sie nannte etliche Namen. Zwei ihrer damaligen Kommilitonen waren ihr in den Olymp der Künstler gefolgt, wenn auch nicht so schnell. Einer war bei einem Flugzeugunglück ums Leben gekommen. Einige waren inzwischen – und wahrscheinlich für immer – in der Versenkung verschwunden.

»An andere erinnere ich mich nicht. O ja, bei meiner letzten Tournee war etwas anders als bei den beiden vorhergehenden, weil Freddys Schwester, die uns immer begleitete und als Anstandsdame fungierte, kurz bevor wir losfuhren ins Krankenhaus mußte. Eine seiner ehemaligen Schülerinnen übernahm ihren Platz. Bernarda Elliot war ihr Künstlername – ich glaube, so hieß sie vor ihrer Hochzeit. Sie war eine Altistin, sogar eine gute, aber damals sang sie nicht mehr; sie war schon seit etlichen Jahren verheiratet . . . mit einem Mann namens Felse. Sie lebte irgendwo in den West Midlands, soweit ich weiß. Sie fuhr nur mit, um Freddy einen Gefallen zu tun, und war auch nur dieses eine Mal dabei. Es war die einzige Tournee, die Miss Fredericks verpaßte. Sie starb ein paar Monate nach Freddy. Ich glaube, freiwillig. Verstehen Sie, was ich meine? Sie hatten all die Jahre zusammengearbeitet – ohne ihn hatte das Leben keinen Sinn mehr für sie.«

»Ja, ich verstehe«, sagte Francis. »Dieser Cherubin . . . das war im Covent Garden, hab' ich recht?«

»Ja, ich hatte Glück. Wir machten mit derselben Besetzung später eine Plattenaufnahme. Es war nicht der beste ›Figaro‹ der Welt, aber er fand eine Menge Beachtung.«

Von da an fiel es ihr nicht schwer, die Erfolgsleiter Stück für Stück hinaufzuklettern; sie erweiterte ständig ihr Repertoire und wartete darauf, mit den Jahren an neue Aufgaben herangeführt zu werden und reifere Rollen übernehmen zu können. Sie erzählte ihm von ihrer Karriere, wie sie sie erlebt hatte – ohne Überheblichkeit oder falsche Bescheidenheit –, und plötzlich dämmerte ihm, daß sie nicht nur das begabte Kind war, für das er sie anfangs gehalten hatte; diese ungeheuerliche Schlichtheit und Geradlinigkeit hatten ihren Ursprung nicht in kindlicher Unschuld, sondern sie waren ein Weg, den eine erwachsene Frau mit voller Absicht gewählt hatte, eine Frau, die eine Menge zu tun hatte und der lediglich ein einziges Leben für ihr Schaffen zur Verfügung stand. Maggie Tressider hatte keine Zeit für Weitschweifigkeiten. Es gab jedoch, wie es schien, zumindest eine Eigenschaft, die entweder sie oder andere, die ihr über den Weg liefen, zerstören konnte. Großzügig, umsichtig, loyal – das alles mochten vielleicht Eigenschaften sein, die auf sie zutrafen, aber eines war ganz sicher: Sie war ehrgeizig. Nicht so sehr für sich selbst als für ihre Stimme, deren Hohepriesterin sie war. Falls es je zu einem Interessenskonflikt kam, würde sie alles und jeden für diese Gottheit opfern, auch Maggie Tressider selbst.

Als die Glocke ertönte, die Francis aus dem Krankenzimmer scheuchte, war sie in der Gegenwart angelangt. Die von feinen Äderchen gezeichneten, an Schneeflocken erinnernden Lider blieben noch eine Weile geschlossen, nachdem sie aufgehört hatte zu sprechen. Die langen, seidigen Wimpern, die auf den Wangen ruhten, hatten dieselbe Farbe wie ihr Haar – grün-bronze-gold. Als sie die Augen öffnete und den Blick auf Francis richtete, war er beinahe geblendet von dem klaren Blau.

In diesem Moment geschah das Unglück – es durchfuhr ihn scharf und sauber wie ein glatter Messerstich, so daß er noch eine ganze Stunde lang nicht den geringsten Schmerz verspürte.

»Ich melde mich bei Ihnen«, sagte er, »sobald ich etwas zu berichten habe. Es dauert vielleicht ein paar Tage, aber ich rufe Sie an.«

»Ja . . .« Sie wollte ihn fragen, was er dachte und ob er

irgendeinen Hinweis in ihrem Bericht entdeckt hatte, aber sie nahm Abstand davon. Sie hatte ihm schon bei seinem letzten Besuch gesagt, daß sie ihm vertraute, und jetzt lag alles in seinen Händen. »Ich fühle mich schon besser«, sagte sie und bot ihm damit die einzige Ermutigung, die sie für ihn parat hatte. »Seit Sie zum erstenmal hier waren, habe ich kein Gewicht mehr verloren. Und ich *schlafe* jetzt auch. Ich werde wieder gesund.«

»Natürlich!« rief er aus.

»Und diese Sache kommt in Ordnung ...« Sie bedachte ihn mit einem ernsten, dankbaren, unpersönlichen Lächeln. Die Last ihres Vertrauens machte ihm das Herz bleischwer, und tief in seinem Inneren begann insgeheim die tödliche Wunde zu bluten.

Er hatte die Hälfte des Abends überstanden, als das taube Gefühl nachließ und sich Ungerechtigkeit, Würdelosigkeit, Wut und Schmerz gleichzeitig Bahn brachen, als vernünftige Hoffnungslosigkeit und irrationale Hoffnungen ihn innerlich zerrissen.

Er saß vor seinem Notizbuch – ein voller Aschenbecher stand daneben – und stellte methodisch Listen von Namen zusammen, wobei er darüber nachdachte, wer welche Bedeutung in den verschiedenen Perioden ihres Lebens für sie gehabt hatte. Es war immer lohnender, erst einmal ruhig dazusitzen, nachzudenken und die erhaltenen Informationen einzuschätzen, als loszurennen und wahllos Leute zu befragen. Und er hatte einen Anhaltspunkt.

»Ich habe *ihm* etwas Schreckliches angetan ... *ihn* getötet ...« »Er ist die ganze Zeit da, *er* läßt mich nie in Ruhe ...« »Es wäre nicht so schlimm, wenn ich *ihn* klar sehen könnte ...« Sie hatte mit keinem Wort erwähnt, daß es sich *nicht* um eine Frau handelte, aber die Tatsache, daß sie immer von *ihm* sprach, legte die Vermutung nahe, daß ihr Feind ein Mann war – möglicherweise hatte ihr Unterbewußtsein in einem kurzen lichten Moment diese Information freigegeben. Er verwettete all seine Habe darauf – X war ein Mann.

Was für ein Mann? Kein Mitglied ihrer Familie – die ertrug sie geduldig, besuchte sie hin und wieder und subventionierte sie, als wäre das eine Selbstverständlichkeit. Rice meinte, es könnte irgendein Verehrer gewesen sein, der den falschen Moment gewählt und eine heftige Abneigung in ihr geweckt hatte, eine Abneigung, die sie zum ersten und einzigen Mal zur Rebellion gegen ihre übliche Rolle getrieben hatte. Aber hätte ihr eines dieser Anhängsel tatsächlich so viel bedeutet, daß eine solche Szene vorstellbar war? Francis glaubte das nicht. Wer sie zu Grausamkeiten provoziert hatte, mußte ihr sehr, sehr wichtig gewesen sein.

Je länger er darüber nachdachte, desto wahrscheinlicher erschien es ihm, daß X die Person sein mußte, die so offensichtlich in Maggies Leben fehlte. Ein Gesicht, das sie so strikt aus ihrem Gedächtnis verbannt hatte, konnte sehr gut zu dem Mann gehören, der nicht da war.

Viele Männer hatten Maggie geliebt, aber keiner von ihnen war nach ihren eigenen Angaben und den allgemeinen Kenntnissen über sie von ihr wiedergeliebt worden. Das Wort »Liebe« hatte sie kein einziges Mal erwähnt, und das allein war so bemerkenswert, daß man zwangsläufig darauf aufmerksam wurde. Eine talentierte schöne Frau, die noch mit fast zweiunddreißig Jahren allein war und diesen Status verteidigte! Das war das Mysteriöseste an ihr. Wieso hatte sie nie geheiratet? Weil sie mit ihrer Kunst verheiratet war? Selbst wenn, warum war es ihr nie eine Überlegung wert gewesen, sich einen Ehemann oder einen Liebhaber zu nehmen, und weshalb hatte sie keinen der zahlreichen Kandidaten an sich herangelassen? Kam man ihr einen Schritt zu nahe, wich sie mindestens drei Schritte zurück, und dann würde sie sich immer mehr zurückziehen, bis sie außer Sichtweite wäre. Das hatte er erkannt, und wenn er sich nicht irrte, war Gilbert Rice zu demselben Schluß gekommen. Was stimmte nicht mit ihr? Welche Barriere schloß die Männer aus ihrem Leben aus? Dieselbe, die das Gesicht von X unkenntlich machte?

Und wenn die Jagd auf X die Jagd nach einem unsichtbaren, nicht existierenden Liebhaber war, der sie als einziger aus der Reserve hatte locken können – wo wäre er am ehesten zu finden? Irgendwo weit in der Vergangenheit, sonst hätte sie ihn nicht so lange Zeit und so vollständig aus ihrem Gedächtnis löschen können. Äußerlich betrachtet vielleicht keine herausragende Figur in ihrem Leben, sonst hätte sie ihn, wie gesagt, nicht so erfolgreich verdrängen können, obwohl er im nachhinein betrachtet doch so wichtig für sie gewesen sein mußte, daß er jetzt noch imstande war, ihr ganzes Leben zu ruinieren. *Was hatte sie ihm angetan?*

Es hatte wohl kaum Sinn, in ihrer Kindheit und ihrer frühen Jugend zu kramen, dieser Vorfall hatte seine Krallen erst tief in sie gebohrt, als sie schon erwachsen oder gerade zur Frau geworden war – vielleicht achtzehn oder neunzehn Jahre alt; zu einem Zeitpunkt, an dem sich ihre Karriere plötzlich wie ein offenes Buch vor ihr ausbreitete und ihr klar wurde, daß sie eine ganz Große werden würde. Damals war sie von Musik durchdrungen und verzaubert gewesen, und Männer waren vermutlich im Hintergrund verblaßt, gerade als sie eigentlich in das Bewußtsein einer jungen Frau rücken und an Bedeutung gewinnen sollten. Vor zwölf oder dreizehn Jahren also. In zwölf Jahren hatte sie genügend Zeit gehabt, Reue und Schmerz zu unterdrücken und einst wichtige Menschen wirklich und wahrhaftig zu vergessen.

Francis erlaubte sich den Spaß, selbst zwölf Jahre zurückzublicken. Wo hatte er sich damals aufgehalten? Und vor allem, mit wem war er zusammengewesen? Er erinnerte sich an ein enges Boot auf dem Midland Canal, an einen vertrödelten Sommer in einem Antiquitätengeschäft, das unter seiner Leitung pleite gegangen war, weil er nichts dafür getan hatte, und an eine Frau, die der Grund für seinen mangelnden Arbeitseifer gewesen war. Aber wenn er versuchte, sich diese Frau genauer ins Gedächtnis zu rufen, sah er nur eine weibliche Gestalt ohne Gesicht und ohne Namen. Nichts als ein Schatten und ein bitterer Nachgeschmack war geblieben, keine Schuldgefühle, nur Bedauern wegen einer vergeudeten beruflichen Zukunftsaussicht – das alles barg nichts Geheimnisvolles.

Und da plötzlich entfaltete sich wundervoll wie eine Blütenknospe vor dem Objektiv einer Kamera die schemenhafte Gestalt und nahm Farbe, Form und Leben an. Der Kopf leuchtete im unglaublichen Goldgrün von Eichenlaub im Frühling, die glühenden blauen Augen durchbohrten ihn, wie sie ihn vor einer Stunde durchbohrt hatten. Die brennende Erkenntnis seiner mißlichen Lage brach auf wie ein Blutstrom, und er wußte, daß er verloren war. Für wen hatte er sich denn gehalten, als er die Frauen so selbstherrlich abgeschrieben hatte? Und für wen hielt sie sich, daß sie Männer aus ihrem Dasein verbannte?

Zum erstenmal in seinem Leben hatte er es nicht kommen sehen, war nicht ausgewichen und hatte das Terrain, auf dem er der Gefahr begegnete, und die Umstände nicht selbst bestimmt. Jetzt war es zu spät, noch irgend etwas zu unternehmen, außer die Blutung durch pure Willenskraft zu stoppen und sich irgendwie durch den Job zu beißen, den er angenommen hatte. Hatte er nicht gerade zu seiner vollen Befriedigung die Theorie aufgestellt, daß kein Mann Maggie Tressiders Festung stürmen konnte? Die unerfüllte Sehnsucht würde ihn von nun an beherrschen wie so viele andere vor ihm.

Oder nicht? Wenn er seine Karten klug ausspielte, konnte er sich dann nicht Vorteile verschaffen?

Sie vertraute ihm. Das hatte sie gesagt, und sie hatte es ernst gemeint. Wem sonst erzählte sie soviel von sich? Wer außer ihm hatte ungehindert Zugang zu ihr? Die Jagd auf X konnte so lange hinausgezögert werden, bis seine Position gesichert war, und die Entlarvung von X konnte – vorausgesetzt er fand ihn überhaupt und die Umstände waren dementsprechend – so gestaltet werden, daß es den Interessen von Francis Killian ebenso diente wie denen von Maggie Tressider. Ja, er hatte außerordentliche Vorteile ...

Und außerordentliche Nachteile, warnte ihn sein eigenes, vernünftigeres Selbst eindringlich. Du nimmst ihr Geld und erledigst diesen Job für sie. Sie vertraut dir nur so sehr, wie jeder intelligente Mensch einem kompetenten Profi vertraut, mit dem er einen Vertrag geschlossen hat. Du brauchst lediglich ein paar Zentimeter von der Linie abzuweichen, morgen, nächste Woche, irgendwann, und schon ist sie weg. Dann stehst du mehr als je zuvor wie ein Idiot da. Wenigstens hast du bis jetzt dein Geschäft immer saubergehalten.

Und das werde ich auch weiterhin tun, beteuerte er eifrig und wider besseres Wissen. Ich habe nicht die Absicht, sie zu betrügen. Den Auftrag, den ich angenommen habe, schließe ich ordentlich ab, falls das überhaupt möglich ist. Aber solange ich für sie arbeite, kann ich mit ihr reden, ich besitze ein gewisses Maß an Vertrauen und werde mir mehr verdienen. Ich täusche niemanden, wenn ich meine eigenen Interessen zusätzlich zu ihren verfolge.

Und du bildest dir ein, du hättest auch nur die geringsten Chancen? erkundigte sich sein Doppelgänger bissig. Du weißt, was diese Frau ist – eine in aller Welt berühmte Person, eine Schönheit, eine überragende Künstlerin. Muß ich dir das erst vor Augen führen? Und du weißt, was du bist, oder? Hast du das vielleicht vergessen? Es ist lange her, seit du zum letztenmal in den Spiegel geschaut hast.

Es gab keinen Spiegel in seinem Zimmer oder seiner Wohnung, nur im Bad. Er brauchte keinen – er wußte auch so, wie er aussah und was er war. Ein einundvierzigjähriger Mann, mittelgroß, schlank, gemessen am Durchschnitt nicht schlecht aussehend, wenn er nicht sein halbes Erwachsenenleben damit zugebracht hätte, sich von widrigen Umständen unterkriegen zu lassen oder sich selbst kaltzustellen, falls ansonsten alles gepaßt hätte. Alles, was ihn davon abhielt, eine schonungslose Bilanz zu ziehen und sich mies zu fühlen, waren seine asketische, strenge Ader, die ihm von seiner nonkonformistischen Erziehung und von dem lebenslangen Kampf gegen das Chaos und die Maßlosigkeit unbeschadet erhalten geblieben war, und die fundamentale Abneigung gegen Dreck, die er gern als Tugend angesehen hätte, die aber, wie er traurig erkannt hatte, nichts weiter war als eine Schwäche.

Ja, räumte sein innerer Dämon ein, du hast dich in den letzten fünf Jahren saubergehalten – eine Wandlung von Verwahrlosung zu klösterlicher Ordnung –, und es kostet dich eine Menge, sauber zu bleiben. Du weißt verdammt gut, wieviel dir das wert ist. Du wirst nicht mehr viel verkraften. Wieviel von deiner Seele wird dir noch bleiben, wenn du der Liebe Zugang gewährst? Erkennst du nicht die Katastrophe, die dir bevorsteht? Sieh dich doch mal in dieser kargen Zelle um. Diese Behausung sagt mehr, als man beim ersten Anschein vermuten würde: Sie repräsentiert die einzige Sicherheit, die du hast, weil es das einzig Ordentliche in deinem Leben ist – sie ist das, was von deiner Moral noch übrig ist, sie ist deine Identität. Öffne die Tür und laß die Liebe herein, und die ganze Konstruktion stürzt in sich zusammen, ehe du »Maggie« sagen kannst.

Er wußte, das war die Wahrheit. Nur ein Trottel würde den Eindringling in seiner unter Schmerzen geschaffenen Privatsphäre willkommen heißen und mit fliegenden Fahnen der Macht entgegenrennen, die beleidigte und zerstörte, was er unter so vielen Entbehrungen aus sich gemacht hatte. Und das ohne jede Aussicht auf Erfolg! Niemand wußte besser als er, daß er niemals an sie herankommen konnte. Wenn er seine Abwehrmechanismen wieder aufbaute und verstärkte, solange es noch Zeit war ... Aber es war keine Zeit mehr. Es war bereits zu spät ... Also schön, sagte er trotzig zu seinem Doppelgänger, wart's ab und schau mir zu. Ein bißchen Geduld, ein wenig Geschick, eine hübsche Mixtur aus Erpressung und Dankbarkeit, und du wirst überrascht sein, was ich erreichen kann, wenn ich es nur will. Wollen wir wetten, daß ich sie am Ende doch bekomme?

Selbst wenn, sagte der Dämon, die ultimative Wahrheit ist und bleibt, daß du bestimmt nicht das bekommst, was du wirklich willst. Es ginge nur darum, zu besitzen und sich zu amüsieren, das weißt du doch, hab' ich recht? Und zu zerstören! Du wirst niemals eins mit ihr.

Also gut, verdammt noch mal! dachte Francis zähneknirschend, *dann werde ich mich eben damit begnügen.*

3. Kapitel

Von diesem Abend an mußte er also die Interessen zweier Personen wahren – die von Maggie und seine eigenen –, und vorläufig waren sie identisch. Falls diese Interessen jemals voneinander abweichen sollten, wußte Gott allein, wie er handeln und wem er Priorität einräumen würde. Es war sinnlos, den Augenblick der Entscheidung voraussehen zu wollen, und es bot ihm auch keinen Trost.

Besser, er widmete sich seiner Aufgabe. Wenn X ein zurückgewiesener, verletzter Liebhaber war, dann mußte er seinen Auftritt gehabt haben, als sich Maggie an der Schwelle zum Erfolg befand. Immer seit ihrem zwanzigsten Lebensjahr hatte sie im grellen Sonnenlicht gestanden und genau gewußt, wo sie hinsteuerte, ohne die Ellenbogen zu gebrauchen. Je mehr er darüber nachdachte, um so wahrscheinlicher erschien es ihm, daß er sich in seinen Nachforschungen auf zwei Jahre ihrer Entwicklungszeit beschränken konnte, nämlich auf die beiden letzten Jahre, in denen sie bei Paul Fredericks studiert hatte.

Was hätte er darum gegeben, wenn er mit dem alten Herrn persönlich hätte sprechen können oder wenigstens mit seiner Schwester, die mit ihm zusammengearbeitet hatte! Vielleicht wäre die Schwester noch ergiebiger gewesen, da eine ältere Frau besser erkennt, was in einem jungen, ambitionierten Mädchen vor sich geht, als ein seniler alter Mann, der ihr Talent fördert. Aber beide waren seit Jahren tot. Wenigstens kannte Francis einige Namen derer, die Maggie auf den drei

Tourneen von Freddys Zirkus begleitet hatten. Er begann aus wohlerwogenem Grund mit der letzten Konzertreise im Herbst 1955, weil nämlich Maggie danach eingeladen worden war, den Cherubin im Covent Garden zu singen und Freddy ihr zugestanden hatte, daß sie »fertig« war. Das war Grund genug für Francis, zuerst diese Tournee ins Auge zu fassen.

Und wenn ihm schon nicht Esther Fredericks zur Verfügung stand, so hatte er doch Bernarda Elliot, verheiratete Bernarda Felse, auf seiner Liste – die Frau, die für Freddys kranke Schwester eingesprungen war. Wenn sich Freddy in einer Krise an sie gewandt hatte, dann mußte sie nicht nur eine gute Sängerin, sondern auch eine vernünftige, kluge Person sein. Hatte Maggie nicht gesagt, daß sie ganz in der Nähe in den Midlands lebte oder gelebt hatte? Felse, dieser Name war ziemlich ungewöhnlich.

Er schlug im regionalen Telefonbuch nach. Es gab nur einen einzigen Felse in beiden angrenzenden englischen Counties und in einem großen Teil von Wales: George Felse, Prior's Lane 19, Comerford. Unter diesen Umständen war es wohl nicht allzu schwierig herauszufinden, ob seine Frau Bernarda hieß.

Sie hieß tatsächlich Bernarda, obwohl die meisten Menschen, wie er erfuhr, sie als Bunty kannten. Und ihr Mann – wer hätte das gedacht? – war Detective Inspector bei der Kriminalpolizei von Midshire. Es war ein großer Schritt von Freddys Zirkus zu einem bescheiden modernisierten Cottage in dem Dorf Comerford, das nur wenige Meilen vom Hauptort der Grafschaft entfernt war und gerade die tragische Entwicklung vom kleinen Nest zur Stadt durchmachte. Dreizehn Jahre sind eine lange Zeit; George Felse mußte ein Streifenpolizist gewesen sein, als sich sein Mädchen für ihn und gegen eine Karriere als Sängerin entschieden hatte – und Maggie hatte gesagt, sie sei sehr gut gewesen.

Also kommt so was vor!

Bau nicht darauf, Francis, ermahnte er sich grimmig, Maggie könnte das nicht passieren. Ein kleines Zwischenspiel, das ein paar Monate, höchstens ein Jahr dauert, das ist das Äußerste, was du bekommen kannst, wenn du Glück hast und clever bist . . . aber ein Leben lang? Rechne lieber nicht damit.

Er wählte die Nummer von George Felse. Die Stimme, die sich meldete, war höher als die von Maggie und nicht ganz so klar. »Ja, ich bin Bernarda Felse. Aber woher wissen Sie das?«

Eine gute Frage, aber aus gewissen Gründen auch eine beängstigende. Bei einer solchen Frau mußte er auf der Hut sein, sonst gab er womöglich mehr preis, als er von ihr in Erfahrung brachte.

»Ich bin Francis Killian, und Maggie Tressider hat mir Ihren Namen genannt. Sie hatte einen Unfall und liegt im Krankenhaus von Comerbourne, wissen Sie? Ich betreibe private Recherchen für jeden, der mich damit beauftragt, wenn er ein Buch schreiben, Statistiken erstellen oder ähnliches machen will. Miss Tressider möchte, solange sie ans Bett gefesselt ist, Material für eine mögliche Monographie über Doktor Paul Fredericks sammeln. Sie hat mich gebeten, die Laufarbeiten für sie zu erledigen. Soweit ich weiß, kannten Sie Paul Fredericks gut?«

»Ich habe bei ihm studiert«, erwiderte die entfernte Stimme stolz, liebevoll, fröhlich und ohne jedes Bedauern. »Er war ein Goldstück, aber jähzornig wie der Teufel. Nein, wenn ich's mir recht überlege, ist der Teufel bestimmt nicht jähzornig, oder? Ja, irgend jemand sollte über Freddy schreiben, das ist klar.«

»Es wäre mir eine große Hilfe, wenn ich mit Ihnen über ihn sprechen könnte. Darf ich Sie irgendwann einmal besuchen?«

»Wann immer es Ihnen paßt«, sagte Bunty Felse. »Heute nachmittag, wenn Sie möchten?«

In dem Moment, als er sie zum erstenmal sah, fragte er sich nicht mehr, ob sie an der Richtigkeit ihrer Entscheidung zweifelte. Sie gehörte zu den wenigen Menschen, die aussahen, als würden sie nie etwas bereuen. Sie war etwa in seinem Alter, eine zierliche Person mittlerer Größe mit glänzendem, kastanienbraunem Haar, das hier und da von silbernen Fäden durchzogen war. Ihre großen, haselnußbraunen Augen sahen ihn über die Kaffeetasse hinweg mit einer Offenheit und Neugier an, die er als Kompliment empfand.

»Hat sie das wirklich vor? Sie will ein Buch über Freddy schreiben?«

»Ach, das ist eine andere Frage«, gestand Francis, »und keine, die ich ihr stellen kann. *Sie* könnten es, wenn Sie sie im Krankenhaus besuchen würden. Ich glaube, sie würde sich freuen.«

»Das tue ich nicht«, erklärte Bunty und nahm einen Aschenbecher aus dem Regal. »Ich habe in etwa so viel Anspruch auf Miss Tressider wie auf die Hälfte der übrigen berühmten Künstler, die heutzutage in der Musikwelt den Ton angeben – ich habe drei Jahre bei dem Mann studiert, den sie alle kannten und schätzten. Dutzende, vielleicht Hunderte andere haben das auch getan, und die meisten von ihnen sind so unbekannt wie ich. Nein, ich bin ausgestiegen, man kann nicht beides haben. Ich wollte das auch nie – na ja, zumindest nur ganz selten, höchstens mal für einen Tag oder so. Jedenfalls kannte ich das Mädchen so gut wie gar nicht. Ich war schon seit einigen Jahren verheiratet, als sie zu Freddy kam. Nur weil Esther plötzlich krank wurde, sind wir uns rein zufällig begegnet.«

»Aber Sie erinnern sich an sie? Daran, wie sie damals war?«

»Jemanden wie sie vergißt man nicht so leicht«, sagte Bunty mit einem Lächeln, das die Sommersprossen auf ihrer kurzen, geraden Nase tanzen ließ. »Ich versichere Ihnen, sie war damals schon brillant. Ich mag zwar selbst nicht mehr dabei sein, aber das Interesse an Musik habe ich nicht verloren. Ich wußte, welchen Schatz wir auf der Tournee dabei hatten. Übrigens, Freddy hat mich auf sie aufmerksam gemacht, aber sie war mir schon vorher aufgefallen. Ich denke, in gewisser Weise war diese Reise ein Wendepunkt für sie. Sie wurde sich plötzlich bewußt, welche Möglichkeiten ihr offenstanden ... fast so, als hätte sie ihren wahren Kern erkannt und sich für alle Zeiten darauf fixiert. Sie kehrte allem den Rücken und konzentrierte sich nur noch auf die Musik.«

Dieser Satz schreckte ihn auf, und sein Stift stockte; mittlerweile hatte er sich schon zwei Seiten Notizen über Dr. Fredericks gemacht – schließlich hatte er sich unter dem Vorwand, Recherchen über den Gönner und Musikfreund anzustellen, Zugang zu Mrs. Felse verschafft. Sicher konnte er es sich jetzt leisten, ein paar Fragen über Maggie zu stellen.

»Sie hatte ihren ersten großen Erfolg auf dieser Tour?« wollte er wissen.

»Ja, das kann man wohl sagen. Aber es war mehr als das – ihr Bewußtsein hat sich irgendwie verändert. Ich schätze, sie hatte bereits großes Selbstvertrauen, als wir aufbrachen. Es war schließlich schon ihre dritte Tournee mit Freddy, doch in dieser Zeit schien sie erst richtig wach zu werden, und danach richtete sie ihr Augenmerk auf den Berggipfel und begann zu klettern. Sie hat nie mehr einen Blick zurückgeworfen.«

Jetzt hat sie es doch getan, dachte Francis, behielt das aber für sich. Als der Tod auf dem Operationstisch Hand an sie gelegt und ihren Atem erstickt, sich dann aber anders besonnen und den Rückzug angetreten hatte, da war ein vergessenes Fenster aufgegangen, und Maggie hatte zum erstenmal wieder einen Blick zurück getan.

Francis klappte sein Notizbuch zu und betrachtete Bunty Felse einen Moment schweigend. Schließlich forderte er sie auf: »Erzählen Sie mir von dieser speziellen Reise. Wo waren Sie überall? Wo wurden die Konzerte gegeben? Geschah irgend etwas Außergewöhnliches? Erzählen Sie mir alles, woran Sie sich erinnern.«

Die haselnußbraunen Augen, in die das Sonnenlicht grüne Funken zauberte, musterten ihn nachdenklich. Eigentlich hätte sie jetzt sagen müssen: »Ich dachte, Sie sammeln Material über Freddy!«, aber sie sagte es nicht. Was immer sie in ihm sah, ihr erschien diese Verlagerung auf ein anderes Thema logisch. Sie hielt es nicht einmal für nötig, einen Kommentar dazu abzugeben.

»Ich muß noch irgendwo den Reiseplan und meine Arbeitsnotizen haben. Ich hatte den Job nur für dieses eine Mal übernommen und wollte alles richtig machen. Ich kümmerte mich um die organisatorischen Angelegenheiten, buchte Zimmer, bezahlte Rechnungen und hatte gleichzeitig ein Auge auf die Mädchen.« Sie stand auf und kramte in einer Schublade ihres Sekretärs. Sie hatte die Unterlagen offenbar nicht als wertvolle Erinnerung aufgehoben, sonst hätten sie einen Ehrenplatz gehabt und nicht in der hintersten Ecke gelegen.

»Hatten Sie viele Probleme?« erkundigte sich Francis beiläufig.

Sie lachte. »Mit den Mädchen wenige. Es waren nur drei Mädchen dabei, und die nahmen ihre Karriere ausgesprochen ernst wie fast alle von Freddys Studenten, oder sie blieben nicht lange bei ihm. Bei dieser Reise gab es eher mehr Schwierigkeiten mit Freddy selbst. Vor Konzerten war er immer sehr reizbar, und wir hatten einen sehr ungestümen Jungen dabei, der sich mit ihm überwarf.« Sie fand, was sie suchte – ein paar verknitterte Papiere in einem Schnellhefter –, und kam zurück zum Kaffeetisch. Es waren etwa ein Dutzend handbeschriebene DIN-A4-Bögen, etliche Hotelrechnungen und eine Landkarte, auf der die Route der Gruppe durch halb Europa und zurück nach Calais eingezeichnet war. Bunty Felse legte den Hefter vor Francis auf den Tisch und nahm wieder Platz. »Nehmen Sie das mit, wenn es Ihnen weiterhilft.« Sie begegnete ungerührt seinem Blick, und immer noch enthielt sie sich jeden Kommentars. Sie machte sich ihre eigenen Gedanken über sein Interesse an Maggie Tressider, und wer konnte behaupten, daß sie sich irrte?

»Das würde ich gern, wenn es Ihnen nichts ausmacht. Ich gebe Ihnen die Unterlagen zurück, wenn ...«

»Nicht nötig«, fiel sie ihm lächelnd ins Wort. »Es war damals eine schöne Aufgabe für mich und sogar noch interessanter als zuvor, als ich selbst als Solistin mit Freddy auf Tournee war. Aber mit all dem habe ich inzwischen abgeschlossen. Ich war nur einmal als Aktive dabei, mit neunzehn, aber dann entschied ich mich für die Ehe, und das war's dann. Mein Sohn war in dem Sommer, als Esther im Krankenhaus lag, fast acht Jahre alt. Um die Wahrheit zu sagen, es schmeichelte mir, daß Freddy mich bat, für sie einzuspringen – fast mehr, als wenn er mich aufgefordert hätte, wieder zu singen. Meine Mutter hat sich um meine Familie gekümmert, solange ich weg war. Alles verlief gut, und es ist eine schöne Erinnerung, aber das liegt jetzt schon so lange zurück.«

»Sie sagten«, hakte Francis nach, während er sich die Landkarte ansah, »daß Dr. Fredericks auf dieser Reise ziemlich viele Probleme hatte. Ist etwas geschehen, worüber er sich aufgeregt hatte?«

»Nichts besonders Überraschendes. Es gab Reibereien, und als wir nach England zurückkamen, fehlte ein Mitglied der Truppe, das ist alles. Ein Orchestermusiker hat sich in Österreich von uns abgesetzt. Das heißt, er spielte nicht nur im Orchester, er war auch gelegentlich Cello-Solist, und wir mußten das Programm umstellen, nachdem er sich aus dem Staub gemacht hatte.«

»Gehe ich recht in der Annahme, daß das der ungestüme junge Mann war, der sich mit dem Doktor überworfen hatte? Erinnern Sie sich an seinen Namen?«

Sie beugte sich über den Tisch, um ihm die zerknitterten Papiere aus der Hand zu nehmen, und blätterte die Konzertprogramme durch, die sie vor so vielen Jahren gesammelt hatte. »Ja, das ist er ... Robert Aylwin. Stimmt, alle nannten ihn Robin. Er wäre ein ausgezeichneter Cellist geworden, wenn er dafür gearbeitet hätte, aber es wurde bald offenkundig, daß er nicht die Absicht hatte, sich über Gebühr anzustrengen. Er war zwei Jahre bei Freddy, aber erst bei dieser Reise kamen all seine Schwächen zutage, und es war klar, daß ihm keine weitere Zukunft beschieden war. Ich bezweifle, daß Freddy ihn überhaupt so lange behalten hätte, wenn der Junge nicht ein so großer Charmeur gewesen wäre. Das war wahrscheinlich sein Verhängnis, er lächelte immer, und die Dinge fielen ihm in den Schoß, ohne daß er viel dazu tun mußte. Die Musik war ihm eine zu harte Arbeit, sie wurde ihm langweilig, und er behandelte sie mit nervenaufreibender Leichtfertigkeit. Für Freddy war das natürlich der reinste Frevel. Sie hatten einige Auseinandersetzungen, und wir alle wußten davon. Im Grunde war niemand erstaunt, als dieser Robin Aylwin eines Tages zwischen Abendessen und Bettgehzeit durchbrannte und sich nie mehr blicken ließ. Es kursierten Gerüchte, daß er sein Ansehen als Freddys Protegé mißbraucht und Sachen über die Grenzen geschmuggelt hätte, und Freddy war ein gesetzestreuer Mann – ganz zu schweigen von seinem Hang zum Jähzorn –, er hätte den Jungen sicher angezeigt. Das heißt, wenn etwas an der Geschichte wahr gewesen wäre. Aber man konnte sich das vorstellen. Wahrscheinlich war er ganz in Ordnung, nur entsetzlich leichtsinnig, aber das reichte Freddy schon.«

»Sie meinen, er hat einfach seine Siebensachen gepackt und

ist, ohne jemandem ein Wort zu sagen, gegangen? Er hat nicht einmal einem der anderen Jungs verraten, was er vorhatte?«

»Na ja, angenommen, er hatte doch mit Schmuggelei zu tun und kam zu dem Schluß, daß er besser von der Bildfläche verschwände, dann hätte er sicher niemanden von der Truppe ins Vertrauen gezogen, meinen Sie nicht auch? Vermutlich hätte er das auf gar keinen Fall getan; er war ein ausgesprochen selbständiger, unabhängiger Junge.«

»Und Sie haben keine Ahnung, was dann aus ihm geworden ist?«

»Nicht die leiseste. Er hat nie als Musiker Schlagzeilen gemacht, also hat er wohl keine Karriere als Cellist angestrebt. Wir haben einfach unser Programm ohne ihn abgespult. Freddy unternahm keinen Versuch, ihn aufzuspüren. Immerhin war der Junge über einundzwanzig und für sich selbst verantwortlich. Möglicherweise ist er nach Hause gefahren, als ihm danach zumute war, oder er wurde von einem kleinen Orchester auf dem Kontinent engagiert. Er gehörte zu der Sorte, die immer auf die Füße fallen, und er sprach sowohl Deutsch als auch Französisch – er kam also bestimmt gut zurecht. Wir haben uns keine Sorgen um ihn gemacht.«

Das Seltsame und Beunruhigende war nur, daß sich Francis plötzlich Sorgen um ihn machte. Dafür gab es keinen bestimmten Grund, nur die Tatsache, daß dieser Aylwin in Maggies Nähe gewesen und eines Abends spurlos verschwunden war.

»Wollte seine Familie nicht wissen, was Sie mit ihm gemacht haben?«

»Er hatte keine nahen Verwandten, soweit ich weiß. Er stand schon seit zwei oder drei Jahren auf eigenen Beinen.«

»Wie war dieser Junge? Haben Sie zufällig ein Foto von ihm?«

Sie schüttelte den Kopf. »Keine Fotos. Ich hatte damals

natürlich eine Menge Werbeaufnahmen, aber die habe ich offensichtlich nicht aufgehoben. Es ist alles schon so lange her. Ich erinnere mich, daß er ein attraktiver Junge war, und das wußte er auch ganz genau. Die Mädchen mochten ihn.« Nach kurzem Nachdenken setzte sie hinzu: »Er hat viel gelacht.«

»Und wo ist das passiert ... wo hat er sich von der Truppe abgesetzt?«

»Wir wohnten in einem kleinen Hotel im Vorarlberg – der Ort hieß Scheidenau. Sie finden all diese Angaben in den Unterlagen. Freddy stieg immer im Goldenen Hirschen ab; von dort aus erreichten wir bequem die Orte, in denen wir Konzerte gaben – Bregenz, Bludenz, Vaduz, St. Gallen, Lindau und so weiter. Dieses Hotel ist nahe der deutschen Grenze, sehr ruhig und relativ preiswert.«

»Und der Junge verschwand nach dem Abendessen, bevor alle zu Bett gingen? Einfach so? Haben Sie während des Essens irgendeine Veränderung an ihm bemerkt? Keinerlei Hinweis auf das, was er vorhatte?«

Spätestens jetzt hätte sie selbst Fragen stellen müssen, darüber war sich Francis im klaren, und die Tatsache, daß sie es nicht tat, hatte ihn dazu verführt, in tieferes Wasser zu waten als beabsichtigt. Er bedachte sie mit einem Lächeln und schüttelte die verräterische Spannung ab. »Ein eigenartiger Zeitpunkt, alle Brücken abzubrechen, finde ich«, setzte er hinzu.

»Beim Abendessen hatte er scheinbar nichts anderes im Sinn, als sich bei Maggie einzuschmeicheln«, erzählte Bunty unbefangen. »Ich erinnere mich, er hatte ihr schon tagelang besondere Aufmerksamkeit gewidmet. Das war an sich nichts Bemerkenswertes. Sie war ... sie *ist* eine wunderschöne Frau. Alle Jungs waren ein bißchen verliebt in sie.«

Er sah Bunty unverwandt, mit leichter Belustigung an, und seine Hände, in denen er die Papiere hielt, blieben ganz ruhig – diese Täuschung kostete ihn so viel Energie, daß er für eine Weile kein Wort mehr herausbrachte. Er fragte sich, ob sie ihn so hart und zielsicher treffen konnte, ohne zu wissen, was sie tat. Vielleicht war keine Bosheit im Spiel, und sie veranstaltete nur eine Art Experiment mit ihm; es gibt, abgesehen von der, direkte Fragen zu stellen, noch andere Methoden, die eigene Neugier zu befriedigen.

»Das kann ich mir gut vorstellen«, sagte er gleichmütig, als er seine Stimme wieder unter Kontrolle hatte. Sollte sie sich doch den Kopf darüber zerbrechen, wie weit sie danebengelegen hatte. »Und was war mit Miss Tressider? Hat sie sich darauf eingelassen?«

»Maggie hatte zu der Zeit ganz andere Dinge im Kopf. Sie wußte genau, was sie wollte. Sie war neunzehn«, sagte Bunty, »es gefiel ihr, gemocht zu werden, und sie war ein freundliches, duldsames und stilles Mädchen – sie war ganz bestimmt nett zu ihm, aber sie hat weder seinetwegen noch für irgend jemand anders ihre eigentlichen Ziele aus den Augen verloren.«

Buntys Tonfall war sanft, besonnen und distanziert. Es war höchste Zeit, daß Francis unauffällig wieder auf Paul Fredericks zu sprechen kam. Nach etwa zehn Minuten konnte er sich dann verabschieden, bevor er mehr von sich preisgab, als er aus ihr herausbekommen konnte. Sie war viel zu scharfsichtig. Er zog sich geschickt aus der Affäre, aber nicht geschickt genug. Das spielte jedoch keine große Rolle – Bunty Felse hatte ihm deutlich ihre Sympathie gezeigt und war offensichtlich der Meinung, daß sie die Angelegenheit nicht das geringste anging. Und er würde sie vermutlich nie wiedersehen.

»Natürlich«, erklärte Bunty, als sie Francis zur Tür begleitete, und brachte ihn damit vollends aus der Fassung, »hat sie sich möglicherweise in all der Zeit ziemlich verändert.«

Erst eine ganze Stunde später wurde ihr bewußt, daß die Unterhaltung merkwürdig verlaufen war. Ihr Besucher war vermutlich genau das, was er vorgegeben hatte zu sein, und sicher war seine Zerstreutheit daran schuld, daß er das Gespräch von dem Meister Paul Fredericks auf die Schülerin Maggie Tressider gelenkt hatte. Wenn sie nicht von Anfang an eine gewisse Sympathie für ihn empfunden hätte, wäre ihr das wahrscheinlich gar nicht aufgefallen, und bestimmt hätte sie sich nicht verpflichtet gefühlt, ihm die angedeutete Warnung zukommen zu lassen. Aber als er weg war, kreisten ihre Gedanken ständig um sein Motiv für den Besuch. Sicherlich wußte Maggie doch selbst alles, was er hier über den Herbst 1955 erfahren hatte, und ihm mußte klar gewesen sein, daß sie keine Hilfe brauchte, um sich an Einzelheiten zu erinnern – immer vorausgesetzt, daß sie es ernst meinte mit diesem Buch. Nein, diese Fragen hatte er nur gestellt, weil er selbst mehr wissen wollte. Und wenn er schon seine eigenen traurigen Gründe dafür hatte, lieber über Maggie als über ihren Lehrer zu sprechen, warum war ihm dann dieser eine Zwischenfall so wichtig, und wieso bemühte er sich so sehr, sein Interesse zu kaschieren? Warum erkundigte er sich so eindringlich nach Robin Aylwin, der nicht die geringste Bedeutung gehabt hatte? Weshalb wollte Killian ein Foto von dem Jungen haben? Je länger sie darüber nachdachte, desto mehr erschien es ihr, als hätte sich die ganze Unterhaltung nur um diesen geheimnisvollen, verschwundenen Jungen gedreht und als wäre ihm über Gebühr großes Interesse zuteil geworden.

Man hatte sie nicht gebeten, diesen Besuch vertraulich zu behandeln, deshalb erzählte sie George beim Tee davon, wie sie es immer tat, wenn etwas sie aufgewühlt oder verwirrt hatte. George, dessen Tag ziemlich langweilig verlaufen war, hörte ihr wohlwollend, aber mit nur einem Ohr zu, bis ein einzelnes Wort all seine Sinne mit einem Schlag weckte. Abrupt richtete er sich im blauen Qualm seiner Zigarette auf.

»*Scheidenau*?« wiederholte er scharf.

»Scheidenau«, bestätigte Bunty und riß die Augen weit auf. »Was ist los? Läuten bei dir die Glocken? Bestimmt habe ich damals den Ort bis zum Überdruß erwähnt, aber das ist ja schon so lange her. Es ist ja auch nur ein winzig kleiner Ort – nichts Besonderes. Was hat dich plötzlich so hellhörig gemacht?«

»Wie, sagst du, hieß der Bursche? Der, der dich hier aufgesucht hat?«

»Francis Killian, er ist eine Art Privatermittler und kommt aus Comerbourne. Ich hab' dir doch erzählt, er arbeitet für Maggie Tressider und sammelt Informationen über Freddy. Sie denkt daran, ein Buch über ihn zu schreiben.«

»Oh, Killian, ja, ich kenne den Namen. Ich bin dem Mann zwar nie persönlich begegnet, aber soweit ich gehört habe, ist er ganz in Ordnung. Wie, um Himmels willen, bist du auf Scheidenau gekommen? Ich hatte vollkommen vergessen, daß du jemals auch nur in der Nähe dieses Ortes warst.«

»Ich auch, bis ich die Unterlagen herausgeholt habe, um sie ihm zu zeigen. War das ein Blitz aus dem Unterbewußtsein, als du dich so unvermittelt aufgesetzt und ›Scheidenau!‹ gebrüllt hast?«

»Ganz genau«, erwiderte George freundlich und zwinkerte ihr durch den Rauch zu. »Es erinnert mich an einen immer wiederkehrenden Alptraum – Dom ist acht Jahre alt, launenhaft und schwierig, und du bist neunundzwanzig, schön wie ein frisches Gemälde und machst dir ein lustiges Leben im Vorarlberg. Ich habe die Hölle durchgemacht, solange du weg warst.«

»Es war keine Menschenseele da, deretwegen du dir hättest Sorgen machen müssen«, versicherte ihm Bunty spöttisch. »Selbst wenn ich nicht bis zum Hals in Hotelrechnungen und Bus- und Zugfahrplänen gesteckt hätte. Da waren nur Freddy und diese grünen Jungs, alle viel jünger als ich. Ganz zu schweigen von der Konkurrenz, die ich hatte! Nur drei Mädchen, aber zwei von ihnen waren ganz ansehnlich, und die dritte eine Schönheit. Das ist sie übrigens noch immer«, sagte sie und wurde mit einem Mal wieder ernst. »Er liebt sie.«

»Wer, Killian? Er liebt Maggie Tressider? Woher willst du das wissen?«

»Ja, Killian liebt Maggie Tressider. Und ich weiß es eben. Oh, er hat es nicht offen gezeigt, aber ich hab's gemerkt. Ich mochte ihn«, erklärte Bunty, die sich immer über ihre Gefühle im klaren war, und setzte bedeutsam hinzu: »Der arme Junge!«

Daß er mehr oder weniger so alt war wie sie, änderte nichts daran, daß sie ihn als Jungen ansah. »Wußte ich doch, daß du mir nicht richtig zugehört hast«, tadelte sie ihren Mann. »Das alles habe ich dir vorhin schon erzählt.«

»Jetzt höre ich dir zu. Erzähl's mir noch mal.«

Und das tat sie – sie war sich vollkommen bewußt, daß dies kein Spiel war. Sie hatte an eine Erinnerung gerührt, die nicht das geringste mit ihrem eigenen Aufenthalt in diesem kleinen österreichischen Dorf zu tun hatte.

»Und kein Mensch hat ihn je wiedergesehen, diesen Aylwin?« hakte George nach, als sie am Ende ihrer Geschichte angekommen war.

»So habe ich das nie betrachtet. Er war ja kein unerfahrener Junge mehr, er sprach drei Sprachen fließend, er kannte sich in der Gegend aus. Ich wette, er hat seinen Weg gemacht, wohin ihn der auch geführt haben mag, und wahrscheinlich spielt er irgendwo in Europa Cello. Aber nein, er hat sich nie mehr blicken lassen, zumindest nicht dort, wo wir waren.

Warum fragst du? Was macht diesen Robin Aylwin plötzlich so interessant für jedermann?«

»Nur daß er in Scheidenau verschwunden ist. Wie lange ist das jetzt her? Zwölf Jahre? ... Dreizehn? Zufällig«, fuhr George fort, während er Bunty seine Teetasse reichte, damit sie sie nachfüllen konnte, »ist vor nur zwei Jahren ein anderer junger Mann nach seinen Ferien auf dem Kontinent nicht nach Hause gekommen. Ein Junge aus Comerbourne, und wir haben nach ihm gesucht. Ein Kunststudent namens Peter Bromwich. Sein Stiefvater arbeitet im Elektrizitätswerk, die Mutter hat einen Job im Rüstungsdepot in Newfield. Dreiundzwanzig Jahre alt und mit dem Rucksack allein unterwegs. Auch er war selbständig und erfahren, es war nicht seine erste Rucksackreise. Offenbar glaubte er, er wüßte alles und käme mit allem zurecht, aber er kam nie mehr nach Hause, und kein Mensch hat seither von ihm gehört.«

»Er war in Scheidenau?« fragte Bunty jetzt todernst.

»Nein, nicht genau dort. Bromwich wurde zuletzt auf der deutschen Seite der Grenze gesehen, als er versuchte, nach Immenstadt zu trampen. Seither ist er spurlos verschwunden. Wir stellten damals umfassende Nachforschungen an, und mehr Polizeieinheiten, als du dir vorstellen kannst, hatten mit dem Fall zu tun, weil dort unten so viele Länder aneinander grenzen. Deutsche, Schweizer, österreichische, sogar italienische Polizisten arbeiteten mit uns zusammen. Peter Bromwich wurde nicht gefunden. Aber eine Erkenntnis kristallisierte sich heraus, als wir alle die Köpfe zusammensteckten: In diesem Durcheinander von Landesgrenzen hat es in den letzten zehn oder mehr Jahren eine Menge geheimnisvoller Vorfälle gegeben, die nicht geklärt werden konnten. Manche Fälle haben mit Devisen zu tun, andere mit Drogen oder gestohlenen Wertsachen – hauptsächlich um kleines, aber erstklassiges Zeug wie Juwelen, Antiquitäten oder Kunstobjekte. Zwei

Häftlinge, die aus einem österreichischen Gefängnis ausbrechen konnten, sind 1960 wie vom Erdboden verschwunden, nachdem man sie bis Langen verfolgt hatte – nicht bis Langen am Arlberg, sondern bis zu einem kleinen Ort gleichen Namens an der Grenze. Die Spur eines Verdächtigen, der von der Münchener Polizei wegen Mordes gesucht wurde, führte bis Opfenbach, dort verlor sie sich komplett. Eine bemerkenswerte Ansammlung von losen Enden – fast, als würden die Fäden zu einem Strang am Ostufer des Bodensees zusammenlaufen und als hätte jemand den Knoten ordentlich herausgeschnitten und verschwinden lassen. Und niemand hat sich besonders viel dabei gedacht, bevor wir die Ergebnisse unserer Ermittlungen zusammengebracht hatten – ein oder zwei ungelöste Fälle bei einer Landespolizei sind nicht besonders aufsehenerregend, aber ein Dutzend, wenn man alle zusammennimmt ... das hat schon eine ganz andere Dimension. Aber alle Nachforschungen ergaben nichts, und Bromwich tauchte nie wieder auf.«

»Und der Fall ist bis heute noch nicht offiziell abgeschlossen?«

»Keineswegs. Und nach wie vor habe ich großes Interesse, ihn aufzuklären. Es stellte sich heraus, daß Bromwich Hasch rauchte und möglicherweise auf härtere Drogen umgestiegen war, und einiges deutete darauf hin, daß er schon bei früheren Reisen den Stoff durch den Zoll geschmuggelt hatte, wenn er aus den Ferien zurückkam. Es sah so aus, als wäre er einer großen Organisation ins Gehege gekommen. Vielleicht war er diesmal ein bißchen zu dreist, oder er wollte zuviel über seine Auftraggeber wissen. Bei deinem jungen Aylwin scheint der Fall anders zu liegen – da war kein Schmuggel im Spiel, oder?«

»In gewisser Weise doch«, räumte Bunty ein. »Aber mit Drogen hatte er nichts zu tun, da bin ich mir sicher. Wenn

Freddy auch nur den leisesten Verdacht gehabt hätte, daß Aylwin in derartige Machenschaften verstrickt gewesen wäre, hätte er ihn auf der Stelle bei der Polizei angezeigt. Ich hatte den Eindruck, daß er den Jungen einfach loswerden und es dabei belassen wollte. Es kursierten *Gerüchte*, daß Freddy ihn beschuldigt habe, Vorteile aus seiner Position als Mitglied der Truppe gezogen – wir galten als sehr respektabel, mußt du wissen – und ein paar Sachen über die Grenzen geschmuggelt zu haben. Ich war der Ansicht, daß es nur um kleine persönliche Luxusartikel ging – viele Menschen sind versucht, solche Sachen ab und zu einzuschmuggeln. Sein eigentliches Verbrechen – oder eher seine Unfähigkeit – war, daß er einfach weder das Leben noch die Musik, noch Freddy ernst nehmen konnte.« Sie lehnte sich zurück und runzelte nachdenklich die Stirn. Im nachhinein erschien es ihr, als ähnelten sich die Schicksalswege der beiden jungen Männer, von denen sie gerade gesprochen hatten. »Du denkst, er könnte sich auch auf etwas eingelassen haben, das eine Nummer zu groß für ihn war? Daß er einem skrupellosen Menschen in die Quere gekommen ist, und das hatte die schlimmsten Folgen für ihn?«

»Oder er ist zufällig in eine gefährliche Situation gestolpert und kam nicht mehr klar. Natürlich gibt es auch noch andere Möglichkeiten. Vielleicht trampt er heute noch durch die Weltgeschichte und macht sich ein schönes Leben.«

»Das wäre mir das liebste«, sagte Bunty, aber überzeugt war sie nicht davon.

»Es wäre das, was sich Peter Bromwich am meisten gewünscht hätte, da bin ich sicher. Aber ich bezweifle, daß er so viel Glück hatte.«

Einen Moment saßen sie schweigend da und sahen sich in die Augen. Sie hatten wechselseitig tiefere Einblicke in ihr Innenleben als die meisten anderen Menschen, und oft war es, als schauten sie in einen Spiegel, so viel Übereinstimmung herrschte zwischen ihnen.

»Aber warum«, fragte Bunty schließlich, »hat dir gerade der Name Scheidenau diese Geschichte ins Gedächtnis gerufen? Peter Bromwich wurde zuletzt Kilometer weit weg in Deutschland gesehen.«

»Das stimmt. Aber ich habe dir doch erzählt, daß die Polizisten aus den verschiedenen Ländern mit etlichen Fällen aufwarten konnten, die ins Leere führten, und die Vorkommnisse fanden alle auf diesem östlichen Ende des Bodensees statt. Duckett kam, als er gerade nichts Besseres zu tun hatte, auf die Idee, alle Orte auf einer Karte zu markieren und zu sehen, was dabei herauskommt – es entstand ein mehr oder weniger gleichmäßiger Kreis. Dann ermittelte Duckett einfach so zum Spaß den Mittelpunkt dieses Kreises; es sei dahingestellt, ob das etwas zu bedeuten hat oder nicht. Aber was glaubst du, welcher Ort dieser Mittelpunkt ist?«

»Scheidenau«, sagte Bunty.

»Scheidenau. Ein winzig kleiner Fleck auf der Landkarte, von dem nie jemand etwas gehört hat ... aber genau diesen Punkt hat er errechnet. Wenn wir das gleiche Prinzip auf die Banküberfälle der letzten Jahre angewendet und die Tatorte mit einer Linie verbunden hätten, so wäre der Mittelpunkt der entstandenen geometrischen Figur womöglich Windsor Castle gewesen. Aber in dieser Sache juckt mir irgendwie der Daumen. Es mag ja sein, daß es eine reine Spielerei gewesen war, Scheidenau als Zentrum zu errechnen, und ich hatte sogar den leisen Verdacht, daß mein Chef nicht richtig gerechnet hat – ich hab' das nie überprüft. Aber jetzt kommst du auch noch mit Scheidenau. Ist es da ein Wunder, daß ich hellhörig werde?«

»Aber dieser Killian arbeitet im Auftrag von Maggie Tressider«, stellte Bunty klar. »Das steht fest. Er schlug mir sogar vor, sie im Krankenhaus zu besuchen – er hat also keine Angst, daß jemand seine Angaben überprüfen könnte.«

»Oh, daran zweifle ich nicht. Aber möglicherweise haben die Nachforschungen, mit denen sie ihn betraut hat, einen anderen Grund, als er dir weisgemacht hat. Offenbar hat er dir mehr Fragen über die Lady selbst als über ihren Lehrer gestellt.«

»Ja, ich weiß. Obwohl wir auch schon einige Zeit über Freddy gesprochen haben. Mir erschien es nur natürlich, daß er auch über Maggie reden wollte. Ich hab' dir ja gesagt, er ist in sie verliebt. Selbst dieses Interesse an Robin Aylwin ... ich hatte das Gefühl, als ob das eine persönliche Sache war – als ob ihn die Eifersucht bei lebendigem Leibe auffressen würde und er jemanden brauchte, auf den er diese Last abladen konnte, jemanden, den er dafür verantwortlich machen konnte, um sie loszuwerden. Und als ich sagte, Robin sei so alt wie sie und ein gutaussehender Junge gewesen, und er hätte ihr nahegestanden, da witterte er zum erstenmal – und ich bin sicher, es *war* das erste Mal, daß er überhaupt von ihm hörte – seine große Chance. Er hatte jemanden gefunden, auf den er wütend sein konnte. Das hilft natürlich kein bißchen«, fügte Bunty hinzu, »aber sie glauben immer, es würde ihnen die Sache erleichtern.«

»Gott bewahre mich davor, Liebes«, meinte George ergeben, »daß du einmal den Drang verspürst, mich zu analysieren. Der Gedanke, was du alles ausgraben würdest, ist mir zuwider. Nein, ich sage ja nicht, daß mit diesem Killian oder mit Miss Tressider etwas nicht stimmt, dafür, glaube ich, spricht zu vieles dagegen, aber wenn ihr Auftrag, was immer der auch beinhalten mag, seine Aufmerksamkeit auf den jungen Mann lenkt, der in Scheidenau verschwunden ist, dann interessiert mich das schon sehr. Vielleicht sollte man doch seine nächsten Schritte im Auge behalten. Selbst wenn er nicht findet, was er sucht, könnte er auf irgend etwas stoßen, was uns neue Aufschlüsse gibt. Ich werde versuchen, ihn mir selbst mal genauer anzuschauen, sobald ich kann. Wie ist er?«

Sie beschrieb Francis Killian. Offenbar hatte sie nicht nur sein Äußeres, sondern auch sein Wesen scharf beobachtet, und beides beurteilte sie erstaunlicherweise ziemlich genau.

»In den Vierzigern, mittelgroß, eher mager, aber ich glaube, er ist kräftiger, als er aussieht. Dunkelbraune Haare und Augen, dichte Augenbrauen, das Haar ist an den Schläfen ein bißchen grau. Ein gutes Gesicht, glattrasiert, sehr knochig und ohne viel Fleisch, eine lange, gerade Nase und eine relativ hohe Stirn. Sein Blick wirkt wachsam und zurückhaltend, aber auch kritisch, so als würde er einen auf Armeslänge von sich halten, um sich ein besseres Bild machen zu können und niemanden zu nahe an sich herankommen zu lassen. Seine Schultern hängen ein wenig herunter, aber wenn er auf den Beinen ist, dann bewegt er sich gut, also könnte die Haltung eine Verstellung sein. Oder reine Entmutigung! Er machte den Eindruck, als wäre er schon einmal kurz davor gewesen aufzugeben und hätte plötzlich einen Tritt bekommen, der ihn wieder ins Rennen zurückbefördert hat. Er wirkt nicht heruntergekommen – dazu ist er körperlich zu fit; keine schäbige Eleganz, eher eine elegante Schäbigkeit.« Sie hatte die Lider geschlossen, um den Mann, der nicht anwesend war, besser vor sich sehen zu können. Als sie die Augen wieder öffnete, war ihr Blick klar und nachdenklich. »Na, wie ist das?«

»Präzise wie eine Beschreibung im Roman«, erwiderte George rüde, dabei hatte er sich jedes Wort genau eingeprägt. »Mal angenommen – nur angenommen –, du wolltest schnell nach Scheidenau kommen, und Geld würde keine Rolle spielen. Wie würdest du fahren? Mit dem Flugzeug nach München ... Zürich?«

»Zürich«, sagte Bunty prompt. »Man könnte auch auf dem

anderen Weg hinkommen, aber über Zürich ginge es schneller und einfacher.« Sie sah ihren Mann aus großen Augen an, die seine eigenen Gedanken widerspiegelten. »Zufällig«, fügte sie hinzu, »stehe ich mit Laura Howard vom Büro der British European Airways in Comerbourne auf ziemlich gutem Fuß. Ich könnte mal mit ihr sprechen. Ganz diskret natürlich. Was meinst du damit, daß Geld keine Rolle spielt? Er sah nicht so aus, als wäre er gut betucht.«

»Wenn Maggie Tressider seine Dienste in Anspruch genommen hat, bezahlt sie auch die Spesen«, erklärte George. »Und *falls* er sich in Österreich auf die Suche nach eurem verlorenen Cellisten macht und das schnellste und teuerste Transportmittel benutzt, dann wüßten wir zumindest eines sicher: In diesem Fall würde er *ihre* Interessen verfolgen, nicht seine eigenen.«

»Aber wir könnten ihm nicht nachreisen«, sagte Bunty mit unüberhörbarem Bedauern.

»Das stimmt leider. Aber wir könnten mit viel Glück einen Hinweis darauf erhalten, was er in Erfahrung gebracht hat.«

Der Geiger, der vor dreizehn Jahren das Zimmer im Goldenen Hirschen in Scheidenau mit Robin Aylwin geteilt hatte, lebte jetzt in Birmingham und spielte dort im städtischen Orchester. Buntys Unterlagen über die Tournee hatten sich als ausgesprochen nützlich erwiesen und Francis nicht nur die Namen geliefert, derer sich Maggie nicht entsinnen konnte, sondern auch andere Details wie die Zimmerverteilung in den Hotels und vieles mehr. Charles Pincher und Robert Aylwin hatten die ganze Zeit über ein Zimmer bewohnt, also mußten sie sich, auch wenn sie vielleicht keine engen Freunde waren, ganz gut verstanden haben. Wieso erinnerte sich Maggie an den einen Jungen, der offensichtlich viel weniger Aufsehen erregt hatte, und hatte den anderen vergessen?

Mrs. Felse hatte ihn deutlich und wohlwollend darauf hingewiesen, daß Maggie weder an Aylwin noch an einem anderen Mann interessiert gewesen war und es wahrscheinlich auch nie sein würde. Aber vielleicht irrte sich Mrs. Felse. Francis sah noch immer im Geiste eine schemenhafte Gestalt vor sich, an der er seine ätzende Bitterkeit festmachen konnte, den Mann, der ihr einmal viel, vielleicht sogar alles, bedeutet hätte, wenn sie nicht ihr eigenes Herz verleugnet und die Liebe vorschnell aus ihrem Leben verbannt hätte, als sei sie ein Hemmschuh bei ihrem Sturm auf den Gipfel des Ruhms. Warum hätte sie sonst so plötzlich all ihre Energien auf ihre Karriere verlagern und bei ihrer Rückkehr von dieser Reise so verändert sein sollen? Sie mußte der Alternative den Rücken gekehrt und die Gefühle in sich abgetötet haben.

Francis machte sich auf den Weg zu Charles Pincher. Und Charles Pincher, ein großer, gebeugter, kahlköpfiger und vergnügter Mann, erinnerte sich noch sehr gut an die Vorgänge in Scheidenau.

»An der ganzen Sache war noch etwas ziemlich eigenartig, müssen Sie wissen: Er hat nichts mitgenommen, als er sich aus dem Staub machte.«

Francis klappte bedächtig sein Notizbuch zu. »Er hat seine Sachen nicht mitgenommen? Er ist mit leeren Händen weggegangen? Aber davon hat Mrs. Felse kein Wort gesagt . . .«

»Nein – ich nehme an, sie hat es nicht bemerkt. Aber sein Koffer und sein Cello lagen noch im Zimmer, als er längst abgehauen war. Freddy gab die Sachen in die Obhut des Wirts, des alten Waldmeister, als wir abreisten, weil er vermutlich dachte, Robin würde sie im Hotel abholen, sobald er ganz sicher sein konnte, daß wir abgereist wären und die Rechnung bezahlt sei.«

»*Und hat er sie abgeholt?*«

»Ich denke schon, aber ich war nie wieder dort. Mir wurde

ein guter Job angeboten, deshalb hab' ich bei Freddy aufgehört. Ja, ich vermute, er hat das Zeug geholt. Wir alle wußten, daß Robin Streit mit Freddy hatte. Er hat sich nur außer Sichtweite gehalten, bis wir weg waren, dann kam er zurück und sammelte in aller Ruhe seine Habseligkeiten ein.«

Eine vernünftige Vermutung. Die Frage war nur, ob sich tatsächlich alles so abgespielt hatte. Oder ob es einen plausiblen Grund dafür gegeben haben könnte, daß alles anders verlaufen war. Francis hatte nur eine Möglichkeit, das rasch und zweifelsfrei festzustellen.

»Wir hatten recht«, sagte Bunty, als sie mit George telefonierte. »Zürich! Laura hat einen Platz für ihn in der Zwei-Uhr-Maschine, die morgen von Heathrow abfliegt, gebucht. Rückflug ist offen. Er hat anderthalb Tage gebraucht, um einen Entschluß zu fassen.«

»Jetzt frage ich mich bloß«, sagte George am anderen Ende der Leitung, »mit wem er gestern gesprochen und was er erfahren hat, daß er die Reise für nötig hält.«

4. Kapitel

Der kleine Scheidenauer See, ein silberblaues, birnenförmiges Gewässer, lag inmitten von grünen Hügeln unter einem strahlendblauen Spätsommerhimmel – glatt wie ein Spiegel, von weißen Federwölkchen poliert. Das schmale Ende des Sees, in das der winzige Rulenbach mündete, deutete nach Süden zu den Vorläufern des Vorarlbergs, und an der südlichsten Spitze lag Scheidenau mit seinen drei wie ein Y zusammenlaufenden kurzen Straßen. Die Öffnung des Y füllte das silbrig blaue Wasser. Der nördliche Teil des Sees war breiter und beherbergte zwei oder drei Inselchen. Am Nordwestufer sprudelte der Rulenbach wieder aus dem See – doppelt so breit wie vorher – und plätscherte durch sein gewundenes steiniges Bett nach Deutschland, um nach mehreren Rechtskurven wieder nach Österreich zurückzukehren und sich in die Bregenzer Ache zu ergießen, die ihrerseits südlich von Bregenz in den Bodensee mündete.

Dort, wo die drei Straßen in Scheidenau zusammentrafen, befand sich der übliche Dorfplatz mit einem Brunnen und einer bescheidenen Mariensäule in der Mitte. An allen drei Seiten – der Platz bildete ein unregelmäßiges Dreieck, das im Stamm des Y endete – standen die schönen, üppigen Häuser und Geschäfte mit den weit vorgezogenen Dächern, dem glatten dunklen Holz und den Schmiedeeisenverzierungen, die beinahe jedes österreichische Dorf wie die Kulisse einer Operette aussehen ließen. In Scheidenau gab es eine unbedeutende, aber hübsche Barockkirche, ein großes Gasthaus ohne und zwei kleinere mit Übernachtungsmöglichkeit und einen Konditor, der für seine Rumkugeln bekannt war. All die profaneren Geschäfte wie der Metzgerladen, der Bäcker und die Eisenwarenhandlung säumten die Ausfahrt des Dorfes. An den beiden Straßen, die das Ende des Sees säumten und sich später als Spazierwege an den gewundenen Ufern entlangschlängelten, wohnten die Reichen in ihren Villen mit den großen Gärten. In der Buchtung des Y lagen, wie Weinrückstände in einem Glas, ein kleiner öffentlicher Park und zwei der drei größeren Hotels von Scheidenau, die einander über den stillen Wasserspiegel hinweg in die Fenster blickten, genau dort, wo sich das klare Bergwasser des Rulenbachs mit dem tiefen Blau des Sees vermischte. Das dritte und kleinste Hotel, das Weiße Kreuz, stand vis-à-vis der Kirche am Dorfplatz. Außerhalb der Ortschaft erstreckten sich abgeerntete Stoppelfelder und saftige Weiden über die Hügellandschaft. Der höchste Punkt, der vom Dorfplatz aus zu sehen war, war der schroffe Schloßberg westlich vom See mit seinen kargen Ruinen. Nur noch ein paar Meter der eingebrochenen Mauer und ein paar überwucherte Steinbrocken waren übrig, die nicht einmal mehr als Touristenattraktion taugten. In weitem Umfeld waren die Hänge mit Felsbrocken und zerborstener Steinmetzarbeit übersät, die inmitten der wild wuchernden Sträucher und Bäume manchmal kaum voneinander zu unterscheiden waren. Manche Abschnitte des verwahrlosten Geländes hatten die praktisch denkenden Einheimischen zur Müllhalde umfunktioniert, die nur von Ratten bewohnt wurde. Doch die überall im Gras und Gestrüpp verstreuten Mauerbruchstücke legten Zeugnis davon ab, wie prächtig und groß die Burganlage in ihrer Blütezeit gewesen war. Die Waldmeisters, Besitzer des Goldenen Hirschen seit sieben Generationen, hatten ihren Namen von einem Vorfahren, der Oberförster der Grafen von Scheidenau gewesen war.

Der Goldene Hirsch am westlichen Arm des Y, der den Überresten vergangener Pracht auf dem Schloßberg sein trutziges Gesicht zuwandte, befand sich in einem eigenartigen Schwebezustand zwischen Dorfgasthof und Touristenhotel. Das riesige Haus im Landesstil mit dem weit vorgezogenen Dach, den dicken, unebenen Mauern, dem angebauten Viehstall und den geschnitzten Holzbalkonen war um einen modernen, strengen Ziegelanbau erweitert worden, der das Gesamtbild nicht störte. Zwei noch unverheiratete Waldmeister-Töchter und die Frauen der drei Söhne hielten zusammen mit ein paar armen Verwandten und nur wenig Personal, das nicht zur Familie gehörte, den Hotel- und Restaurantbetrieb aufrecht. An der hübschen kleinen Rezeption in der Halle tat eine hübsche kleine Österreicherin mit Minirock Dienst, die wie ein Kolibri zwischen ihrer Schreib- und Rechenmaschine auf der einen Seite und der Telefonanlage auf der anderen hin- und herschwirrte.

Es war bereits September, und die Hochsaison endete alljährlich mit dem August. Ja, sie hatte ein freies Zimmer und ein Lächeln für den Engländer, der nicht reserviert hatte. Die Frau, die Francis zu seinem Zimmer führte, trug ein blumengemustertes Dirndl mit bestickter Schürze, schwarzem Mieder und spitzenbesetzter Bluse und hatte ihre schwarze Haarmähne zu einem dicken Knoten gewunden und auf dem Kopf festgesteckt. Der Geruch nach warmer Milch und Kühen, der ihrem Rock entströmte, als sie vor ihm die gescheuerte Holztreppe hinaufging, verriet, daß sie gerade aus dem Stall kam.

Der Flur im ersten Stock war so breit, daß ein Zweispänner Platz gehabt hätte, und die Tür, die die Frau aufstieß, konnten sie bequem nebeneinander passieren. Weiße hohe Decken und Wände, ein bauschiges Federbett auf dem aus hellem, naturbelassenem Holz geschnitzten Bett. Francis hatte ein Zimmer im alten Teil des Hauses – um so besser – mit Ausblick auf einen großen, üppigen Garten, in dem alles wild durcheinander wuchs, und auf einen Ausschnitt des Sees. Kein Zimmer der Welt hätte friedlicher sein können.

»Der Herr ist Engländer?« Sein Deutsch war stockend, und zudem sah man ihm seine Nationalität irgendwie an. Er stand dazu – warum auch nicht?

»Ist das Zimmer recht?« Ihre Stimme war tief, schroff und laut und klang seltsam persönlich, obwohl es doch nur um unpersönliche Dinge ging.

»Es ist ein sehr schönes Zimmer, danke.« Er stellte sein Gepäck auf den Kofferständer und tastete in seiner Hosentasche nach den Schlüsseln für den Mietwagen und dem Kleingeld.

»Einen Moment! Ich mach' das Fenster auf.« Ihr herber Geruch wehte ihm entgegen, als sie an ihm vorbeiging. Sie roch wie die Luft, die von draußen hereinströmte – nach Kühen, Garten, Erde und Laub, das sich an den Bäumen bereits verfärbte. Als sie neben ihm war, drehte sie unvermittelt den Kopf und kam ihm so nahe, daß sie ihn streifte. Er sah zum erstenmal richtig ihr Gesicht: olivbraun, glatt und darin große, kecke, einladende Augen, ein glühender Blick. Doch schon im nächsten Moment sah sie sich im Zimmer um, verbarg das Glühen und zeigte wieder das leichte, pflichtbewußte Stirnrunzeln.

»Keine Handtücher. Ich bringe Ihnen welche.«

Sie war eine bemerkenswerte Frau, fand er, groß und geschmeidig wie eine Amazone, interessante Gesichtszüge und prachtvolles Haar. Erst als er sie aus der Nähe gesehen hatte, war ihm aufgefallen, daß sie einen Mangel hatte. Ihre Aussprache war so deutlich, daß man nie eine Deformation des Gaumens vermutet hätte. Nur jener kleine tückische Spalt in der Oberlippe störte das Gesamtbild und machte ihr das Leben schwer. Sie hatte eine Hasenscharte. Die Entstellung machte sie nicht unbedingt häßlich, abgesehen davon, daß sie im Betrachter Unbehagen und Vorurteile hervorrief. Einer ansonsten hübschen Frau, die eine Hasenscharte hatte, konnte kaum jemand ganz unbefangen gegenübertreten.

Sie kam mit den Handtüchern zurück, er ging ihr bis zur Tür entgegen und nahm sie ihr ab. Ihre Finger berührten die seinen. Jetzt war er sicher, daß ihre Brust, die von dem steifen schwarzen Mieder hochgeschoben wurde, seinen Arm nicht zufällig streifte, als er nach ihr in das Zimmer kam.

»Wenn Sie etwas brauchen, rufen Sie nur nach Friedl. Ich bin unten bei der Arbeit und höre Sie bestimmt.«

»Ich danke Ihnen, Fräulein Friedl. Ich werde daran denken.«

Ihre Lider schoben sich für einen Sekundenbruchteil nach oben und gaben den Blick auf einen verborgenen Vulkan frei – der Moment war so kurz, daß er nicht sicher sein konnte, ob er sich nicht geirrt hatte. Wahrscheinlich machte sie sich keine allzu großen Hoffnungen, aber mit dieser Geste trotzte sie der Welt, hielt unbeirrt an dem fest, was sie hatte, und setzte es so wirksam wie irgend möglich ein.

»Sind Sie die Tochter von Herrn Waldmeister?«

Die gespaltene Lippe bebte und verzog sich zu einem halben Lächeln. »Seine Nichte«, sagte sie, machte sich mit großen Schritten durch den gescheuerten Korridor davon und ließ ihn in der Tür stehen. Der bedächtige, schwingende Gang, der gerade Rücken, der hocherhobene Kopf mit dem schweren schwarzen Haar – all das verriet deutlich, daß sie sich bis zu dem Moment, in dem sie außer Sicht verschwand, seiner Gegenwart durchaus bewußt war.

Das war also eine der Annehmlichkeiten in diesem Haus, und noch dazu eine, die in keiner Broschüre angepriesen wurde und sicher nicht für jedermann verfügbar war, dachte Francis. Irgendeine geheime Chemie hatte ihn zu ihrem Auserwählten gemacht. Vielleicht erkannte die Ausgestoßene in ihm den Schicksalsgefährten – ein Mensch, von Schlaflosigkeit geplagt, begegnete einem Leidensgenossen in einer langen, einsamen Nacht.

Francis machte sich frisch und ging hinunter in die Bar. Stimmen drangen aus dem Garten herein, und Boote schwammen auf dem See. Über das schimmernde Wasser hinweg blitzten die Fenster der Alten Post im Sonnenlicht. Noch waren genügend Fremde im Ort, denen die Szenerie wie Folklore erschien, aber in zwei Monaten würden die mit Steinen beschwerten, vorspringenden Dächer und die aufgeschichteten Holzscheite an den Hausmauern nicht mehr nur Zierde, sondern lebensnotwendig sein. Bald würden die stämmigen, goldbraunen, glockenbewehrten Rinder von den Almen heruntergetrieben werden, damit sie in den Ställen überwintern konnten.

Die gescheuerten Holzfußböden im Haus waren fast weiß. Es war früher Nachmittag, die ruhigste Stunde in der Bar, aber in einer Ecke saß ein französisches Pärchen, trank Kaffee und Kümmel, und ein bärtiger Mann, vor dem ein Maßkrug stand, unterhielt sich mit donnernder Baritonstimme quer durch den Raum mit der Frau hinter der Bar. Die Frau war im mittleren Alter, grauhaarig und kräftig gebaut, und konnte nur Frau Waldmeister sein.

Francis bestellte einen Enzian und kam sofort zur Sache. Frau Waldmeister hörte ihm zu, lächelte wohlwollend und zeigte dabei blitzende Goldzähne, verwies ihn aber, genau wie er es erwartet hatte, sofort an ihren Mann, als er erwähnte, daß er in einer juristischen Angelegenheit unterwegs war. Das bewahrte ihn davor, die Mixtur aus Dichtung und Wahrheit zweimal zum besten geben zu müssen. Er wurde in den Speisesaal in eine stille Ecke geschickt und nahm dem Hausherrn gegenüber Platz. Der alte Waldmeister war über einsachtzig groß, hatte breite Schultern wie ein Bulle und ein wettergegerbtes Gesicht mit einem langen Schnurrbart. Er hörte sich höflich an, was Francis Killian zu sagen hatte, und zeigte nicht die geringste Überraschung, daß er plötzlich gebeten wurde, dreizehn Jahre zurückzudenken.

»Herr Waldmeister, mein Name ist Killian. Ich vertrete eine englische Anwaltskanzlei, die einen jungen Mann sucht. Ein Verwandter von ihm, der in Neuseeland lebte, hat ihm nach seinem Tod eine kleine Geldsumme hinterlassen. Der Verstorbene hatte seit einigen Jahren keine Verbindung mehr mit seinen Verwandten in England, und wir haben erfahren, daß sich der Erbe schon jahrelang nicht mehr bei seinen Eltern gemeldet hat. Sie wissen nicht, wo er sich derzeit aufhält. Wir haben Anzeigen aufgegeben, bis jetzt jedoch noch kein Lebenszeichen von ihm erhalten. Deshalb stellen wir eigene Nachforschungen an, um ihn aufzuspüren. Es mag komisch klingen, aber wir konnten nicht mehr in Erfahrung bringen, als daß er vor dreizehn Jahren hier in Ihrem Hotel abgestiegen ist. Das ist das letzte, was man von ihm weiß.«

Francis wartete auf eine Reaktion, und das, was er zu hören bekam, war aufschlußreich. Das erste, was der alte Waldmeister sagte, war nicht: »Wie hieß der Mann?«, sondern: »Wieviel erbt er?«

»Nach allen Abzügen bleiben ihm so in etwa fünfzehnhundert Pfund.« Das war ein Betrag, der keine großangelegte Jagd auf den Erben erforderlich machte, jedoch rechtfertigte, daß eine Anwaltskanzlei einem Angestellten außerhalb der Hochsaison eine Reise nach Scheidenau bezahlte. Der alte Mann nickte bedächtig. Eigentum war Eigentum, und Juristen waren dazu da, es zu wahren.

»Wie heißt er, dieser junge Mann?«

»Sein Name ist Robert Aylwin.«

»Ich erinnere mich nicht an ihn. *Das letzte, was man von*

ihm weiß, sagten Sie? Es ist schon lange her. Sich nach so vielen Jahren an einen Gast zu erinnern ist unmöglich.«

»An diesen speziellen können Sie sich bestimmt erinnern, wenn ich Ihnen schildere, welche Umstände ihn hergeführt haben.« Francis erzählte knapp und bündig, weshalb und mit wem Aylwin hiergewesen war. Er nannte genügend andere Namen, um dem Gedächtnis des Alten auf die Sprünge zu helfen. Paul Fredericks war regelmäßig auf seinen Reisen in diesem Hotel abgestiegen, und weder ihn noch seine Studenten konnte man so leicht vergessen. »Von einem Mann namens Charles Pincher, der hier ein Zimmer mit Aylwin bewohnte, habe ich erfahren, daß Aylwin seinen Koffer und sein Cello hierließ, als er verschwand, und daß Dr. Fredericks Ihnen die Sachen zur Aufbewahrung gegeben hat. Er dachte, daß Aylwin zurückkommen und sie holen würde. Trifft das zu?«

»Stimmt«, bestätigte der alte Mann ohne zu zögern. »Ich hatte den Namen vergessen, aber an das Gepäck und an den Herrn Doktor erinnere ich mich.«

»In diesem Fall hoffe ich, daß Sie mir helfen können, die nächsten Schritte des jungen Mannes zu verfolgen. Vielleicht hat er Ihnen seine zukünftige Adresse angegeben, als er seine Sachen holte?«

»Er hat sie nicht geholt«, erwiderte Waldmeister kurz angebunden.

»Er kam nicht zurück? Dann haben Sie in all den Jahren nichts von ihm gehört?« Ein Schauder lief Francis über den Rücken, als faßten eisige Finger nach ihm. Erst jetzt wurde ihm klar, daß er nie mit dieser Möglichkeit gerechnet hatte – er hatte daran gedacht, das ja, aber daran geglaubt hatte er nie.

»Kein Wort.«

»Hatten Sie ... erwartet, daß er sich bei Ihnen meldet?« fragte er und meinte eigentlich: Fällt Ihnen irgendein plausibler Grund ein, der eine derartige Erwartung sinnlos machte?

»Ja, das dachte ich. Die Menschen reisen nicht einfach ab und lassen ihre Habe zurück. Es ist schon lange her, seit ich zum letztenmal über den Vorfall nachgedacht hab', verstehen Sie. Nein, er ist nicht wiedergekommen, und ich wußte nicht, wie ich ihn hätte finden können. Ich hab' seine Sachen aufgehoben, mehr konnte ich nicht tun. Aber er hat sie nie abgeholt.«

»Dann ... haben Sie sie noch immer?«

»Kommen Sie mit!« forderte ihn der alte Mann auf und erhob sich. Er führte ihn auf den breiten Flur mit den handgewebten Teppichen, den geschnitzten Stühlen, Spinnrädern und Stiefelknechten, die einem Londoner Antiquitätenhändler den Schaum vor den Mund getrieben hätten. Sie stiegen die breite Holztreppe hinauf – ein Stockwerk, dann noch eines und ein drittes, bis sie auf dem Dachboden ankamen, auf dem sich Plunder und alte Schätze stapelten.

»Hier«, sagte Waldmeister und deutete in eine Ecke.

Der Cellokasten lehnte an einer zerkratzten Holztruhe. Er sah aus, als wäre er mit grauem Filz bezogen, aber als Francis mit dem Finger darüberstrich, merkte er, daß unter der dicken Staubschicht schwarzes Leder war. Gute Qualität, teuer und sicher fast neu, als der Besitzer den Kasten hier zurückgelassen hatte. Ein mittelgroßer schwarzer Koffer, dessen glatte Plastikoberfläche kaum Staub gefangen hatte, stand neben dem Cellokasten.

»Das ist sein Gepäck? Darf ich einen Blick in den Koffer werfen? Natürlich in Ihrem Beisein. Ich möchte nur nachschauen, ob ich einen Hinweis auf seinen weiteren Aufenthaltsort finden kann. Sind der Koffer und der Cellokasten verschlossen?«

»Nein.«

Natürlich nicht. Bestimmt war alles so, wie er es hinterlassen hatte, und man schloß einen Koffer nicht ab, wenn er in einem Hotelzimmer stand, das normalerweise selbst versperrt war. Kaum jemand machte sich die Mühe, mit verschiedenen Schlüsseln herumzuhantieren, wenn er einen Raum verließ. Die Schlüssel hatte Aylwin vermutlich mitgenommen – in seiner Hosentasche.

Der Inhalt von Robin Aylwins Koffer sagte nur wenig über ihn aus. Er war mit leichtem Gepäck gereist. Die Hosen, Lambswool-Pullover und Hemden waren ordentlich, aber nicht teuer. Schwarze Schuhe für die Konzerte, ein Smokingjackett, Rasierzeug, Taschentücher, ein Paisley-Morgenmantel, Pyjamas, ein Regenmantel – alles so ordentlich zusammengefaltet und sorgfältig gepackt, daß Francis die weibliche Hand erkannte – vielleicht aus der Waldmeisterfamilie?

»Hat er den Koffer gepackt? Oder lagen die Sachen in seinem Zimmer herum?«

»Sie waren im Zimmer, als ob sie in Gebrauch wären. Wir haben alles zusammengepackt, wie Sie sehen, um es für ihn aufzuheben.«

Kein Reisepaß, keine Papiere, keine Brieftasche, keine Schlüssel, keine Briefe. Derlei Dinge hatte er höchstwahrscheinlich bei sich getragen, was immer er auch angehabt hatte. Daß das Smokingjackett da war, hatte nichts zu bedeuten; mit Sicherheit hatte sich Aylwin für einen konzertfreien Abend im Hotel nicht herausgeputzt. Wahrscheinlich hatte er es nur bei den Konzerten getragen. Da war auch Schreibzeug, Briefmarken – englische und österreichische –, zwei unbeschriebene Ansichtskarten von der Gegend; aber nirgendwo etwas Handschriftliches oder auch nur ein Wort, das darauf hingedeutet hätte, daß Robert Aylwin überhaupt existiert hatte.

Francis prägte sich alles ein, was ihm die Hinterlassenschaft verriet. Die Hemden hatten die Größe fünfzehneinhalb, die Schuhe 43, die Hosen hatten lange Beine und eine schmale

Taille, waren maßgeschneidert, aber von einer Firma, die überall Läden hatte. Aylwin mußte etwa eins achtzig oder ein paar Zentimeter größer und schlank gewesen sein, aber die Pullover deuteten auf breite Schultern hin. Mehr über den Besitzer der Kleider war nicht herauszufinden. Im Cellokasten lag nur still das Cello, und in den Seitentaschen befanden sich Harz, Ersatzsaiten und eine neue Brücke, für den Fall, daß etwas kaputtging.

Francis schloß den Deckel und stellte den Kasten wieder in die Ecke. Dann wischte er sich den Staub von den Händen und sah Waldmeister an.

»Nein, nichts. Als er nicht auftauchte, haben Sie wahrscheinlich die Sachen schon durchgesehen, oder?«

»Ich hab' sogar dem Doktor davon erzählt, als er wieder herkam. Er wußte auch nichts über den Verbleib des jungen Mannes und sagte, wir sollten das Gepäck aufheben, also haben wir es aufgehoben.«

»Herr Waldmeister, es bestünde doch die Möglichkeit, daß eins Ihrer Familienmitglieder oder ein Angestellter mit Aylwin gesprochen hat, als er hier war. Vielleicht weiß jemand etwas, was uns weiterhelfen könnte. Es ist schon viele Jahre her, und Ihr Personal hat vielleicht gewechselt, aber möglicherweise erinnert sich doch jemand an ihn und kann mir neue Aufschlüsse über seinen Verbleib bieten. Wären Sie so freundlich, all diejenigen, die damals schon im Haus waren, davon in Kenntnis zu setzen, daß ich den jungen Mann suche und daß es für ihn von Vorteil wäre, wenn ich ihn finden würde?«

Der alte Mann hob gleichgültig die breiten Schultern. »Meinetwegen, aber ich glaube nicht, daß sie nach dieser langen Zeit viel erzählen können.«

»Ich fürchte, Sie haben recht. Aber ich wäre Ihnen trotzdem sehr verbunden, wenn Sie sie bitten würden, zu mir zu kommen, falls ihnen etwas einfällt. Ich bleibe noch zwei oder drei Tage hier.«

»Ich frage sie«, versprach Waldmeister.

Er rechnete damit, daß die Neugierde sie zu ihm treiben würde, auch wenn sie nichts zu berichten hatten, und er hätte darauf gewettet, daß die Frauen den Reigen anführten. Aber er irrte sich – als erster gesellte sich der älteste Waldmeister-Sohn mit seinem Maßkrug nach dem Abendessen in der Bar zu ihm. Er hatte ganz bestimmt nichts über einen Gast zu erzählen, da er die meiste Zeit außer Haus in der Holzhandlung verbrachte, die zu den vielen verschiedenen Einnahmequellen der Waldmeisters gehörte. Er wollte sich lediglich den englischen Anwalt ein bißchen genauer ansehen und ihm wenigstens versichern, daß er ihm gern helfen würde, wenn es ihm nur möglich wäre. Frau Waldmeister und zwei ihrer Schwiegertöchter kamen am nächsten Tag auf Francis zu, aber auch sie konnten keinen Beitrag zu der Suche leisten. Keine von ihnen wußte, wohin Aylwin gefahren sein könnte oder warum er das Hotel so Knall auf Fall verlassen hatte. Francis bezweifelte, daß sie sich überhaupt an ihn erinnerten – vermutlich war für sie das Gepäck auf dem Dachboden der einzige Beweis, daß sich Aylwin jemals in diesem Haus aufgehalten hatte. Die dritte Schwiegertochter war vor dreizehn Jahren noch nicht mit ihrem Johann verheiratet gewesen, und die beiden jüngsten Waldmeister-Mädchen mußten damals noch zur Schule gegangen sein.

Die einzige Person, für die Francis den Köder ausgelegt hatte, hielt sich im Hintergrund. Friedl, die jetzt seiner Einschätzung nach Mitte Dreißig war, hatte als etwa zwanzigjähriges Mädchen sicher nicht versäumt, sich einen gutaussehenden jungen Mann genauer anzuschauen. Nach Mrs. Felses Aussage war Aylwin eine auffallende und gewinnende Erscheinung gewesen, und die zwanzigjährige Friedl, die mittellose Nichte mit der Hasenscharte, mußte zumindest schon erste Anflüge ihres jetzigen Liebeshungers und ihrer Verbitterung empfunden haben. Benachteiligt genug, um die Hände nach jedem Mann auszustrecken, der ihr über den Weg lief, und noch nicht bereit, ihr Los zu akzeptieren, dafür aber schon geschult, sich auf Heimatlose, wie sie selbst eine war, zu beschränken. Wenn also irgend jemand etwas über den hübschen, leichtsinnigen Jungen, der gern lachte, wußte, dann war das Friedl.

Francis wußte, sie würde kommen. Sie ließ sich nur Zeit. Er hatte einige Male ihren dunklen, trübseligen Blick bemerkt, aber noch war kein deutliches Zeichen von ihr gekommen. Er verstand das. Solange die Familie Waldmeister in Hörweite oder in Sicht war, würde kein Mensch etwas aus Friedl herausbekommen. Wahrscheinlich waren sie kaum größere Feinde für sie als der Rest der Welt, doch sie würde nichts unternehmen, wenn die Gefahr bestand, daß die Familie Wind davon bekommen könnte. Vermutlich war das, was sie zu erzählen hatte, nicht einmal von Bedeutung, aber sie wollte ihre kleinen Geheimnisse, die die anderen Waldmeisters nichts angingen, ganz für sich behalten. Auch wenn sie nichts zu sagen hatte, würde sie zu Francis kommen, sobald sich eine günstige Gelegenheit ergab, weil er ihr mit voller Absicht einen Grund zur Annäherung geboten hatte.

Es war nicht schwierig. Nach dem Abendessen saß er mit einem Kirschwasser auf der Terrasse, von der aus man die Südspitze des Sees überblickte, und wartete, bis Friedl nach getaner Arbeit herauskam, um die klare Abendluft zu genießen. Francis hatte beobachtet, wie sie am Tag zuvor zur selben Zeit aus dem Haus getreten war, und gehofft, daß dies eine tägliche Routine war. Sie war nur in den Garten geschlendert und hatte ein bißchen mit den Gästen geplaudert, die allein waren; nach Feierabend hatte sie ihr Dirndl gegen ein schlichtes, schwarzes Wollkleid eingetauscht, eine goldene Kette mit einem Kreuz um den Hals gelegt, und ihre Haarmähne war locker zu einem Knoten im Nacken geschlungen – ein Beweis dafür, daß sie wenigstens nach der Arbeit ein menschliches Wesen war wie die Touristen im Hotel.

An diesem Abend war sie ein wenig später dran, aber sie kam in den Garten. Sobald Francis sie in der Tür entdeckte, stand er auf und ging zum Ende der Terrasse, wo Stufen den mit Bäumen bewachsenen Abhang am Seeufer hinunterführten. Es war bereits dämmrig, doch das Abendlicht schimmerte noch grünlich am westlichen Himmel, und seine Reflexion im spiegelglatten, ruhigen See inmitten der Hügel glänzte geheimnisvoll zwischen den Bäumen. Gemächlich und ohne einen Blick zurück spazierte Francis zum See. Der Goldene Hirsch stand etwas höher als die Alte Post auf der anderen Seite des Sees, aber etwa gleich weit entfernt von dem gelblichen Kiesstreifen, der das Ufer säumte. Das Wäldchen, das bis unter die Balkone und Fenster des modernen Anbaus vom Goldenen Hirschen reichte, war etwa sechzig Meter breit und wurde zum See hin noch breiter. Der Pfad, den Francis entlangspazierte, verlief diagonal durch das Grundstück zum Wasser. Das Ufer war kein geeigneter Treffpunkt, es war zu hell, und man konnte sie vom Haus aus beobachten. Das Wäldchen – dort, wo die Bäume dichter standen und das grünliche Licht die Landschaft in ein zitterndes Aquarium zu verwandeln schien – war besser geeignet. Er hatte die Touristen, die sich wie er zu einem Abendspaziergang entschlossen hatten, bereits hinter sich gelassen. Vielleicht trieb sich noch ein Liebespärchen in der Dämmerung herum, aber hier war Platz genug. Er wandte sich nach links, ließ den Weg zum mondblaß flirrenden See hinter sich und ging über einen Grasstreifen zum Waldrand. Er hatte keine Ahnung, wie weit Friedl hinter ihm war, aber er wußte, daß sie ihn finden würde.

Er zündete sich eine Zigarette an, um es ihr leichter zu machen. Diese Handlung brachte ihm plötzlich zu vollem Bewußtsein, was er vorhatte. Er handelte in Maggies Auftrag, und wenn es irgend etwas herauszufinden gab, dann mußte er es aufdecken. Er brauchte Friedls Aussage um Maggies und um seinetwillen. Aber Friedl hatte ihre eigenen Bedürfnisse und das Recht, ihn so zu benutzen, wie er sie benutzte.

Von welcher Seite auch immer du die Sache betrachtest, sagte er sich spöttisch, du wirst nichts finden, worauf du stolz sein kannst ... und seit wann zerbrichst du dir den Kopf über ein bißchen notwendige Treulosigkeit, durch die du schneller ans Ziel kommst? Nimm dir, was du kriegen kannst, und bezahl dafür den geforderten Preis. Genau das ist auch Friedls Devise. Maggie wird nie etwas davon erfahren. *Du* weißt es natürlich, aber was macht dieses kleine Tröpfchen in dem Ozean der Dinge, die du schon längst über dich weißt, schon aus?

Er spürte ihre Nähe, bevor er sie hörte oder sah. Seine Sinne verrieten ihm, daß sie da war, und erst dann erkannte er die große, reglose, dunkle Gestalt und die bleichen Hände, die wie Blüten im Dämmerlicht aussahen.

»Herr Killian ...« Ein gedämpftes Flüstern, kaum lauter als das Rascheln des Laubs; es war keine Frage – sie wußte genau, daß er hier war.

»Fräulein Friedl«, wisperte er genauso leise.

Sie überwand die wenigen Meter, die sie noch trennten. Während sie sich auf ihn zu bewegte, flackerte zweimal schwach und bebend das grüne Licht über ihr Gesicht – das Gesicht einer Ertrunkenen im klaren, seichten Wasser. Von diesem geheimnisvollen Schimmer berührt, wurde Friedl zur Schönheit, und die Entstellung war nicht mehr zu sehen. Der verzauberte Schein glättete ihre wettergegerbte Haut und verwandelte sie in flüssige Jade.

»Herr Killian, ich kann Ihnen etwas über den Mann namens Aylwin erzählen ... wenn Sie es wissen wollen ...«

»Ja ... ja. Friedl, ich möchte es wissen ...«

Er unternahm den notwendigen, unumgänglichen Schritt auf sie zu. Sie sank in seine Arme.

»Der letzte Mann, mit dem ich hier war«, sagte sie und zog gierig an der Zigarette, die Francis für sie angezündet hatte, »war Robert Aylwin.«

Sie saßen in geringer Entfernung vom Ufer auf einem Baumstamm, der von Büschen und Sträuchern halbkreisförmig umgeben war, und schauten durch das filigrane Netz der Äste auf das Wasser. Sie hatte ihn an der Hand genommen und hierhergebracht, still und sicher in der Dunkelheit wie eine Katze auf der Jagd.

»Sie waren drei oder vier Tage hier. Er war nett zu mir. Wir kamen zusammen hierher. Er war ganz anders als ich – so fröhlich, immer lustig.«

Niemand kann uns wegen dieses sonderbaren Stelldicheins einen Vorwurf machen, dachte Francis. Etwas Massives, Unheilvolles schwebte zwischen ihnen, es war warm, zart – ein bittersüßes Bedauern, das die Nachtluft unbeschreiblich schwer machte und jeden Frohsinn schluckte.

»Aylwin war ein paarmal mit Dr. Fredericks in Scheidenau«, sagte Francis. »Hast du ihn schon vorher kennengelernt?«

»Ich kam erst in diesem Sommer her, nachdem mein Vater gestorben war. Ich hatte nichts, verstehst du? Nicht einmal ein menschliches Gesicht. Wer hätte mich gewollt? Aber er war lebhaft, lustig und nett. An diesem letzten Abend wurde ich erst spät mit dem Abwasch fertig, und ich sah, wie er das Haus verließ, über die Terrasse und zum See ging ... so wie du heute abend. Und als ich mit der Arbeit fertig war, folgte ich ihm.«

»Hattest du eine Verabredung mit ihm?« fragte Francis und strich über ihr dichtes, offenes Haar.

»Nein, ich habe gehofft, daß er hier wartet. Aber als ich dort hinten unter den Bäumen stand, hörte ich seine Stimme. Und eine andere. Es war ein Mädchen ... Ich zog mich ein Stück zurück, um nicht in die Unterhaltung hineinzuplatzen. Alles rundherum war ganz still, und ich stand zwischen den Büschen. Ich wollte nicht, daß sie mich bemerken, konnte aber auch nicht schnell genug weg wegen der vielen Äste ... sie hätten mich gehört ...«

Seine Kehle war trocken. »Konntest du sie sehen?«

»Nein. Es war auch im September und noch ein bißchen später als jetzt. Nein ... aber ich kannte beide Stimmen. Seine natürlich, und ihre ... die war unverkennbar, auch beim Sprechen. Sie gehörte zu der Gruppe von Dr. Fredericks, sie war die Frau, von der sie sagten, sie würde einmal eine große Sängerin werden.«

Um sie nicht zu erschrecken und vom Thema abzubringen, sagte er so ruhig wie möglich: »Konntest du verstehen, was sie sagten?«

»Nein, die meiste Zeit nicht. Sie waren sehr leise, und hauptsächlich redete er – sie warf nur hin und wieder ein paar Worte ein, und sie klang sehr ungeduldig und so, als könnte sie nicht glauben, was sie hörte. Er versuchte sie zu etwas zu überreden und flehte. Sie wollte nicht, sie schickte ihn weg, aber er ging nicht. Am Ende vergaß er, leise zu sein und schrie laut: ›... wenn *du* mich nicht willst!‹ Und sie: ›Schsch, sei kein Narr!‹ Dann er: ›Nein, ein so großer Narr, daß ich das einfach so hinnehme, bin ich nicht. *Mir bleibt immer noch die eine Möglichkeit!*‹ Das hat er gesagt, und genau so. Glaubst du, ich könnte mir das ausdenken?«

»Nein«, erwiderte Francis mit belegter, halberstickter Stimme. »Nein, das glaube ich nicht.« Jetzt nur vorsichtig sein, ganz vorsichtig, sonst würde sie den Funken der Leidenschaft auffangen und in Flammen stehen, und er hätte keine Chance mehr, etwas aus ihr herauszubekommen. »Und was sagte *sie* darauf?«

Er erfuhr nie, was ihn verraten hatte. Der Tonfall konnte es nicht gewesen sein, der war gleichmütig und leicht, interessiert, aber unbeteiligt und beherrscht. Auch nicht die Tatsache, daß er nach *ihrer* Reaktion gefragt hatte, obwohl er sich angeblich nur für Robin Aylwins Verbleib interessierte. Irgend etwas Tiefliegenderes, Fundamentaleres, das sie erspürt haben mußte, als sich der Arm, der um ihre Schultern lag, kaum merklich angespannt hatte. Ein knisternder Blitz schien von ihm auf sie übergesprungen zu sein. Diese Frau fühlte mit ihrem Blut, dachte mit Knochen und Fleisch und sah mit einem dritten Auge, mit der Intuition eines Kindes. Plötzlich stand die Luft um sie herum vollkommen still, es war mehr als nur ein bleiernes Schweigen. Langsam, aber unweigerlich zogen sich ihre Muskeln zusammen und verkrampften sich, das Gewicht ihres Vertrauens, das auf seinen Schultern gelastet hatte, wurde immer leichter. Sie rückte nicht von ihm ab; sie hob nicht einmal den Kopf. Es wäre weniger furchteinflößend gewesen, wenn sie das getan hätte. Aber all ihre Substanz, die sie mit so viel Sicherheit und so großzügig, als wäre sie allein, in die Nachtluft verströmt hatte, floß in ihr tiefstes Inneres zurück. Eine dritte Person stand beinahe greifbar zwischen ihnen.

»Sie lachte«, sagte Friedl mit harter, klarer Stimme.

»Nein . . .!« kam es Francis unfreiwillig über die Lippen. Jetzt schienen zwei Friedls bei ihm zu sein, eine lehnte warm an seiner Schulter, ihr dickes schwarzes Haar flutete über seine Brust, die andere stand am Rand der kleinen Lichtung, beobachtete ihn unerbittlich und wartete darauf, daß er wütend oder schmerzerfüllt reagierte. Es gab nicht mehr viel, was ihr dunkler Instinkt nicht erfaßte über seine Beziehung zu jener abwesenden Frau, die Robin ausgelacht hatte.

»*Ja*! Du wolltest etwas über ihn wissen, ich sag' dir, was geschehen ist. Niemand sonst kann dir das erzählen, weil kein Mensch davon weiß. Dieses Mädchen hat ihn ausgelacht. Und dann hörte ich, wie es in den Büschen knackte, als er sich umdrehte und davonlief – in Richtung See. Kurz darauf hörte man seine Schritte nicht mehr, weil dort ein Abhang ist, der die Laute verschluckt. Erst war da dieses Knacken und Rascheln, ein Stolpern über eine Wurzel, und schließlich war alles still, als er unten am Wasser, direkt am Fuß des Hügels war. Aber wenn Boote auf dem See sind, dann hört man hier oben die Stimmen der Leute. In dieser Nacht waren da keine Boote, keine Stimmen – es war schon ganz dunkel. Doch wir hörten etwas anderes, dieses Mädchen und ich, es kam vom Wasser. Ein Platschen. Nicht laut, ganz kurz, und es wiederholte sich nicht ... trotzdem, es war kein Fisch, der durch die Luft schnellte, obwohl es ziemlich große Fische in unserem See gibt. Es war zu spät, zu dunkel für Fische, und außerdem kennt man, wenn man hier wohnt, die üblichen Geräusche. Nein, das war etwas Schweres, das ins Wasser fiel und unterging ...«

Sie hatte sich in seiner Umarmung zu ihm gedreht, und er spürte sogar in der Dunkelheit, wie sie ihn forschend, feindselig und grimmig musterte. Plötzlich schien sich die Nacht zu verdichten und sie ganz einzuhüllen; ein schwacher, mörderischer Wind ließ ihn bis ins Mark erschaudern.

»Ich glaube dir nicht«, sagte er leise, »du hast das erfunden.«

»Du denkst, ich lüge? Frag *sie*. Frag sie, wenn du nach Hause kommst.«

»Du bist verrückt! Was habe ich mit so einer Frau zu schaffen? Wenn das alles wahr wäre, hättest du schon damals jemandem davon erzählt. Hast du das? Bist du zum Wasser hinunter gegangen, um nach ihm zu sehen? Hast du gesagt, was du wußtest, als er nicht zurückkam?«

»Was wußte ich denn? *Was*? Daß ich Stimmen und ein Platschen gehört habe, mehr nicht. Nein, ich habe niemandem gesagt, daß ich in jener Nacht hier zwischen den Bäumen war. Nein, ich habe nicht gewartet, um mehr zu sehen, und nicht versucht, etwas herauszufinden. Ich lief zurück zum Haus und hielt den Mund. *Genau wie sie!* Warum hätte ich was sagen sollen? Ich wollte nichts damit zu tun haben. Ich schulde niemandem von denen etwas. Es war besser, still zu sein und sich Ärger vom Leib zu halten. Deshalb haben sie den See nie abgesucht und nie nach Robin gefahndet; er war für alle nur der, der in Ungnade gefallen und abgehauen war. Aber *etwas* ist in dieser Nacht in den See gefallen. Sie hat es so gut gehört wie ich, aber sie wollte es genausowenig zur Kenntnis nehmen wie ich – und das aus einem besseren Grund. Und er hat sein Gepäck nie abgeholt, stimmt's? *Das wird er auch nie tun*!«

Sie löste sich unvermittelt und hart aus seiner Umarmung. »Ich hab' dir alles erzählt, jetzt muß ich nach Hause.«

»Ich glaube trotzdem, daß du lügst«, sagte er ohne Wut und ohne rechte Überzeugung. Er fühlte sich bloß unerträglich schwach und niedergeschlagen.

»Dann frag sie, wenn du zu ihr zurückfährst. Du wirst schon sehen.«

Er hätte Maggie ein zweites Mal verleugnen können, aber was für einen Zweck hätte das gehabt? Friedl war so hellhörig und feinfühlig wie ein Hund, der ein Gespenst wittert.

»Hilf mir, meine Haare zu richten. Sie werden schon nach mir Ausschau halten.«

Er stand hinter ihr, faßte ihre dichte Haarmähne zusammen und strich sie glatt; dann lagen ihre Hände auf seinen und führten sie. Sie schmiegte ihren warmen Körper an ihn, drehte den Kopf und legte ihre Wange an seine. Sie weinte, ohne sich zu rühren oder einen Laut von sich zu geben.

»Friedl . . .«

»Nein«, fiel sie ihm ins Wort, »du kannst mir nicht helfen.« Sein Kuß brachte sie zum Schweigen, nur noch ein jammervolles Stöhnen drang über ihre verunstalteten Lippen. Einen Augenblick klammerte sie sich an ihn, dann riß sie sich los. Sie steckte entschlossen das Kämmchen in ihr Haar. »Komm mir nicht sofort nach«, fauchte sie schneidend und verschwand lautlos, wie sie gekommen war, zwischen den Bäumen.

5. Kapitel

Jetzt also wußte er, was auf den Grund von Maggies Erinnerungsvermögen gesunken war wie in einen tiefen Brunnen. Benommen und verzaubert von der Vorstellung zukünftigen Ruhms und unduldsam mit dem Jungen, der in ihre Träume platzte, um sich eigene zu erfüllen, hatte auch sie das dumpfe Platschen unten im See gehört. Und sie hatte sich entschieden, es nicht zu begreifen, sich nicht daran zu erinnern. Nicht, weil ihr nicht klar war, was sie getan hatte, sondern weil es ihr nur allzu bewußt war!

Sicher hatte sie ihn geliebt!

Auf der ganzen Fahrt mit dem Leihwagen durch die Schweiz nagte dieser Gedanke an Francis. Wie sonst ließe sich die Besessenheit, die ihr jetzt so sehr zu schaffen machte, erklären? Nichts geringeres als Liebe, zu spät erkannte Liebe, konnte dieses Unglück für sie zu etwas so Schrecklichem machen. Und trotzdem gab es einiges, das ihr Verhalten entschuldigte. Es hatte nie einen Beweis für den Vorfall gegeben, keine Leiche wurde gefunden, und alle anderen waren überzeugt gewesen, daß sich Aylwin einfach sang- und klanglos aus dem Staub gemacht hatte. Diese Annahme ließ es nur vernünftig erscheinen, daß auch sie sich der Meinung der Allgemeinheit anschloß.

Aber in ihrem tiefsten Herzen wußte sie, daß Robin nicht nur weggegangen war!

Jedesmal, wenn die Wahrheit an die Oberfläche zu tauchen drohte, mußte Maggie sie wieder verdrängt haben, bis sie schließlich ganz untergegangen und in der Versenkung verschwunden war. Aus ihrem Bewußtsein war die Erinnerung vollkommen ausgelöscht, doch in den tiefsten Schichten rührte sich immer wieder das schlechte Gewissen und die Trauer, und als sie selbst dem Tod ins Auge gesehen hatte, erzwang sich die Wahrheit rücksichtslos einen Weg ans Licht und forderte die Wiedergutmachung für die Schuld.

Francis lungerte einen Tag in Zürich herum, weil er nicht wußte, was er als nächstes unternehmen sollte, was er tun wollte, was für ihn erträglich wäre. An Friedl dachte er während der ganzen Zeit nur ein einziges Mal, dabei quälte ihn heftig das eigene schlechte Gewissen und der Schock der Erkenntnis, daß das Verdrängen von Ärger oder Vorwürfen gar nicht so schwer war oder etwa selten vorkam. Wir alle tun das. Das Leben wäre unmöglich zu meistern, wenn wir es nicht täten.

Am zweiten Tag erkundigte er sich nach den Flügen nach England, aber er mußte noch einen Tag warten, bis er einen Platz in einer Maschine bekam. Er war froh über den Aufschub. Was sollte er jetzt mit Maggie machen? Es hatte keinen Sinn, sie mit Lügen zu beschützen – es war ihr sehr ernst gewesen, als sie gesagt hatte, daß sie die Wahrheit erfahren wollte, daß sie ohne die Wahrheit nicht mehr leben könnte. Wollte er sie überhaupt verschonen? Während des Fluges hatte er hin und wieder das Gefühl, sie lieber in der Luft zerreißen und sie nicht nur für das Vergehen an Robin Aylwin, sondern auch für seine eigenen Qualen bestrafen zu wollen. Ja, sogar für Friedl, die unter ihrer kleinen äußerlichen Entstellung und einem wuchernden Krebsgeschwür in ihrer Seele zu leiden hatte, sollte sie büßen – und für die Männer, die sie niemals erhört und immer von sich ferngehalten hatte.

Er rief gleich nach der Landung im Krankenhaus von

Comerbourne an. Noch war er sich nicht im klaren, was er sagen sollte. Ihm fiel ein Stein vom Herzen, als sich die energische, muntere Stationsschwester meldete und erklärte, Miss Tressider habe rapide Fortschritte gemacht und sei inzwischen entlassen worden. Ja, sie hielt sich noch in Comerbourne auf, er könne sie im Hotel Lion erreichen, sie bewohne dort eine Suite und stünde für die Zeit der Rekonvaleszenz unter ärztlicher Aufsicht. Sie habe sich einen Konzertflügel gewünscht, und natürlich sei es unmöglich gewesen, ihr in der Klinik diesen Wunsch zu erfüllen. Das war keine große Überraschung. Die Stimme, deren Medium sie war, war rastlos und gereizt und sehnte sich danach, sich wieder bemerkbar zu machen. Blieb Maggie überhaupt eine andere Wahl, als dieser Stimme zu gehorchen, nachdem sie die Liebe von sich gestoßen hatte? War sie nicht eine Besessene seit dem Moment, in dem sie die Kraft, die sie beherrschte, erkannte hatte?

Francis rief im Hotel Lion an.

»Ja ... *o ja!*« sagte sie. Die volle, klare, eifrige Stimme ließ ihr Bild vor seinen Augen erstehen. »Ja, viel besser, danke. Kommen Sie! Ich habe mir schon Gedanken um Sie gemacht. Ich freue mich ...«

»Ich habe die Route Ihrer letzten Tournee mit Dr. Fredericks verfolgt«, erzählte er mit der Gleichmütigkeit eines Roboters. Gelegentlich wagte er es, ihr einen kurzen Blick zuzuwerfen, aber das Blau ihrer Augen, die ihn so intensiv, nachdenklich und hoffnungsvoll ansahen, blendete ihn. »Ich übernachtete in einem kleinen österreichischen Dorf namens Scheidenau in der Nähe der deutschen Grenze. Erinnern Sie sich an den Ort?«

»Ja, vage. Da war ein See ... und eine Burg ...«

»Und ein kleines Hotel, der Goldene Hirsch.«

»Sie meinen das Hotel, in dem Freddy mit uns immer

abstieg? Ich hatte den Namen vergessen, aber ich weiß noch, wie es aussah.«

Das Hotel Lion stand neben der Comer-Brücke, und Maggies Suite bot Ausblick auf das Wasser. Der zitternde Lichtschein, der von den weißen Wänden und der Decke zurückgeworfen wurde, brachte ihr Gesicht zum Leuchten; es war klar und rein wie ein Kristall und ohne jeden Schatten. Sie sah viel kräftiger aus als vor ein paar Tagen in dem Krankenbett, wirkte aber noch zerbrechlich, und ihre Augen waren viel zu groß. Ihre Nervosität schien diesmal eher der Hoffnung als der Angst zu entspringen, als hätte sie allein dadurch, daß sie ihn losgeschickt hatte, um die Ursache ihrer Qualen zu ergründen, Absolution erhalten und als stünde einer endgültigen Genesung nichts mehr im Wege. Vielleicht hatte sie während der Tage seiner Abwesenheit das Gefühl entwickelt, daß die ersten Schritte auf der Suche nach einer Antwort fast dasselbe waren, wie diese Antwort bereits zu finden, daß sie es jetzt wieder mit dem Leben aufnehmen konnte und die Krise überwunden war.

Francis konfrontierte sie nicht mit klaren Aussagen, sondern machte lediglich Andeutungen – aus gutem Grund, wie er glaubte. Friedl konnte trotz ihrer groben Aufforderung, er solle Maggie selbst fragen, gelogen haben. Und wenn er Maggie diese Geschichte rundheraus erzählte und ihr Erinnerungsvermögen nach wie vor versagte und das schwarze Loch nicht füllen konnte, dann wäre sie nie in der Lage zu bestätigen, ob sich alles so abgespielt hatte, wie Friedl behauptete, oder nicht. Das letzte, was er wollte, war, sie mit Kummer zu belasten, den sie nicht verdient hatte. Deshalb näherte er sich Schritt für Schritt dem entscheidenden Punkt und wartete auf den Funken der Erkenntnis in diesen verwirrend blauen Augen. Den Namen behielt er bis zum Schluß für sich. Wenn sie ihn zuerst aussprach, konnten beide sicher sein.

»Das war eine sehr wichtige Tournee für Sie, nicht wahr? Sie feierten Ihre ersten Erfolge und wurden sich bewußt, was Sie leisten können. Ihnen dämmerte, daß Sie wirklich eine große Zukunft vor sich haben. Erinnern Sie sich sonst noch an irgendeine bedeutende Begebenheit, die während dieser Reise stattgefunden hat?«

»In Scheidenau?« Sie musterte ihn eingehend, ihr Mund war leicht geöffnet. Die Andeutung eines schwachen Lächelns verblaßte, zwei ängstliche Flämmchen flackerten in ihren Augen auf. Er sah, wie sich ihre fein geschwungenen Augenbrauen zusammenzogen. »Ich kann mir nicht vorstellen ...«

»In Scheidenau. Am letzten Abend vor Ihrer Abreise. Nein? Im Wald am Ufer des Sees – unterhalb des Hotels. In dem Hotel gibt es ein Dienstmädchen, Friedl, sie ist die Nichte des Besitzers. Erinnern Sie sich an sie?«

Sie zermarterte sich das Gehirn und suchte nach einem Grund für seinen Ernst. Plötzlich erschien ihre Haut vor Anspannung dünner zu sein. Ihre Hände hatte sie auf dem Schoß verkrampft. »Bitte!« flehte sie. »Wenn Sie etwas wissen, dann sagen Sie es.«

»Sind Sie sicher, daß Sie es erfahren wollen?« fragte er schroff. Er hatte sich vorgenommen, behutsam mit ihr umzugehen, aber Wut und Schmerz stiegen ihm in die Kehle wie bittere Galle. Und jetzt hatte sie nicht nur Angst, sondern etwas tief in ihr war in Aufruhr versetzt, etwas, das auf seine starken Empfindungen reagierte und sie beinahe innerlich zerriß bei dem vehementen Versuch, ans Licht zu drängen. Das längst begrabene Wissen war endlich erwacht und bahnte sich seinen Weg ins Bewußtsein. Jetzt konnte nichts mehr die Wahrheit gefangenhalten.

»Ja, ich möchte alles erfahren.«

»Friedl sagt, sie sei an dem Abend, bevor Freddys Zirkus abreisen sollte, in dem Wäldchen gewesen. Sie habe gehört, wie sich zwei Personen dort unterhielten. Eine dieser Personen waren Sie, die andere ein junger Mann, der mit Ihnen diese Tournee machte. Sie hat mir erzählt, er habe dringlich auf Sie eingeredet und Sie angefleht, aber Sie hätten versucht, ihn loszuwerden. Sie sagte, er habe geschrien, es würde *etwas* passieren, ›wenn du mich nicht willst‹. Friedl erinnerte sich an folgende Worte: ›Ein so großer Narr, daß ich das einfach so hinnehme, bin ich nicht. *Mir bleibt immer noch die eine Möglichkeit!*‹ . . .«

Maggies Lippen bewegten sich, aber kein Schrei war zu hören. Sie umklammerte die Stuhllehnen und beugte sich vor, um aufzustehen. Francis würde den leeren, starren Blick niemals vergessen, der durch ihn hindurch sah und ein anderes Gesicht zu erkennen schien.

». . . und dann lief er weg. Er rannte den Abhang hinunter zum See, und Friedl hörte – Sie hörten es auch, nicht wahr? –, daß etwas ins Wasser fiel. Und er kam nie zurück, nicht in dieser Nacht und auch nicht später, nie mehr . . .«

Plötzlich stand Maggie aufrecht vor ihm – das Erkennen durchfuhr krampfartig jede Faser ihres Körpers und flammte in ihren Augen auf. Sie preßte die Handflächen an die Wangen, und ein qualvoller Schrei, leise und jammervoll, drang aus ihrer Kehle: *»Robin!«*

Er hätte nie gedacht, daß sie jemals einen solchen Laut von sich geben könnte oder daß er imstande war, ihr einen solchen Schrei zu entlocken. Sprachlos vor Elend stand er da und betrachtete sein Werk. Ob ihr die Wahrheit recht war oder nicht, jetzt kannten sie sie beide, und es gab keine Möglichkeit mehr, sie in ihr Grab zurückzuschaufeln.

»*Robin*!« flüsterte sie heiser. »Er kam nie zurück . . . Aber wie hätte ich das wissen können? Ich war nicht für ihn verantwortlich, oder? *War ich verantwortlich*?«

Sie wandte sich Francis zu und wurde sich seiner Anwe-

senheit wieder bewußt. Er war nicht mehr nur die apokalyptische Stimme, die Schicht um Schicht das Vergessen zerriß, sondern ein Mann, ein lebendiges menschliches Wesen, das mit ihr in diesem Raum eingeschlossen war und mehr über sie wußte, als sie es je einem Menschen zugestanden hatte. Die ganze lastende Schuld, die so viele Jahre verschüttet gewesen war, lag jetzt offen zwischen ihnen. Sie schauten sich über die Trümmer hinweg voller Entsetzen, Wut und Haß an. Beide wußten, was der andere sah, und beide schauderten vor dem Frevel, den die Verletzung der Privatsphäre darstellte. Nichts lag mehr im verborgenen, alles stürmte gleichzeitig auf Maggies verwundete Sinne ein: seine Liebe, sein Zorn auf diese Liebe, die Demütigung und Wut, die ihn wegen ihres Eindringens in seine freudlose Einsamkeit und Abgeschiedenheit quälten. Sowohl seine Liebe als auch seine Feindseligkeit waren unerträglich, und es gab keine Rückzugsmöglichkeit, kein Versteck.
Ihr Körper, der erst kürzlich gelernt hatte, die Schwäche zu nutzen, wenn keine anderen Waffen zur Verfügung standen, entdeckte den einzigen Fluchtweg. Francis beobachtete, wie sie sich bewußt in die Finsternis zurückzog, und stürzte zu ihr – eine Sekunde zu spät. Sie ließ die Hände sinken und fiel wie ein totes Vögelchen zu Boden.

Sie kam in seinen Armen zu sich. Er drückte sie an sein Herz, und sie spürte seine Seelenpein, bevor sie sein Ächzen und ihren geflüsterten Namen hörte. Finger, leicht und fahrig, strichen ihr das Haar aus den Augen. Sein reumütiges, abgehacktes Murmeln drang zu ihr: »Maggie, vergib mir . . . verzeih mir! Oh, mein Gott, was habe ich getan?«

Sie lag wie tot und gab kein Lebenszeichen von sich. Das war ihre einzige Chance, einen Teil ihrer Integrität vor seinem Zugriff zu schützen, vor seiner Liebe, die sie nicht wollte, seiner Nähe, die sie beleidigte, seinem Schmerz, vor dem sie sich zu Tode fürchtete. Niemand durfte ihr so nahe kommen, niemand durfte sie mit einer derart verletzenden Leidenschaft berühren. Sie mußte sich von ihm befreien. Sie durfte nicht zulassen, daß er noch mehr über sie erfuhr, er wußte schon viel zuviel. Sie hielt die Augen fest geschlossen und riß ihre Gedanken von ihm los, obwohl sein Gesicht dicht über ihrem war und das Licht verdunkelte, als er ihren Mund küßte. Die Berührung erschütterte ihr Herz – Mitleid, Panik und Kummer ergriffen von ihr Besitz. Sie hielt den Atem an und blieb teilnahmslos.

»Maggie, sprich mit mir ... sieh mich an ...«

Plötzlich sprang er auf und stürmte durch das Zimmer. Sie hörte, wie er den Telefonhörer von der Gabel nahm.

»Nein!« Sie öffnete die Augen und richtete sich unsicher auf – er hatte sie auf die Couch gelegt. »Nein, bitte nicht. Es ist alles in Ordnung ...«

Er wirbelte herum, und für einen Augenblick überwältigte sie die Hoffnung, die Erleichterung und die Sorge, die in seinen Augen aufflammte, so sehr, daß sich erneut alles in ihrem Kopf drehte. Seine Anstrengung, wieder die unbeteiligte Maske zur Schau zu stellen, die er der Welt normalerweise zeigte, seine Nacktheit vor ihr zu verbergen, trafen sie wie ein Hieb. Wir haben uns gegenseitig zerstört, dachte sie unglücklich. Dieser stolze Mann wird mir niemals verzeihen, daß ich ihm solche Angst eingejagt, ihn gedemütigt und dazu gebracht habe, sich selbst untreu zu werden, genausowenig, wie ich ihm verzeihen kann, daß er so tief in mein Innerstes gedrungen ist und sich so sehr von dem, was er aufgedeckt hat, berühren läßt. Was bin ich für ihn, außer einer Auftraggeberin, die eine Vereinbarung mit ihm getroffen hat? Und welches Recht hatte ich, ihm derart unter die Haut zu gehen und ihn auf ein Häuflein Elend zu reduzieren?

»Ich wollte Ihren Arzt anrufen. Ich glaube, das ist besser.«

»Nein, bitte legen Sie auf. Ich brauche niemanden. Ich will niemanden hier haben.« Sie setzte sich vollends auf und strich ihren taubengrauen Rock glatt. »Tut mir leid, daß ich Sie so erschreckt habe«, sagte sie. »Es war nur eine momentane Schwäche. Es geht schon wieder.«

»Ich fürchte, ich habe Sie zu sehr aufgeregt. Ich wünschte wirklich, Sie ließen mich einen Arzt rufen.«

»Bitte nicht, das ist wirklich nicht nötig. Wenn Sie so freundlich wären und mir meine Handtasche geben würden ... Sie liegt auf dem Flügel ...«

Er brachte sie ihr und reichte sie ihr vorsichtig, um sie ja nicht zu berühren. Jetzt, da sie wach und bei Bewußtsein war, wollte er auf keinen Fall irgendwelche Rechte an ihr geltend machen. Ihr blasses Gesicht hatte wieder ein bißchen Farbe bekommen und zeigte einen unbeteiligten, beinahe kalten Ausdruck. Die Angst und die Hoffnung waren verflogen; wie es schien, hatte sie den schweren Schlag überwunden und empfand nur noch Leere. Sie war in einem Schockzustand, in dem nichts mehr schmerzte und in dem es keinen Trost gab.

»Machen Sie sich keine Sorgen um mich, mir geht es gut. Ich lege mich hin und ruhe mich aus, wenn Sie gegangen sind. Danke für die Mühe und all die Arbeit, die Sie für mich geleistet haben. Sie waren äußerst tüchtig, und ich bin Ihnen sehr dankbar.« Sie kramte mit gebeugtem Kopf in ihrer Tasche, dann sah sie zu ihm auf und hielt ihm ein Bündel Geldscheine hin. »Ich hoffe, ich habe richtig gerechnet. Dies sind natürlich nur die Tagessätze – der heutige Tag ist berücksichtigt. Bitte lassen Sie mir Ihre Spesenabrechnung zukommen – Sie haben sicher eine beträchtliche Summe aufgewendet. Machen Sie sich nicht die Mühe, die Posten einzeln aufzulisten, runden Sie den Betrag einfach auf. Und nochmals vielen Dank.« Sehr höflich, sehr leise, sehr endgültig entließ sie ihn. Ihre matte, seidenweiche Stimme klang so sanft, daß er die Worte im ersten Moment gar nicht verstand, und als er sie dann doch begriff, konnte er es nicht fassen.

»Sie meinen, Sie benötigen meine Dienste nicht mehr?« Jetzt war sein Gesicht bleicher als ihres.

»Natürlich nicht, Sie haben Ihren Auftrag ja erfolgreich erledigt. Ich habe Sie gebeten herauszufinden, was ich getan habe ... was mir das Gefühl gab, mit dem Tod in Berührung gekommen zu sein. Und Sie haben es herausgefunden. Mehr brauche ich nicht.«

»Sie nehmen das Ergebnis ohne Überprüfung hin? Ich hatte angenommen, daß wir Einzelheiten brauchen, um in Erfahrung zu bringen, was genau sich abgespielt hat. Ich war so rücksichtslos, dafür bitte ich Sie um Verzeihung. Ich wollte keine Namen nennen, um zu sehen, ob Sie sich an den Vorfall erinnern ...«

»Sie haben gesehen«, erwiderte sie, »daß ich mich erinnere. Es brauchte nur einen Anstoß. Es kann kein Zweifel mehr bestehen, und ich bin mit Ihrer Arbeit sehr zufrieden.«

Er sah auf sie hinunter und fühlte sich, als wäre die Zeit, ja die ganze Welt stehengeblieben. Die Zukunft war vollkommen leer. Maggie saß einfach nur da, blaß und in sich selbst zurückgezogen, und hielt das Geldbündel geduldig in der Hand, die vor Schwäche ein wenig zitterte; ihre Augen waren dunkel und trübe. Er konnte nicht das geringste tun. Er würde sie nicht anflehen, ihm einen kleinen Winkel in ihrem Leben einzuräumen, und er konnte sich auch keinen Zugang zu ihr erzwingen, wenn sie ihn nicht in ihrer Nähe haben wollte. Er hatte nicht einmal das Recht, ihr den Rücken zu kehren und sie mit dem Geld in der Hand, das sie ihm zu schulden glaubte, sitzenzulassen. Er war angeheuert worden, hatte einen Auftrag bekommen, wurde ausbezahlt und entlassen. Was konnte er anderes tun, als sein Honorar zu nehmen und zu gehen?

»Ich sollte Sie auf eines hinweisen«, sagte er mit einer Stimme, die fast so ausgedörrt war wie die Wüste, die er – ohne Maggie – vor sich sah. »Das, was ich Ihnen berichtet habe und woran Sie sich zu erinnern glauben, ist kein eindeutiger Hinweis darauf, was tatsächlich mit diesem Aylwin passiert ist. Wie Sie wissen, gibt es plausible Gründe zu glauben – wie es Dr. Fredericks zweifellos getan hat –, daß Aylwin schlicht und einfach davongelaufen ist. Selbst wenn Sie mehr wissen als alle anderen, haben Sie immer noch keinen Beweis dafür, daß Dr. Fredericks Annahme unzutreffend ist. Nach allen Angaben, die wir erhalten haben, könnte Aylwin ebensogut gesund und munter sein. Wenn Sie mir schon nicht erlauben, diese Möglichkeit weiter zu verfolgen, dann sollten Sie sie wenigstens nicht außer Acht lassen.«

Glaubte er selbst auch nur einen Augenblick, was er da sagte? Sie glaubte ihm jedenfalls kein Wort. Vielleicht wußte sie jetzt mehr als er. Sie blieb wie versteinert und streckte ihm ungerührt das Geld entgegen.

»Danke, Sie sind sehr freundlich. Bitte glauben Sie mir, ich weiß sehr zu schätzen, was Sie für mich getan haben, aber es besteht keine Notwendigkeit, weitere Nachforschungen anzustellen. Und jetzt ... Ich bin ein wenig müde ...«

Er konnte sie nicht länger warten lassen. Ohne einen Blick darauf zu werfen, nahm er das Geld und steckte es in die Tasche.

»Darf ich erfahren, was Sie jetzt vorhaben?«

»Ich habe keine Pläne«, erwiderte sie.

»Wenn mir noch etwas einfällt, was ich Ihnen mitzuteilen habe, finde ich Sie dann hier?«

»In den nächsten Tagen, ja. Ich weiß nicht, wie lange ich bleibe.«

»Falls Sie mich brauchen, Sie wissen ja, wo Sie mich erreichen können.«

Sie reichte ihm nicht die Hand, das hatte er auch nicht

erwartet. Er ging, ohne sich noch einmal nach ihr umzudrehen, zur Tür. »Leben Sie wohl, Miss Tressider.«

»Leben Sie wohl, Mr. Killian.«

Das Problem war, daß er diese Abschiedsfloskel nicht als endgültig ansah, sie hingegen schon. Wenn sie jemals Hilfe brauchte, ob auf freundschaftlicher oder geschäftlicher Basis, sie würde sich nie wieder an Francis Killian wenden. Sie hatte ihn aus ihrem Leben gestrichen und ihn so tief in ihrem Unterbewußtsein vergraben wie die Leiche, die er für sie ausgebuddelt hatte. Nach der kompromittierenden Intimität, die wir gerade erlebt haben, dachte Francis grimmig, als er die Treppe hinunterging, gibt es nur zwei Möglichkeiten: die totale Trennung oder eine Hochzeit.

Er hatte ihr Geld genommen, weil er kein Recht gehabt hatte, es zurückzuweisen, aber jetzt war es seine Sache, was er damit machte. Er ging in die Kirche auf der anderen Straßenseite und sah sich die Almosenbüchsen an, aber der Kampf gegen die Trockenfäule und den Borkenkäfer oder die Finanzierung von Übersee-Missionen in Ländern, in denen wahrscheinlich mehr Moral und sicherlich mindestens genausoviel, wenn nicht mehr christliches Verständnis herrschte als in England, erschienen ihm nicht der richtige Verwendungszweck für Maggies Geld. Er ging zum Obdachlosenheim der Heilsarmee unten am Flußufer, neben dessen Tür ein Kasten für Geldspenden in Form eines riesigen Tamburins hing. Darüber stand in großen, bunten Buchstaben die Bitte: HELFT DENEN, DIE AUF DEM BODEN LIEGEN, ABER NOCH NICHT K.O. SIND. Francis zog die zerknitterten Geldscheine aus der Tasche und stopfte sie durch den Schlitz.

Ein Mann schlenderte vorbei, beobachtete anscheinend teilnahmslos die Szene und richtete dann den Blick, als wäre nichts Ungewöhnliches geschehen, auf den Fluß, dann lehnte er sich an das Geländer am Ufer und dachte nach, während Francis davonging.

George Felse war Francis Killian gefolgt, seit er durch die Drehtür des Hotels Lion gekommen und sich durch den Verkehr auf der Straße in Richtung Kirche gekämpft hatte. Es war nur ein zufälliges Zusammentreffen gewesen, George wollte gerade zum Parkplatz gehen, auf dem er sein Auto abgestellt hatte. Aber die unerwartete Begegnung mit Buntys Besucher, der aus Österreich zurück war und mit steinernem Gesichtsausdruck und zornsprühendem Blick von einer Unterredung mit seiner Auftraggeberin kam, hatte ihn von seinem Weg abgebracht. Alle Welt hatte in der Lokalzeitung lesen können, daß Maggie Tressider eine Suite im Lion bezogen hatte, und George hatte Francis Killians Foto so eingehend studiert, daß ihm sein Gesicht sofort auffiel, als er es vor sich sah. Erst die Almosenbüchsen in der Kirche, und jetzt diese erstaunliche Spende für die Heilsarmee. Und dann die Niedergeschlagenheit und die Wut in dem starren Gesicht. Es brauchte eine Menge, um einen Mann ohne Illusionen so zu verwunden, und es war schon eine Portion Wahnsinn nötig, daß jemand soviel Geld weggab.

George wanderte langsam und nachdenklich zu seinem Auto. Wie auch immer Maggie Tressiders Auftrag gelautet haben mochte, er schien ausgeführt worden zu sein. Und ihr Agent hatte voller Zorn sein Honorar an die Heilsarmee weitergegeben. Hatte Bunty doch recht gehabt? War Killians Einsatz in diesem Fall höher als üblich?

Könnte sich die Mühe lohnen, ihn, solange es die anderen Pflichten erlaubten, inoffiziell im Auge zu behalten? Oder vielleicht beide – Francis Killian und Maggie Tressider?

Am Samstag, dem vierzehnten September, rief Laura Howard vom Büro der British European Airways an.

»Bunty? Ich hab' da was für dich – du interessierst dich doch noch für diesen Kerl? Er war gestern nachmittag hier und bat mich, genau das zu tun, worum du mich gebeten hast. Er will wissen, ob *Maggie Tressider* einen Flug bei uns bucht. Er weiß, daß ich eigentlich keine Auskünfte geben darf, aber es war ihm bitterernst. Ich habe ihm selbstverständlich nichts versprochen, zumindest nicht endgültig, aber ich dachte daran, was du das letzte Mal gesagt hast ... Na ja, ich habe es ihm auch nicht direkt abgeschlagen. Ich fand es besser, dich zu fragen, was ich machen soll. *Weil sie wirklich gebucht hat.* Heute morgen! Sie rief an und wollte einen Flug nach Zürich für den nächsten Mittwoch reservieren, und ich hab' einen Platz für sie in der Maschine von Heathrow um sechzehn Uhr zehn bekommen.«

Bunty hatte George schon längst zu sich ans Telefon gewinkt. Er stand neben ihr und neigte den Kopf, um mithören zu können.

»Ich meine, *Maggie Tressider*! Aber er scheint in Ordnung zu sein, und er sagt, er hätte für sie gearbeitet. Stimmt das?«

»Ja«, sagte Bunty, »das stimmt, er hat für sie gearbeitet.«

»Was soll ich tun? Soll ich es ihm sagen?«

»Frag sie«, flüsterte George, »ob es am selben Tag noch andere Flüge nach Zürich gibt.«

»Hallo ... Laura? Gibt es noch andere Flüge nach Zürich am selben Tag?«

»Viele ... um zehn nach zehn, zehn Uhr fünfzig, vierzehn Uhr zehn ... und natürlich die Nachtflüge für Touristen ...«

»Sie soll es ihm sagen«, wisperte George. »Ich wette tausend zu eins, daß er auch hinfliegt, wenn noch was frei ist.«

»Ja, Laura, sag es ihm. Es ist okay. Und Laura ... laß es mich sofort wissen, wenn er für sich selbst auch bucht, ja?«

»Meinetwegen«, meinte Laura lakonisch, »wer A sagt, muß wohl oder übel auch B sagen. Gut, ich ruf' ihn an. Und ich melde mich doppelt so schnell bei dir, wenn es irgendwelchen Ärger gibt.« Sie verabschiedete sich und legte auf.

Bunty hielt den Hörer in der Hand und sah George an. »Was geht da vor? Es macht doch keinen Sinn, daß er um die Ecken späht und Angestellte einer Fluggesellschaft anstiftet, Auskünfte zu geben, um herauszufinden, was seine Klientin vorhat. Er hat bestimmt nicht gelogen, als er sagte, daß er für sie gearbeitet hat, denn es hätte ihm nicht das geringste ausgemacht, wenn ich einen Blumenstrauß gekauft und Maggie im Krankenhaus besucht hätte. Er hat es sogar selbst vorgeschlagen. Eine Menge Menschen wären darauf eingegangen, besonders wenn sie erfahren, daß sich eine solche Berühmtheit an sie erinnert. Jetzt scheint er damit zu rechnen, daß sie selbst in dieses Dorf in Österreich fährt und ihm nichts davon sagt. Was ist da los?«

»Ich glaube fast«, sagte George, »daß sie sich verkracht haben.« Er erzählte von dem Zwischenfall beim Obdachlosenheim der Heilsarmee. »Sieht aus, als hätte er *etwas* von seiner Reise mitgebracht, und wegen diesem Etwas wurde er ausbezahlt und aus dem Geschäft entlassen. Und irgendwie glaube ich nicht, daß es Informationen für das Buch über Paul Fredericks waren, du etwa? Er war ganz und gar nicht glücklich über das Ergebnis – du hättest mal sein Gesicht sehen sollen! Wenn alles in Ordnung wäre, hätte er das Geld nicht so schnell loswerden wollen, als würde er sich daran verbrennen. Es scheint, als wäre er nicht einverstanden mit seiner Entlassung. Und offenbar ist er weit davon entfernt, das zu akzeptieren – wenn ich mich nicht allzu sehr täusche, schnüffelt er ihr weiter nach. Nur weiß sie diesmal nichts davon, und er wird auch nicht dafür bezahlt.«

»Ich hab' dir doch gesagt«, warf Bunty ein, »er ist in sie verliebt. Wenn sie sich kopfüber in Schwierigkeiten stürzt, möchte er zur Stelle sein, um sie wieder herauszuziehen.«

»Und du glaubst, sie *gerät* in Schwierigkeiten?« fragte George sich selbst genauso wie seine Frau.

»Zumindest scheint *er* es anzunehmen. Immerhin ist er der einzige, der weiß, was er da herausgefunden hat.«

»Du hast ja so recht«, gab George trübsinnig zu. »Ich wünschte, es wäre anders. Ich würde eine Menge dafür geben, wenn ich es auch wüßte.« Er schwieg eine Weile und sah Bunty nachdenklich an; sie kannte ihn so gut, daß sie beinahe beobachten konnte, wie er einen Entschluß faßte.

»Bunty, wie würde es dir gefallen, für ein paar Tage nach Vorarlberg zu fahren?«

»Wir?« hakte sie erschrocken nach. »Du und ich? Du meinst, wir folgen ihnen und beobachten sie?«

»*Falls* er sich entschließt, sich auf ihre Spur zu setzen. Ja, du und ich – warum nicht? Ich habe noch eine Woche Urlaub übrig, wieso sollte ich den nicht jetzt nehmen und in Scheidenau verbringen? Wenn nichts dabei herauskommt, hatten wir wenigstens ein paar Tage Ferien. Und falls sich doch etwas ergibt und wir irgend etwas über das Verschwinden dieses jungen Mannes namens Aylwin erfahren ... Wer weiß? Wir könnten ja auch einen Stein mehr umdrehen und etwas entdecken, was mit Peter Bromwich zu tun hat. Es wäre mir viel wert, wenn ich den Fall endlich abschließen könnte.«

»Wir können aber nicht gut dieselbe Maschine nehmen wie einer von ihnen«, stellte Bunty klar. »Er würde mich ganz sicher erkennen, und bei ihr wäre es möglich.«

»Ich dachte, wir könnten einen der nächtlichen Touristenflüge *vor* ihnen nehmen. Diese Maschinen sind im September bestimmt nicht voll ausgebucht. Und wir hätten Zeit genug, uns in Zürich einen Wagen zu mieten, und könnten die beiden beschatten, sobald sie gelandet sind. Per Zug oder auf der Straße, wir bleiben ihnen auf den Fersen. Was sagst du dazu?«

Bunty überlegte, welche Verpflichtungen und Verabredungen sie in den nächsten Tagen hatte, und fand nichts, was nicht verschoben werden konnte. Dominic und seine Tossa würden erst in vierzehn Tagen von ihrer Studentenreise nach Jugoslawien zurückkommen und gleich weiterfahren nach Oxford.

»Ja, laß uns fahren!« stimmte Bunty begeistert zu. »Natürlich nur, *falls* er ihr folgt«, fügte sie mit einem Seufzen hinzu.

Es war später Nachmittag, als das Telefon wieder klingelte.

»Bunty? Hier Laura. Woher wußtest du das? Er hat einen Platz in der Maschine um vierzehn Uhr zehn gebucht; also fliegt er zwei Stunden vor ihr ab.«

6. Kapitel

Die zweite Cousine, Gisela – das Mädchen mit dem Minirock, dem blonden Pferdeschwanz und den weißen Wollkniestrümpfen –, hörte den Wagen in den Hof des Goldenen Hirschen fahren und drehte sich auf ihrem Stuhl herum, um nachzusehen, wer angekommen war. Das französische Pärchen aus dem zweiten Stock war heute morgen abgereist, und die meisten Engländer, die ohnehin alle knapp bei Kasse zu sein schienen, waren auch schon weg. Der erste Rauhreif des Herbstes legte sich bereits auf die Dächer von Scheidenau, und ein Neuankömmling zu dieser Zeit versprach nicht nur zusätzlichen Profit, sondern auch eine willkommene Abwechslung.

Der Fahrer, der während der Saison häufig Gäste herbrachte, trug zwei mittelgroße, aber ausgesprochen edle Koffer herein, und sein Benehmen deutete darauf hin, daß er ein außergewöhnliches Trinkgeld bekommen hatte. Gisela prüfte, welches Zimmer sie anzubieten hatte, und sah strahlend auf, als der neue Gast die Halle betrat. Eine Engländerin, allein reisend, sehr schön, sehr blaß, sehr zerbrechlich. Sie trug ein modisches, schlichtes, enganliegendes Kleid aus feinem Wolljersey in warmen, rostroten, pfirsichfarbenen und braunen Tönen, die ein bißchen Farbe in ihr Gesicht zauberten. Aber Gisela erkannte auf den ersten Blick, daß die Frau ohne die geschickt gewählten Farben aschfahl gewirkt hätte, daß sie violette Schatten an den hohlen Wangen und noch dunklere unter den Augen hatte. Die Kleidung, angefangen von den schmalen schwarzen Schuhen bis zum goldgeränderten schwarzen Hut, verriet Geld. Der unnahbare, geistesabwesende Ausdruck des weißen Gesichts schien irgendwie nicht zum Gesamtbild zu passen, obwohl alles, was die Dame anhatte, darauf abgestimmt war, es im günstigsten Licht erscheinen zu lassen. Gisela hatte das Gefühl, das Foto dieser Frau schon in Zeitschriften gesehen zu haben. Sicher war sie berühmt, und sie müßte sie erkennen, aber Opern und Konzerte waren nicht Giselas Welt, und sie interessierte sich kein bißchen für die Stars dieser Branche.

Die Stimme, die nach einem Zimmer fragte, klang ruhig und ein wenig heiser vor Erschöpfung, war aber das kraftvollste und lebendigste an der vornehmen Engländerin. Bei dieser Stimme spitzte man die Ohren, selbst wenn sie nur ein Bier in einer Bar bestellte, und drehte sich um, um herauszufinden, ob das Gesicht dazu paßte.

»Wie lange möchten Sie bleiben?« fragte Gisela.

»Ich weiß es noch nicht . . . einige Tage. Wenn es keine allzu großen Umstände macht, hätte ich gern ein Klavier für mich allein. Ich muß üben«, erklärte sie und zeigte den Hauch eines Lächelns, »und ich möchte niemanden stören.«

Gisela zeigte sich eilfertig und hilfsbereit. »Wir hätten in der ersten Etage eine Suite mit großem Wohnzimmer, wenn es Ihnen recht ist. Morgen könnte man ein Klavier vom Speisesaal hinaufschaffen – dort stehen zwei. Es ist zwar kein Flügel, aber es hat einen guten Klang und ist frisch gestimmt.« Die Suite war die teuerste Unterkunft im Haus, und jeder, der ein Klavier als Teil der Annehmlichkeiten in Anspruch nehmen wollte, konnte sich bestimmt auch den Übernachtungspreis leisten.

»Die Suite ist oben?« fragte Maggie zweifelnd. »Ich möchte nicht allzu viel Mühe machen. Wird es nicht zu kompliziert, ein schweres Klavier die Treppe hinaufzutragen?«

»Die Treppe ist so breit und gar nicht steil, das macht keine Schwierigkeiten. Es ist wie in einem Schloß – Sie werden es selbst sehen. Und die Suite ist sehr hübsch mit Blick auf den See und einem Balkon mit extra Treppe in den Garten. Ich zeige sie Ihnen.« Gisela schlug die Klappe der Theke zurück, hob die beiden Koffer hoch, als wären sie federleicht, und durchquerte zielstrebig die Halle.

Maggie folgte dem jungen Mädchen mit den blitzend weißen Kniestrümpfen die breite Treppe hinauf und durch den geräumigen Korridor im ersten Stock. Sie hatte keine bewußte Erinnerung an dieses Haus, trotzdem wußte sie, was anders war als damals. Es war, als besuche sie einen Ort, von dem sie einmal geträumt hatte, oder eher, als träume sie von einem Ort, der ihr auf so unheimliche Weise bekannt vorkam, daß sie überzeugt war, vorher schon einmal denselben Traum gehabt zu haben. Bei den viele Jahre zurückliegenden Aufenthalten mit Freddys Zirkus hatte sie eins der billigen Zimmer im dritten Stock bewohnt, wie es sich für eine angehende Künstlerin gehörte. Die große, in Blau und Weiß gehaltene Suite, den üppig mit Geranien geschmückten Balkon, das luftige, freundliche Schlafzimmer mit der hellen, handgehäkelten Decke auf dem geschnitzten Bett – das alles hatte sie nie zuvor gesehen. Sie betrat den Balkon und lehnte sich an die blumenbewachsene Holzbrüstung. Der Duft der Bäume strömte ihr entgegen, und das vom See reflektierte trübe Abendlicht wurde von dem grünen Laub gefiltert.

»Leider gibt es keine warme Küche mehr«, sagte Gisela, »aber wenn Sie noch etwas essen wollen, sage ich unten Bescheid. Sie scheinen sehr müde zu sein, soll ich Ihnen etwas heraufkommen lassen?«

Maggie setzte sich auf die Bettkante, und das weiche, flauschige Federbett zog sie an wie ein Magnet: »Ich bin tatsächlich ziemlich müde. Ja, wenn Sie so freundlich sein würden, es wäre schön, wenn ich in meinem Zimmer essen könnte.«

»Gefällt Ihnen diese Suite? Genügt sie Ihren Ansprüchen?« erkundigte sich Gisela.

»Voll und ganz. Aber ich habe die Anmeldung noch nicht ausgefüllt.«

»Das hat bis morgen Zeit«, entgegnete Gisela fröhlich. »Und am Vormittag bringen die Männer das Klavier heraus. Alles morgen!«

Nach diesen Worten flitzte sie durch den Flur und hüpfte die Treppe hinunter zur Rezeption.

Maggie zog sich unbeholfen aus – sie war vollkommen erschöpft von der Reise –, schlüpfte in ihren Morgenrock und legte sich aufs Bett. Die kühle, wohltuende Daunendecke bauschte sich um sie herum auf und schloß die Welt aus. Sie war zu müde, um auch nur einen Gedanken zu fassen, die Erschöpfung drückte schwer auf ihre Lider, sobald ihr Kopf auf dem Kissen lag.

Erst heute morgen hatte sie Comerbourne verlassen, war nach London gefahren, um in ihrer Wohnung einige Kleider zusammenzupacken, dann hatte sie ein Taxi genommen und war gerade noch rechtzeitig vor Abflug ihrer Maschine in Heathrow angekommen. Dann die Zugfahrt nach Bregenz und weiter mit dem Auto hierher. Und seit sie Zürich verlassen hatte, waren ihr die Orte und die Landschaft, durch die sie auf ihren Konzertreisen in den letzten Jahren so oft gefahren war, eigenartig verändert und doch vertraut vorgekommen – als wäre die neunzehnjährige Maggie zurückgekommen, um allem einen anderen Inhalt zu geben. Mir geht es nicht gut, sagte sie sich, ich sehe, höre und fühle mit verzerrten Sinnen. Aber in ihrem Herzen wußte sie, daß sie so fühlte, weil all die Orte von einer Person beseelt waren, die sie so viele Jahre entschlossen aus ihrem Gedächtnis verbannt hatte.

Fünf Tage war es her, seit sie sich zum erstenmal wieder an den lebenden Robin Aylwin erinnert hatte und gezwungen gewesen war, ihn als Toten vor sich zu sehen. Fünf Tage, in denen er sie auf Schritt und Tritt, Tag und Nacht begleitet hatte.

Die Ärzte hatten sie aus ihrer Obhut entlassen, sie konnte gehen, wohin sie wollte und hatte die Verantwortung für sich wieder selbst übernommen. Dennoch hatte sie diese Pilgerfahrt behutsam und Stück für Stück vorbereitet und all ihre Kraft zusammengenommen, um die Ärzte davon zu überzeugen, daß sie reisefähig sei. Sie konnte ihnen glaubhaft versichern, daß sie einen Erholungsurlaub an einem Ort machen wollte, den sie von früher kannte, daß sie es dort sehr bequem haben und eine gute Pflege genießen würde, bis sie genügend neue Energien gesammelt hätte, um ihr normales Leben wieder aufnehmen zu können. Sie drehte den Kopf auf dem Kissen und sah plötzlich ihr mattes, abgespanntes Gesicht in dem Spiegel – sie war sicher, daß sie nicht so ausgesehen hatte, als die Ärzte ihre Zustimmung zu dieser Reise gegeben hatten. Sie mußte daran denken, Mr. Rice morgen eine Ansichtskarte zu schreiben und ihn zu beruhigen. Alles morgen!

Sie hatte in den letzten fünf Tagen einige Dinge erledigt: ein paar Konzerte und Verpflichtungen abgesagt, Briefe beantwortet, eine Geldüberweisung auf die Konten von Alec und Dione veranlaßt, für den Fall, daß die Geschwister während ihrer Abwesenheit in Schwierigkeiten gerieten.

»Während meiner Abwesenheit«, so formulierte sie in Gedanken, aber sie hatte auch ihr Testament gemacht, bevor sie England verlassen hatte.

Am anderen Ufer der schmalen Bucht, in einem Zimmer auf der zweiten Etage der Alten Post, ließ Bunty Felse zufrieden

den Feldstecher sinken und drehte sich zu George um, der in diesem Moment das Zimmer betrat.

»Sie ist hier«, berichtete er. »Sie kam vor einer Viertelstunde mit einem Wagen aus Bregenz an und hat sich im Goldenen Hirschen einquartiert.«

»Ich weiß«, sagte Bunty, »ich habe sie gerade gesehen. Das da drüben sind ihre Fenster, fast uns gegenüber. Siehst du, hinter dem Balkon mit den Blumen. Die Vorhänge sind jetzt zugezogen, aber als das Mädchen sie heraufführte und das Licht anmachte, waren sie offen. Das Licht hat mich aufmerksam gemacht. Ich hätte das Gesicht auf die Entfernung vielleicht nicht erkannt, nicht einmal mit dem Fernglas, aber der Hut war nicht zu übersehen.«

Bunty war nicht wohl gewesen, als sie den Hut im Rückfenster des Taxis zum letztenmal am Flughafen in Zürich gesehen hatte und sie Maggie aus den Augen verloren hatten. George hatte sich blitzschnell entschieden, lieber dem alten, gemieteten Dodge mit Francis Killian am Steuer zu folgen, der sich, ohne auch nur einen Moment zu zögern, in nordöstlicher Richtung auf der Schnellstraße nach Winterthur davongemacht hatte.

»Der wußte genau, wohin sie wollte«, sagte George, als er mit dem Fernglas über die Bucht auf die zugezogenen Vorhänge schaute, »und in welchem Hotel sie wohnen würde. Zum Glück sind wir ihm nachgefahren, sonst hätten wir nie erfahren, wo er abgestiegen ist. So wie die Dinge stehen, kannst du ihm ohne Probleme aus dem Weg gehen.«

»Ich frage mich, wieso er sich das Weiße Kreuz ausgesucht hat, obwohl man Maggie von hier viel besser im Auge behalten kann.«

»Er konnte ja nicht wissen, daß sie ein Zimmer auf dieser Seite bezieht. Und das Weiße Kreuz befindet sich dort, wo alle Straßen des Ortes zusammenlaufen. Alles, was vom Goldenen Hirschen kommt oder dorthin fährt, muß am Weißen Kreuz vorbei. Er saß auf der Terrasse und wartete auf ihre Ankunft«, erzählte George. »Als der Wagen, in dem sie saß, vorbeifuhr, bezahlte er und schlenderte in diese Richtung.«

»Glaubst du, er versucht, mit ihr zu sprechen?«

»Nein, ich denke, er will nur sehen, ohne selbst gesehen zu werden. Sicher wäre es ihm nicht recht, wenn sie merkte, daß er ihr nachspioniert – besonders dann nicht, wenn du recht hast, was seine Gefühle ihr gegenüber betrifft.«

»Also warten wir darauf, was er als nächstes tut«, stellte Bunty fest, »und *er* wartet ab, was *sie* macht. Es würde mich nicht überraschen, wenn *sie* auf noch jemanden anders wartet. Ich frage mich nur, wer das sein könnte.«

Als Maggie auf dem Weg zum Frühstück war, begegnete sie auf der breiten gewundenen Treppe einer großgewachsenen Frau im Dirndl. Das schwarze Haar war zu dicken Zöpfen geflochten und wie ein Kranz um den Kopf festgesteckt. Sie trug zwei schwere Koffer und hielt den Kopf gesenkt, so daß Maggie als erstes das dichte, glänzende Haar sah. Maggie wich dort, wo die Stufen in der Kurve schmaler wurden, zur Seite, um die Frau mit den Koffern vorbeizulassen, und da sie von den Strapazen des vergangenen Tages noch immer schwach auf den Beinen war, blieb sie stehen, um nicht auf den spitz zulaufenden Stufen auszurutschen. Die Frau im Dirndl ließ den Blick langsam von den eleganten schwarzen Schuhen bis zu den glatten rotbraunen Haaren wandern. Sie warf den Kopf zurück wie ein Reh, das einen Menschen wittert. Einen Moment lang hielt sie inne, reglos und schweigend. Das Licht, das von der Seite durchs Fenster fiel, schien erbarmungslos auf den Spalt in der Oberlippe.

Maggie und Friedl standen sich stumm gegenüber und musterten sich nervös. Dreizehn Jahre sind eine lange Zeit, aber eine Hasenscharte bei einem ansonsten hübschen Mädchen vergißt man nicht so leicht, und das Bild einer weltberühmten Sängerin erscheint oft genug in den Zeitungen, obwohl Friedl vermutlich diese Gedächtnishilfe gar nicht nötig gehabt hätte. Zwischen ihnen stand beinahe greifbar der Schatten einer dritten Person, die einstmals das Verbindungsglied zwischen ihnen und gleichzeitig eine unüberwindbare Barriere gewesen war.

»Sind Sie der Gast von Nummer eins?« fragte Friedl mit einem freundlichen Lächeln, das ihre Augen nicht erreichte. »Franz und Joachim bringen Ihnen nachher das Klavier hinauf.«

»Danke.« Maggie zögerte nur für einen kurzen Moment. »Sie sind Fräulein Friedl, nicht wahr?«

»Zu gütig, gnädige Frau«, erwiderte Friedl, »daß Sie sich an mich erinnern.« Das Lächeln kehrte zurück, höhlte die braungebrannten Wangen aus und zauberte einen hungrigen Glanz in ihren Blick, der weder gütig noch gnädig war. »Es ist sehr lange her.«

»Ich muß mit Ihnen sprechen«, sagte Maggie.

»Nicht hier und nicht jetzt.« Friedl beobachtete, wie die ausgeprägten Wangenknochen erst blaß, dann rot wurden, und spürte, wie sich brennender Zorn um ihr Herz ballte und unstillbaren Schmerz verursachte. Dies war die Frau, die nicht zu schätzen wußte – damals genausowenig wie heute –, wenn ihr ein Mann zu Füßen lag, während Friedl mit ihrem prachtvollen Körper und dem verunstalteten Gesicht nur das vorübergehende Interesse der Männer weckte, die gerade nichts Besseres zu tun hatten, sie aber nie als vollwertige, ernst zu nehmende Frau betrachteten. Warte nur, dachte sie, alles hat seinen Preis, und du hast bis jetzt so viel gehabt und so wenig bezahlt! »Ich muß meine Arbeit machen«, sagte sie. »Schließlich bin ich keine Tochter des Hauses.«

Der Tonfall war sanft, beinahe servil, aber der Blick verriet Feindseligkeit, und sogar die Bemerkung, mit der sie sich selbst erniedrigte, barg eine gewisse Arroganz. Maggie wich noch mehr zurück. Wenn es möglich gewesen wäre, hätte sie jetzt den Rückzug angetreten, aber es gab für sie kein Zurück mehr. Vielleicht wußte diese Frau nicht mehr, als sie Francis erzählt hatte, aber wenn doch, dann mußte Maggie es wissen. Es mochte kein Trost für sie sein, wenn sie mehr erfuhr, aber die Augen zu verschließen wäre gleichbedeutend mit der Verleugnung der eigenen Identität. Sie war hergekommen, um ihre Angelegenheiten in Ordnung zu bringen und nichts im Verborgenen zu lassen. Kein anderer Gedanke und kein anderer Wunsch waren ihr geblieben.

»Wann kann ich mit Ihnen reden?« erkundigte sie sich nachsichtig.

»Ich habe erst nach dem Abendessen frei. Und selbst dann sollten wir uns besser nicht im Haus treffen, wenn wir ungestört sein wollen.«

»Ich werde mich an jedem Ort einfinden, den Sie mir nennen.«

»Wenn ich mit der Arbeit heute abend fertig bin, gehe ich den Weg durch den Wald hinunter in Richtung See. Nehmen Sie die Treppe von Ihrem Balkon, aber erst nach mir, bitte. Sie mögen es nicht, wenn wir uns nach Dienstschluß zuviel mit den Gästen abgeben.« Das war eine Lüge, aber es paßte so gut in das Bild der unterdrückten, armen Verwandten, daß sie beinahe selbst daran glaubte. Ich zwinge dich dazu, mir nachzulaufen, dachte sie, so wie ich ihm nachgelaufen bin. Ich führe dich dorthin, wo ich ihn hingeführt habe, und ich werde dich benutzen, wie er mich benutzt hat. Und mit dem größten Vergnügen werde ich dich verletzen, so wie er mich verletzt hat. Wenn ich mit dir fertig bin, wird dir ein Mann wie ein Mühlstein um den Hals hängen, und er wird dich überallhin begleiten wie das Glöckchen einer Aussätzigen, um alle anderen Männer von dir fernzuhalten. Du wirst Höllenängste ausstehen, daß du jedem anderen dasselbe Ende bescheren könntest wie ihm. Ich kenne Leute deines Schlages.

»Sehr gut«, sagte Maggie. »Ich werde nach Ihnen Ausschau halten und Ihnen nachkommen.«

»Was wollen Sie noch?« fragte Friedl harsch. »*Er* hat Ihnen doch alles berichtet, oder nicht? Dieser Mann, den Sie hergeschickt haben. Hier, genau an diesem Platz, fragte er mich genau dasselbe wie Sie jetzt, und ich hab' ihm geantwortet. Und wieso muß Ihnen überhaupt jemand etwas darüber erzählen? Wer könnte denn besser wissen als Sie, warum Robin den Abhang hinuntergelaufen und in den See gegangen ist? Jawohl, Sie wollten ihn nicht und hatten das Recht, ihn zurückzuweisen, jawohl, Sie durften ihn wegschicken – mache ich Ihnen deswegen vielleicht Vorwürfe? Was hat es Ihnen schon bedeutet, daß eine andere ihn liebte und das wollte, was Sie ablehnten? Aber alles können Sie nicht haben. Wenn Sie denken, Sie haben ihm kein Unrecht getan, warum kommen Sie dann heulend wie eine reuige Sünderin zurück und bitten um Vergebung dafür, daß Sie ihn getötet haben? Wenn Sie ihm nichts Schlimmes angetan haben, weshalb plagt Sie dann das schlechte Gewissen?«

Die Nacht verdichtete sich um sie herum und tauchte die von Büschen umstandene kleine Lichtung in ein undurchsichtiges Olivgrün. Nur durch das feingesponnene Netz der Äste schimmerte der hellere See und der Himmel. Friedl in ihrem schwarzen Kleid schlich rastlos umher. Das leise Rascheln ihrer Schritte im Gras franste die Stille aus, wenn ihre Stimmen verebbten. Irgendwo knackte ein Zweig. Friedl erstarrte mitten in der Bewegung, warf den Kopf zurück und lauschte.

In dem Moment, da sie stillstand, ergriff absolute Stille von der Welt Besitz.

»Nein ... nichts. Niemand sonst kommt in der Dunkelheit hierher.«

Sie kam einen Schritt näher und drehte dem See den Rücken zu – eine dunkle, reglose Gestalt vor dem blasseren Himmel.

»Ich habe ihn geliebt, verstehen Sie? Zwei Tage, nur zwei Tage lang war ich seine Geliebte. Aber er hat mich nie ernst genommen. Welcher Mann hat das je getan? *Sie* waren da – *Sie* hatten alles. Wie hätte er mich da länger beachten können? Sie glauben mir nicht?«

»Doch, ich glaube Ihnen«, sagte Maggie. »Es tut mir leid.«

Das Gefühl, das sie am Morgen auf der Treppe gehabt hatte, das Gefühl, daß Bitterkeit und grundlose Boshaftigkeit auf sie einstürmten, strömte ihr jetzt mit der kühlen Nachtbrise entgegen und ließ sie vor Entsetzen schaudern. Zum erstenmal in ihrem Leben erkannte sie den Haß und war hilflos. Die große dunkle Gestalt schien zu wachsen und drohte feindselig und anmaßend auf sie herab. Nicht die Angst lähmte Maggie, sondern der krank machende Abscheu vor der Nähe dieses Hasses. Sie spürte, daß sie sich nie mehr sauber fühlen würde, wenn er sie berührte.

»Es ist zu spät für Reue und Bedauern. Warum haben Sie ihn damals nicht zurückgerufen? Wieso haben Sie nie jemandem erzählt, was Sie wußten?«

»Warum haben Sie nichts gesagt?« fragte Maggie zurück. »Nach unserer Abreise, als die Leute im Hotel warteten, daß er zurückkommen und seine Sachen abholen würde ... weshalb haben Sie nicht geredet, als er sich nicht mehr blicken ließ?«

»Warum hätte ich das wohl tun sollen? Was wäre damit gewonnen gewesen? Mir waren seine Sachen egal. Hätte ich ihn wieder lebendig machen können, wenn ich etwas gesagt hätte?«

»Sie sind also sicher ... Sie waren die ganze Zeit überzeugt, daß er tot ist?« Das war die einzige Frage, die noch offengeblieben war, und entweder sie oder Friedl mußte darauf zu sprechen kommen. »Sein Leichnam wurde nie ans Ufer gespült. Ich will damit nicht sagen, daß das ein Beweis ist ... ich stelle es nur fest. Falls Sie mehr wissen, einen eindeutigen Hinweis kennen, dann sagen Sie es mir bitte.«

Eine lautlose Bewegung in der Dunkelheit, und plötzlich war Friedls Gesicht dicht vor ihrem – bleich und grimmig unter dem schwarzen Haar.

»Tot?« flüsterte sie leise. »Ja, er ist tot. Sie haben recht, ich habe Ihrem Herrn Killian nicht alles erzählt. Die Leiche kam nicht in Österreich an Land, nein – *aber in Deutschland.* Im selben Winter schickten sie mich zum Aushelfen nach Felsenbach. Mariannes Mann hat dort einen Gasthof, und in Felsenbach ist die Skisaison ziemlich gut, während es hier relativ ruhig ist. Kennen Sie den Ort? Der Rulenbach, der aus unserem See kommt, fließt durch Felsenbach und biegt dann nach Österreich zurück. In diesem Jahr setzte schon im Februar die Schneeschmelze ein, und der Rulenbach war ziemlich reißend und schwemmte einen Mann mit – das, was von dem Mann noch übrig war.

Nein, ich habe immer noch nichts gesagt. Warum auch? Was hätte das ihm oder mir noch genützt? Und nach so langer Zeit konnte ihn niemand mehr identifizieren – nein, man erkannte ihn wirklich nicht so leicht. Er hatte keine Papiere bei sich ... wie auch? Seine Kleider waren fast nicht mehr vorhanden. Man bestattete ihn aus Barmherzigkeit und setzte ihm sogar einen Grabstein – ohne Namen natürlich. Aber *ich* habe ihn erkannt!« rief Friedl mit bedrohlich lauter Stimme. »Wollen Sie einen Beweis? Er hatte nach all der Zeit noch seinen Siegelring am Finger. Ich sah ihn und erkannte ihn. Und Sie kennen diesen Ring bestimmt auch. Sie brauchen sich nicht auf mein Wort zu verlassen – sehen Sie selbst. Hier, erinnern Sie sich *daran*?«

Die weiße, klauenartige Hand tauchte in die Tasche an der Seite des Kleides und zog eine weiße Karte und noch etwas anderes heraus, das sie erst nervös abtastete, bevor sie es fest in den zitternden Fingern hielt. Sie hatte sich gut vorbereitet und alles mitgebracht, was sie für den *coup de grâce* brauchte. In ihrer Hand lag eine kleine Taschenlampe, deren dünner Lichtstrahl ihren Zwecken genügte.

»Sehen Sie! *Schauen Sie hin!* Sie wollten es wissen, jetzt können Sie sich vergewissern. Erinnern Sie sich an dieses Gesicht?«

Sie hielt Maggie etwas vor die Augen und richtete den Lichtstrahl darauf. Es war eine Fotografie in Postkartengröße – ein junger Mann mit Cello. Er war ein wenig von rechts aufgenommen worden; der Kopf war in verzückter Konzentration über das Instrument gebeugt, die Lider waren halb geschlossen, so daß die Augen nicht zu sehen waren. Das Licht betonte die jungenhafte Stirn, in die das dichte, lockige Haar fiel, das wohlgeformte Kinn und die Wange. Die vollen Lippen waren zu einem versonnenen Lächeln verzogen. Er wirkte jung, sorglos und zielstrebig wie ein Kind. Und der Fotograf hatte wie jeder seines Fachs, der Musiker aufnahm, den sensiblen Händen besonders liebevolle Aufmerksamkeit gewidmet. Die graziöse, kraftvolle Hand, die den Bogen hielt, beherrschte den Vordergrund des Fotos; am Ringfinger steckte ein schwerer Siegelring mit ovalem, schwarzem Stein. Maggie erkannte sogar im trüben Schein der Taschenlampe das geschwungene R, das in die glatte Oberfläche eingraviert war.

»Erkennen Sie ihn? Hier, nehmen Sie das Foto ... Sie

wollte er haben ... Sie, die ihn getötet hat! Ja, Sie haben ihn getötet. Ist das der Mann? Ist das der Ring? Kennen Sie ihn?«

»Ja«, flüsterte Maggie benommen. »Ja, ich kenne ihn.«

Friedl zog ihre Hand zurück, und Maggie hielt zitternd die Fotografie. Sie war am Endpunkt ihrer Reise angekommen, jetzt gab es keine weiteren Ziele mehr für sie. Die Dunkelheit, das gleißende Schimmern des Wassers, der bleistiftdünne Lichtstrahl der Taschenlampe, Friedls rachsüchtiger Blick – alles drehte sich in einem Moment der Schwäche um sie, und plötzlich erdrückte sie die Last dieses zerstörerischen Hasses. Der letzte Hoffnungsschimmer war erloschen, und es gab keinen Strohhalm der Hoffnung oder des Zweifels mehr, woran sie sich festhalten konnte.

Das Foto flatterte ihr aus den tauben Fingern. Sie drehte sich um und stürmte in ihrer Verzweiflung wie blind durchs Gestrüpp, stemmte sich von Baumstämmen ab, stolperte über Wurzeln und Steine und floh wie rasend vor dieser Bosheit, die sie schlimmer besudelte als das Schuldgefühl. Hinter sich hörte sie, wie Friedl in schallendes Gelächter ausbrach und sich durch die Büsche zwängte, um ihr Opfer weiter zu verfolgen.

»Laufen Sie ... schneller, schneller ... Er ist Ihnen auf den Fersen!«

Maggie schluchzte tränenlos und bahnte sich halb von Sinnen ihren Weg zu dem breiteren Pfad. Dort fing sie an zu rennen, taumelte aber unsicher von einer Seite zur anderen und streckte die Hände aus, um nicht gegen die Bäume am Wegesrand zu prallen. Einmal fiel sie hin, raffte sich in panischer Hast auf und stolperte weiter. Die Stimme hinter ihr war verstummt und überließ sie ihren eigenen Qualen. Kein Laut war zu hören. Maggie blieb einen Augenblick stehen und hielt sich an einem Fichtenstamm fest. Ihre Brust schmerzte, während sie angestrengt und ängstlich in die stumme Dunkelheit lauschte.

In diesem Moment hörte sie das Geräusch. Nicht laut, ihr fiel es nur auf, weil die vorangegangene Stille ihre Sinne in Alarmbereitschaft versetzt hatte, nicht einmal bedeutsam, wenn sie diesen Laut nicht schon früher gehört hätte. Aber dies war eine Wiederholung, als hätte jemand die Zeit zurückgestellt, um ihre vollkommene Vernichtung herbeizuführen. Vor vielen Jahren war dieses Geräusch schon einmal in ihr Bewußtsein gedrungen, und sie hatte es entschlossen als Sinnestäuschung abgetan, weil es einfach nicht wahr sein durfte: In einiger Entfernung, aber klar und vernehmlich, hallte jenes dumpfe Platschen, als fiele ein Mensch ins Wasser, wie ein Echo aus längst vergangenen Tagen wider. Sie war wahnsinnig oder verflucht oder beides, sie war das Opfer einer ganz speziellen Bestrafung. Sie war zurückversetzt worden in jene andere Septembernacht vor vielen Jahren, damit sie sie nie vergaß, damit sie eisklar erkannte, was die Stunde geschlagen hatte.

Als sie wieder zu Atem gekommen war, schlich sie weiter, vollkommen erschöpft und eingehüllt in die Gleichgültigkeit der Verzweiflung. Zwischen den Bäumen tauchte der tröstliche braune Klotz des Hotels auf. Sie schleppte sich die Holztreppe zu ihrem Balkon hinauf und betrat durch die Glastür mit den Vorhängen ihre Suite. Die Furien waren ihr auf den Fersen, aber sie hatte nicht mehr die Kraft wegzulaufen, und sie floh ja auch nicht vor ihnen allein. Ohne Licht zu machen, ließ sie sich mit ausgebreiteten Armen auf ihr Bett fallen, starrte an die Decke und wartete auf die Strafe Gottes.

Sie erkannte ihre Todsünde an. Ein Mitmensch hatte sich in seiner Not an sie gewandt, und sie hatte ihn abgeschüttelt und fallenlassen. Endlich gestand sie sich bewußt ein, was sie war: Sie war Robin Aylwins Mörderin.

Sie erwachte aus ihrem zeit- und ziellosen Warten, bevor das erste Licht der Dämmerung den samtschwarzen Himmel in ein rauchiges Grau tauchte. Etwas zupfte unerbittlich an ihren Nerven, ein schwaches, permanentes Pochen – es tat weh, und es wollte weh tun. Es kostete sie unendliche Mühe, ihre Geisteskraft so weit zu sammeln, um das, was sie störte, zu lokalisieren und zu begreifen. Jemand klopfte leise und unaufhörlich an die Glastür im Wohnzimmer, an die Tür, die auf den Balkon und zum See führte.

Sie erhob sich wie eine Traumwandlerin und tastete sich durchs Schlafzimmer. Alle Möbelstücke in dem Raum hatten graue Umrisse. Der Himmel, der vom Fenster eingerahmt wurde, schimmerte metallisch blau wie Stahl, und die Gestalt, die sich seitlich an die Türscheibe drückte, war schwarz, geschlechtslos, ohne Identität und schien mit der Wand zu verschmelzen. Nur die Hand, die mit einem kleinen harten Gegenstand an das Glas klopfte und klopfte, hatte eine erkennbare Form und Größe. Eine Männerhand, die jenes minuziöse, aber penetrante Klopfgeräusch mit einem Schlüssel machte, um Maggie zu wecken. Sie dachte an nichts, war nicht neugierig und hatte auch keine Angst, als sie den Riegel zurückzog. Die kühle Morgenluft strömte herein, bevor der Mann rasch und lautlos ins Zimmer schlüpfte und die Tür hinter sich zudrückte. Maggie streckte automatisch die Hand nach dem Lichtschalter aus, aber ihr Besucher hielt ihren Arm fest.

»Nein, kein Licht! Sie würden es sehen.«

Sie strich sich verwirrt über die Augen – das, was sie sah und hörte, konnte nicht real sein. Sie kannte die Stimme und das Gesicht, das dem ihren so nahe war. Selbst der Griff um ihren Arm kam ihr vertraut vor. Wenn sie nicht sicher gewesen wäre, daß Francis Killian meilenweit weg in England war, sie hätte geschworen, er stünde hier leibhaftig vor ihr, so irdisch und solide erschien ihr die gespenstische Erscheinung. Sie stand teilnahmslos da, versuchte nicht, sich zu befreien, schreckte nicht vor der Berührung zurück, obwohl dieser Mann hier unaufgefordert in ihre Einsamkeit eindrang und ihr aus nächster Nähe seine Liebe, seine Wut und Sorge aufzwang. All ihre Kraft, die Welt in respektvoller Entfernung zu halten, war von ihr gewichen und hatte sie als leeren Kokon zurückgelassen.

Er stand zwischen ihr und dem blassen Licht, das von draußen hereindrang. Er drehte Maggie an den Schultern herum. Mit einem Blick erfaßte er die Grasflecken auf ihrem Rock, die zerrissenen Strümpfe und die dunklen Ringe unter ihren Augen. Er umfaßte ihr Kinn und hob mit einem ärgerlichen Seufzer ihr Gesicht an.

»Mein Gott, mein Gott, was hast du getan?« sagte er kaum hörbar – eine Frage, die er sich selbst, nicht ihr stellte. »O Gott, warum habe ich Sie jemals aus den Augen gelassen? Sogar in der Nacht! Ich dachte, Sie wären sicher in Ihrem Bett . . .«

»Sie sind's wirklich!« sagte sie verwundert, aber teilnahmslos. »Wie kommen Sie hierher?«

»Ich bin Ihnen gefolgt. Dachten Sie, ich könnte Ihnen einfach so den Rücken kehren und Sie ganz allein durch die Hölle gehen lassen?« flüsterte er gepreßt und setzte wutbebend hinzu: »Warum, um Gottes willen, mußten Sie so etwas Verrücktes tun? Wieso haben Sie mir nicht vertraut – konnten Sie mir nicht einfach glauben? Mußten Sie herkommen und sich all dem Schrecklichen aussetzen? Und was haben sich Ihre idiotischen Ärzte dabei gedacht, als sie Sie haben gehen lassen?«

Sie wußte nichts zu sagen. Er hielt sie an den Schultern fest, und sie stand schweigend und ergeben vor ihm, sah ihn an, schaute mit riesigen, glanzlosen Augen durch ihn hindurch, als sei er nur eine Figur in einem Traum, aus dem sie nicht aufwachen wollte. Ihre Passivität versetzte ihn in Angst und Schrecken. Er schüttelte sie heftig – er machte sich zu große Sorgen, um behutsam mit ihr umzugehen.

»Verstehen Sie nicht? Begreifen Sie nicht, in welcher Lage Sie sich befinden? Wissen Sie nicht, daß Friedl in dieser Nacht nicht nach Hause gekommen ist? *Daß man gerade ihren Leichnam aus dem See gefischt hat?*«

7. Kapitel

In ihren abgestumpften Augen erwachte etwas zum Leben, ein Flackern des Verständnisses, das bewies, daß sie erreichbar war für Argumente und Überredungskunst – wenn er doch nur Zeit für eins von beiden hätte! Aber draußen wurde es jede Minute heller, und er mußte so rasch wie möglich von hier verschwinden, wenn er Maggie nicht alle Chancen zunichte machen wollte. Er hatte keine Zeit, ihr Fragen zu stellen, trotzdem unternahm er einen Versuch. Sie reagierte nicht und zog sich nur noch mehr in ihre Horrorvisionen zurück. Er konnte nichts anderes tun, als ihr einzuschärfen, wie sie sich verhalten mußte, und inständig zu hoffen, daß sie seinen Anweisungen folgte und, bis Klarheit in die Angelegenheit kam, zu benommen war, um zu merken, auf welch dünnem Seil sie sich bewegte.

Er legte den Arm um sie, zerrte sie durch den Raum und schubste sie ins Schlafzimmer.

»Ziehen Sie diese Kleider aus, schnell! Geben Sie mir die Strümpfe und den Rock ... Beeilen Sie sich, ich schaffe die Sachen von hier weg.«

Sie tat mechanisch, was er von ihr verlangte. Kurz darauf tauchte sie in ihrem Morgenrock wieder auf und hielt die zerrissenen Strümpfe und den fleckigen Rock in den Händen. Er stopfte alles, so gut es ging, in seine Taschen und zog Maggie zum Bett. Als sie vor ihm saß, legte er die Hände auf ihre Schultern und sah ihr eindringlich in die Augen.

»Hören Sie mir gut zu. Die Polizei wird hier den ganzen

Tag im Haus sein und alle und jeden vernehmen. Auch Sie. Sie müssen vorbereitet sein auf die Fragen. *Sie wissen nichts über Friedl* – haben Sie das verstanden? Sie haben sie weder gestern abend noch heute nacht gesehen, Sie waren nicht mit ihr zusammen ...«

Da löste sich ihr steinernes Gesicht aus der Erstarrung – Erschütterung und Schmerz zeichnete sich ab, als ihr dämmerte, daß Francis annehmen mußte, sie hätte Friedl getötet. Und in gewissem Sinne hatte sie das ja auch getan. Sie brachte das Verderben mit sich. Menschen, die ihr zu nahe kamen, starben, ohne daß sie es wollte. Und auch Francis könnte sterben, wenn sie ihn nicht fortschickte.

»Ich muß Ihnen etwas erzählen«, sagte sie und schaute ihn an – ihre Augen waren nicht mehr blicklos, sondern funkelten vor Besorgnis und Entschlossenheit. »Ich habe sie gesehen ... ich war mit ihr zusammen ...«

»Ich habe Sie nicht danach gefragt«, gab er schroff zurück. »Ich will das nicht wissen.«

»Aber ich will es Ihnen erzählen. Da war noch mehr – sie hat Ihnen nicht alles gesagt.«

»Was? Reden Sie ... schnell!« Er spähte aus dem Fenster auf die blasse Morgenröte – er stand Todesängste um Maggie aus.

Endlich wurde sie sich seiner Dringlichkeit bewußt. Sie berichtete ihm mit wenigen Worten, was es zu berichten gab. Er hielt sie die ganze Zeit fest, weil er fürchtete, sie könnte wieder in die Welt der Verzweiflung und Hoffnungslosigkeit zurückfallen, wenn er die Hände von ihr nahm.

»Felsenbach! Das ist im Allgäu. Und dieses Foto ... sind Sie sicher, daß es Aylwin war?«

Sie nickte. »Es war Robin, daran kann kein Zweifel bestehen.«

»Haben Sie das Haus über den Balkon verlassen? Niemand

hat Sie gesehen? Niemand war in der Nähe, als Sie gingen oder als Sie zurückkamen?«

»Kein Mensch.«

»Gut, das macht alles leichter. Wenn jemand Sie gesehen hat, wie Sie sich nach dem Abendessen in Ihr Zimmer zurückgezogen haben, um so besser. Sie sind sofort zu Bett gegangen, verstehen Sie? Und Sie waren die ganze Nacht in Ihrem Bett. Sie waren krank und haben die ärztliche Anweisung, viel zu ruhen.« Das werden sie glauben, dachte er – ihm blutete das Herz, wenn er diese aschfahle, geisterhafte Gestalt ansah, die er in den Armen hielt. »Haben Sie mich verstanden? Sie sind früh zu Bett gegangen und haben geschlafen, und Sie wissen nicht, was in der Nacht vorgefallen ist. Das müssen Sie der Polizei sagen, wenn man Sie befragt, und, um Himmels willen, seien Sie überzeugend und bleiben Sie dabei.«

»Ich werde daran denken«, sagte sie gehorsam.

»Noch etwas – bleiben Sie heute den ganzen Tag in der Nähe des Hotels. Vielleicht wird man das von Ihnen verlangen, aber selbst wenn sie nichts sagen, bleiben Sie trotzdem hier! Aber morgen treffen wir uns zum Mittagessen in dem Gasthaus im Dorf – es ist gleich neben der Kirche, der Bär. Kommen Sie etwa um zwölf Uhr. Dann sehen wir vielleicht schon ein wenig klarer. Wir kennen uns aus England und laufen uns hier rein zufällig über den Weg. Haben Sie das verstanden?«

»Ja«, flüsterte sie und ließ ihn die Antwort als Versprechen auffassen, obwohl sie nichts versprochen hatte. Jetzt wollte sie nur noch, daß er so rasch wie möglich wegging, bevor der Schatten des Verderbens über ihn fiel, wie er über Robin und Friedl gefallen war.

»Ich muß hier raus, es wird bald taghell. Sobald ich fort bin, legen Sie sich hin. Schlafen Sie, wenn Sie können. Legen Sie sich auf jeden Fall ins Bett, und stehen Sie wie üblich auf, wenn es Zeit wird, und gehen Sie zum Frühstück, als wäre nichts passiert. Soweit es Sie betrifft, *ist nichts vorgefallen*! Daran müssen Sie sich immer erinnern.«

Als er ging, saß sie auf der Bettkante und sah ihm nach. Lautlos öffnete er die Balkontür und zog sie hinter sich ins Schloß. Das Morgenlicht war jetzt taubenblau, aber der Wald unter dem Haus, das Ufer und der Garten lagen noch im Dämmerschlaf, und alles war ganz ruhig. Wie sanft schimmerndes Quecksilber ruhte der See in seinem Becken. Sobald die Sonne aufging, würde der Südwestwind dünne Nebelfetzen über die Oberfläche treiben, dorthin, wo der Rulenbach den See verließ zu seinem Schlenker über die deutsche Grenze und nach Felsenbach floß, dorthin, wo Robin in einem namenlosen Grab beerdigt war, wenn Friedl die Wahrheit gesagt hatte.

Sobald er weg war, tat sie genau das, was er ihr geraten hatte. Sie ging zu Bett, und ein seltsamer, unterbewußter Gehorsam brachte sie sogar dazu, in tiefen Schlaf zu fallen. Sie schlief, bis die Sonne am Himmel stand und die üblichen morgendlichen Geräusche um sie herum ertönten: die Echos, die in einem alten, geräumigen Haus mit bloßem Holzfußboden von allen Seiten widerhallten. Sie stand auf und kleidete sich mit besonderer Sorgfalt an, dann schminkte sie sich gewissenhaft, als müßte sie sich für einen großen Bühnenauftritt herrichten, was in gewisser Weise ja auch zutraf.

Sie ging langsam die Treppe hinunter und spitzte nach jedem Schritt die Ohren. Etwas an dem geschäftigen Treiben im Haus war heute anders als sonst, die Atmosphäre war spannungsgeladen, beinahe hysterisch. Vom Fenster am Treppenabsatz aus sah sie das Polizeiauto und den Krankenwagen, die im Hof parkten. Herr Waldmeister stand in der großen Eingangstür zur Diele und unterhielt sich mit einem Polizisten mittleren Alters. Frau Waldmeister redete von der offenen Bürotür her aufgeregt in ihrem abgehackten Dialekt auf jemanden ein, der drinnen war, wiegte bedeutsam den Kopf und hob immer wieder die Schultern. Als Maggie vorbeiging, konnte sie sehen, wer ihr Gesprächspartner war: ein junger Polizist, der den Schreibtisch abräumte, damit er ihn für seine Zwecke nutzen konnte. Zwei oder drei Gäste lungerten vor dem Speisesaal herum, schielten zu den Polizisten und tuschelten miteinander.

Gisela war über die Rechenmaschine gebeugt und tippte blind mit einer Hand Zahlen ein, mit der anderen preßte sie ein Taschentuch an ihre Nase. Keine Fragen zu stellen oder sich jeden Kommentars zu enthalten wäre verräterisch. Maggie trat an die Rezeption.

»Was ist denn hier los? Um Himmels willen, ist irgend etwas passiert?«

Gisela sah sie aus rotverweinten Augen an. »O Miss Tressider, ist das nicht schrecklich? Die Polizei ist hier, sie wollen mit allen sprechen. Friedl ... sie ist tot. Sie hat sich im See ertränkt.«

Erst am späten Nachmittag kamen die Polizisten auf Maggie zu. Nach soviel Zeit war es nur noch eine reine Erleichterung für sie, ins Büro gerufen zu werden, und sobald die Tür hinter ihr zu war, erschien es ihr, als wäre sie auf einer einsamen Insel, zu der alle Aufregung, der Klatsch und die Gerüchte, die im ganzen Haus wilde Blüten trieben, keinen Zugang mehr hatten. Ja, es herrschten Aufregung und Unruhe im Goldenen Hirschen, aber keine Trauer. Nur Gisela, die das Leben liebte und aufrichtig bekümmert war, daß jemand dieses Leben aufgegeben oder sich vielmehr elend genug gefühlt hatte, um allem ein Ende zu machen, hatte Tränen vergossen.

Es war sehr still im Büro. Der junge Polizist hinter dem

Schreibtisch, ein untersetzter, kräftiger, braungebrannter Mann, schaute von der Liste auf, die vor ihm lag, und lächelte mechanisch, als er die gutaussehende, elegante Frau vor sich sah. Wäre er nicht im Dienst gewesen, hätte er mehr Zeit darauf verwendet, ihr seine Wertschätzung zu zeigen.

»Bitte, nehmen Sie Platz. Sie sind Miss Maggie Tressider?«

»Ja«, sagte sie.

»Und Sie bewohnen Zimmer Nummer eins. Wissen Sie, weshalb wir hier sind?«

»Gisela hat es mir heute morgen erzählt. Eines der Mädchen ist im See ertrunken.«

»Friedl Schiffer ... ja. Wir haben ihren Leichnam in den frühen Morgenstunden aus dem Wasser geholt.« Er verriet nicht, was sie dazu veranlaßt hatte, mitten in der Nacht nach ihr zu suchen, aber die Gerüchte hatten bereits die Runde gemacht. So gut wie jeder in Scheidenau wußte inzwischen, daß ein in der Gegend bekannter Fischdieb nach seiner nächtlichen Tour die Leiche im Wasser entdeckt und die Polizei alarmiert hatte. »Kannten Sie sie gut?«

»Ich bin erst seit zwei Tagen hier«, erklärte Maggie schlicht. »Ich kannte ihren Namen und habe sie natürlich ein paarmal gesehen. Ein-, zweimal wechselten wir einige Worte, aber das ist schon alles.«

»Wir möchten herausfinden, wann sie zum letztenmal lebend gesehen wurde. Können Sie uns helfen? Wann sind Sie ihr das letzte Mal begegnet?«

»Sie servierte beim Abendessen. Danach habe ich sie nicht mehr gesehen. Ich ging kurz darauf zu Bett.« Sie fing seinen skeptischen Blick auf und lächelte schwach. »Ich mache hier keinen richtigen Urlaub. Etwa vor einem Monat war ich in einen Autounfall verwickelt und hatte ziemlich unangenehme, wenn auch ungefährliche Verletzungen, die eine Operation nötig machten und genäht werden mußten. Ich bin hier, um Luftveränderung und Ruhe zu haben, damit ich mich vollständig erholen kann.«

Er nickte verständnisvoll. Sie hatte bereits vermutet, daß er sehr genau wußte, wer Maggie Tressider war, und trotz seiner professionellen Zurückhaltung fiel es ihm nicht schwer, sie bevorzugt zu behandeln. Sie schämte sich fast, ihren angeschlagenen Gesundheitszustand als Vorwand benutzt zu haben, auch wenn sie nicht gelogen hatte. »Ich bin fast wieder wohlauf«, setzte sie schnell hinzu, »nur noch nicht sehr kräftig.«

»Darf ich meiner Hoffnung Ausdruck verleihen, daß Sie diese Tragödie nicht allzusehr aufregt? Sie müssen versuchen, nicht mehr daran zu denken, sobald diese Vernehmung beendet ist. Ich bin ganz sicher, daß Sie in der guten Luft von Scheidenau wieder ganz gesund werden. Wir hoffen, nächstes Jahr wieder das Vergnügen zu haben, Sie in Salzburg singen zu hören.« Er kam ohne Zögern wieder auf sein berufliches Anliegen zurück. »Ihr Zimmer ist auf der Seeseite. Haben Sie am Abend oder in der Nacht irgend etwas gesehen oder gehört?«

»Nein, ich habe immer Schlaftabletten bei mir«, entschuldigte sie sich. Auch das war keine Lüge – sie hatte tatsächlich Schlaftabletten bei sich, obwohl sie nie eine eingenommen hatte. Die Ärzte hatten sie ihr mitgegeben. »Als ich heute morgen zum Frühstück ging, waren Sie schon da. Und Gisela erzählte mir, was passiert ist.«

Offenbar gab er sich damit zufrieden; er markierte ihren Namen auf der Liste und sagte: »Nur noch eines. Ich möchte, daß Sie sich dies genau ansehen.«

Er zog etwas unter den Papieren auf dem Schreibtisch hervor; Maggie erkannte es auf den ersten Blick – es traf ihr Herz wie ein Pfeil, denn es erinnerte sie daran, daß sie zwei Menschen den Tod gebracht hatte. Sie streckte eine Hand aus und war selbst erstaunt, daß sie nicht zitterte – vielleicht brauchte sie nicht mehr zu zittern, wenn sie akzeptierte, daß sie bis in alle Ewigkeiten verdammt war. Dann nahm sie das Foto, das er ihr hinhielt. Sie senkte den Kopf und studierte die Aufnahme mit einer Hingabe, die nicht gespielt war.

Darauf war sie nicht vorbereitet, und einen Augenblick lang wußte sie nicht, was sie tun sollte. Der Junge auf dem Foto hatte den Kopf wie sie geneigt, die Brauen zusammengezogen wie sie, und machte versonnen Musik – widmete sich ganz und gar seinem Cello und ignorierte sie. Niemandem hätte es, seinem Ausdruck nach zu schließen, gleichgültiger sein können, was sie über ihn sagte – das war einzig und allein ihre Sache. Ein feuchter Fleck vom taunassen Gras war an einer Ecke des Fotos getrocknet, auf dem Cello war ein bißchen Grün verschmiert. Plötzlich hätte sie sich am liebsten von ganzem Herzen zu diesem Jungen bekannt, von seinem Interesse an ihr und von ihrer Trauer um ihn gesprochen. Und vor allem über ihre immerwährende und unentrinnbare Verantwortung an seinem Tod. Aber sie konnte nicht. Wenn sie jetzt zu viel sagte, würde es nicht mehr lange dauern, bis Francis Killian mit in die Sache gezogen wurde.

Sie schüttelte hilflos den Kopf und sah den Polizisten hinter dem Schreibtisch an. »Wer ist das? Hat er etwas mit Friedl zu tun?«

»Wir sind interessiert daran, den jungen Mann zu identifizieren. Kennen Sie ihn?«

Also hatte die Familie Waldmeister entweder keine Erinnerung mehr an Robin Aylwin, oder sie hatten es vorgezogen, ihn nicht zu kennen, um nicht tiefer in den Sumpf hineingezogen zu werden. Sie fragte sich nur, in welchen Sumpf. »Nein«, sagte sie. »Ich kenne ihn nicht.«

»Sie haben das Foto nie zuvor gesehen?«

»Tut mir leid.« Das zumindest entsprach der Wahrheit – es

tat ihr leid, daß sie die Bürde nicht ablegen konnte, die sie erneut zu zermalmen drohte. Würde sie sich befreien, müßte ein anderer die Last auf sich nehmen.

»Ich danke Ihnen, Miss Tressider, das ist alles. Machen Sie sich keine Sorgen, wir werden versuchen, Sie nicht noch einmal zu behelligen. Ruhen Sie sich aus, und entspannen Sie sich. Denken Sie an andere Dinge.«

»Sie sind sehr freundlich«, sagte sie und meinte es auch so. An der Tür blieb sie noch einmal stehen und sah sich zu ihm um. Ohne einen Vorsatz dazu gefaßt zu haben fragte sie: »Ist Friedl ins Wasser gefallen? Oder ... glauben Sie, sie hat Selbstmord begangen?«

Sie konnte später nie ergründen, warum er ihr so freimütig antwortete. Vielleicht hatte ihn ihre Direktheit überrascht, und er redete, bevor er sich bewußt wurde, was er tat, aber das erschien ihr eher unwahrscheinlich. Möglicherweise war es ein absichtliches Zugeständnis an eine Person, die über jeden Verdacht erhaben war. Sie hoffte, das war es nicht. Am denkbarsten war jedoch, daß er einen kleinen Versuchsballon steigen ließ und sozusagen ein unschuldiges Kätzchen in den Taubenschlag setzte, um zu sehen, wohin die Vögel, wenn überhaupt, aufflatterten und welcher von ihnen Federn lassen mußte.

»Keins von beidem«, antwortete er mit einem nichtssagenden Lächeln, »wenn die Fingerspuren an ihrem Hals etwas zu bedeuten haben. Auf Wiedersehen, Miss Tressider.«

Sie verließ das Büro und ging wie eine Gestalt aus einem Traum die Treppe hinauf. Sie sah niemanden, sie hörte nichts, nur die nüchterne Stimme, die in ihrem Kopf diese gezielte, erstaunliche Indiskretion wiederholte. Ein mächtiger, reinigender, ausgelassener Wind blies gleichsam durch ihren Geist und ihr Gemüt, fegte die Krankheit von ihrer Seele und die

Verdorbenheit aus ihrem Willen. Sie machte die Tür ihres Zimmers zu, setzte sich vor den Spiegel und betrachtete ihr Gesicht. Sie sah, daß es sich auf wundersame Weise verändert hatte, und sie fühlte sich kühl und rein wie ein Himalayagipfel, den die heftigen Höhenstürme von allem Unrat befreit hatten. Ihr strahlendes Gesicht blickte ihr zuversichtlich und unerschrocken aus dem Spiegel entgegen, und sie fragte sich, wo sich diese positive Seite ihres Selbst so lange versteckt gehalten hatte. Der Polizist würde nie erfahren, was er für sie getan hatte!

Friedl war im See ums Leben gekommen, aber mit Fingerspuren am Hals! Also war es Mord und nicht der bösartige, finstere Einfluß einer Frau, die verflucht war und den Tod gegen ihren Willen über alle brachte. Nein, hier ging es um einen simplen, brutalen Mord, von einem menschlichen Gehirn erdacht und von menschlichen Händen ausgeführt. Nicht von ihren Händen und nicht von ihrem Gehirn. Sie war frei von Sünden; zumindest *wußte* sie jetzt, daß sie die Tat weder vollbracht noch verursacht hatte. Ein anderer war mitten in der Nacht durch den Wald geschlichen und hatte ihnen nachspioniert. Ein Zweig hatte unter seinen Füßen geknackt, und Friedl hatte das Geräusch gehört, aber als unbedeutend abgetan. Und wenn es sich diesmal um einen ganz normalen Mord gehandelt hatte, dann war sicherlich auch Robins Tod vor vielen Jahren nichts anderes gewesen.

Nein, es hatte überhaupt nichts mit ihr zu tun, weder damals noch jetzt, weder die Tat noch die Schuld. Sie war nichts weiter gewesen als eine Art Ablenkung, ein Instrument, der Hofnarr Gottes, der ahnungslos in den Weg einer gewissenlosen Macht gestolpert war.

Es gab also jemanden, der Friedl tot sehen wollte, und jemanden, der Robin tot sehen wollte. Wie dumm, wie unglaublich naiv sie doch gewesen war, als sie sich selbst für so wichtig gehalten hatte, daß sich der Himmel auftun und sie mit tödlichen Blitzen umgeben würde! Die Demut kam ihr zu Hilfe, und sie sah sich selbst als kleines, unwesentliches und lächerlich unbedeutendes Etwas. Es mußte andere zwingende, handgreiflichere Gründe für diese Todesfälle geben. Jemand versprach sich einen Vorteil oder Profit davon, oder seine Sicherheit war bedroht.

Warum? Warum hatte man Robin getötet? Oder Friedl? Diese beiden Todesfälle mußten irgendwie zusammenhängen, egal wieviel Zeit zwischen ihnen lag. Es konnte unmöglich ein bloßer Zufall sein. Friedl hatte all die Jahre in Sicherheit gelebt, aber sie mußte sterben, als sie Fragen nach Robin beantwortete. Fragen, die offenbar niemand zuvor gestellt hatte. Sie war böswillig und geschwätzig, und sie fand den Tod. Jemand hatte Grund gehabt, sich vor ihrem losen Mundwerk zu fürchten. Und dieser Jemand wußte alles über Robin Aylwins Tod, war in der Anonymität untergetaucht und wollte nicht, daß Nachforschungen angestellt wurden. Einer, der keine Neugier erlaubte, der sich keine fremde Neugier leisten konnte!

Je mehr sie über das, was sie wußte, nachdachte, um so überzeugter war sie, daß der Mörder von Robin und der Mörder von Friedl Schiffer ein und dieselbe Person sein mußten. Weshalb war es sonst nötig, Friedl zum Schweigen zu bringen?

Wie es scheint, sagte sie zu ihrem strahlenden, veränderten Spiegelbild, sind die Dinge ins Rollen geraten, weil ich mehr über Robins Verschwinden herausfinden wollte. Über seinen Tod, obwohl mir das nicht von Anfang an klar war. Aber das gibt uns nur noch mehr Anlaß weiterzusuchen, wir müssen nur sehr, sehr vorsichtig sein, uns jeden Schritt genau überlegen und im Verborgenen handeln. Und vor allem anderen müssen wir über jedes einzelne Wort nachdenken, das jeder von uns aus Friedl herausbekommen hat. Sie muß uns mehr erzählt haben, als uns bewußt ist ... Wenn wir nur herausfinden könnten, was genau daran von Bedeutung war.

Morgen werde ich Hilfe bekommen, beruhigte sie sich selbst. Beim Mittagessen erzähle ich ihm alles, und er wird wissen, was zu tun ist. Ob wir sofort zur Polizei gehen und alles aussagen sollen, was wir wissen, oder ob es besser ist zu schweigen, bis wir mehr in der Hand haben. Ich habe schon einmal gelogen, und es macht mir nichts aus, bis zum entscheidenden Zeitpunkt eine Lügnerin zu bleiben, weil Francis auch davon betroffen wäre, wenn ich die Vorfälle der letzten Nacht wahrheitsgemäß schildern würde. Ich kann nichts unternehmen, bevor ich mit ihm gesprochen habe.

Nachdem diese Entscheidung gefallen war, betrachtete sie voller Freude und Unglauben das heitere Gesicht mit den glänzenden, großen Augen und dem rosigen Hauch auf den Wangen. Ein erstaunlicher Gedanke schoß ihr durch den Kopf: Er hat mich noch nie wirklich gesehen, und ich habe ihn noch nie wirklich gesehen. Wir werden uns morgen zum erstenmal begegnen!

Etwa zur selben Nachmittagsstunde, in der Maggie ihre wundersame Genesung mit Haarewaschen feierte und dem Zimmermädchen ihr Lieblingskleid zum Aufbügeln gab, stand Francis Killian auf dem kleinen Friedhof in Felsenbach, das nur etwa acht Kilometer von der österreichisch-deutschen Grenze entfernt war, neben einem Grab.

Ein Ausflug über die Grenze in das reizvolle, urtümliche Allgäu war ein ganz normaler Zeitvertreib für einen Touristen, der im nördlichen Vorarlberg oder im nordwestlichen Tirol Urlaub machte. Und da englische Touristen dafür bekannt waren, auf ihren Reisen möglichst viele Kirchen zu besuchen, selbst wenn sie zu Hause niemals eine Kirche betraten, erschien es Francis nur natürlich, zwecks eigener Nachforschungen zum Friedhof zu schlendern. Das Risiko, sich in einem der Gasthöfe – und schon gar nicht in dem, der Marianne Waldmeisters Mann gehörte – nach dem Grab des Unbekannten zu erkundigen, wollte er nicht eingehen. Aus Barmherzigkeit begraben, hatte Friedl gesagt, und man hatte einen Stein auf sein Grab gesetzt – ohne Namen. Nach diesen Angaben müßte Francis finden, wonach er suchte. Wenn es einen Grabstein gab, dann hatte er sicher eine Inschrift, mit der zumindest der edle Spender geehrt wurde.

Felsenbach lag in einem Talkessel, und der Rulenbach wand sich um das Dorf und hatte sich ein tiefes Bett am Fuß der Hügel gegraben. Während der Schneeschmelze mußte der Bach zu einem kleinen Fluß anschwellen, und die reißenden Fluten brachten sicher eine Menge Schwemmgut von den Bergen mit. Jetzt im feuchten, milden Septemberwetter plätscherte er gemütlich dahin und war für niemanden eine Bedrohung.

Die Kirche stand am südlichen Rand des Dorfes auf einer Anhöhe, und der Friedhof erstreckte sich über ein kleines Plateau dahinter. Es war eine alte, massive Kirche mit weißgetünchten Mauern und einem verwitterten roten Zwiebelturm. Die dicken Wände verjüngten sich nach oben, die Fenster waren klein und lagen wie tiefsitzende Augen in dem Mauerwerk. Auch der Friedhof war alt, und ein Grab reihte sich ans andere. Francis sah sich einem Miniaturwald von dichtstehenden Kreuzen gegenüber, voller filigraner schmiedeeiserner Verzierungen, Papierblüten und einstmals violetter, jetzt durch Wind und Wetter einfarbig mausbraun gewordener Trauerbänder.

Er fotografierte im Inneren der Kirche und über die Friedhofsmauer hinweg das Tal, für den Fall, daß sich jemand für seine Aktivitäten interessierte – was ihm aber eher unwahrscheinlich erschien. Dann schlenderte er durch die Reihen der Gräber und machte wieder einige Aufnahmen. Die kunstvollen Schmiedearbeiten hätten einen passionierten Fotografen tatsächlich in Begeisterung versetzen können. Die älteren Gräber schmückten geschnitzte Holzkreuze und graue Steineinfassungen, in die Fotos von den Verstorbenen eingelassen waren – einige von ihnen waren so verblaßt, daß die Gesichtszüge nur noch mit Mühe zu erkennen waren: da der üppige Bart eines stattlichen Mannes, der Anfang des Jahrhunderts sein Leben ausgehaucht hatte, dort traurige Augen oder eine lockige Haarmähne. Einige der neueren Granitsteine waren blank poliert, und in die schwarzglänzenden Oberflächen waren dauerhaftere Erinnerungen, nämlich Porträts der Dahingeschiedenen, graviert, die ebensolange erhalten bleiben würden wie der Stein selbst. Niemand dieser dergestalt Verewigten würde jemals der Anonymität anheim fallen – jeder Regenschauer wusch die kleinen Kunstwerke sauber, auch wenn die Angehörigen nicht an Allerseelen mit Putzlappen und Reinigungsmitteln anrückten, um die Monumente zu putzen und dafür zu sorgen, daß keine eingemeißelte Linie verlorenging.

Francis brauchte ungefähr eine Stunde, bis er das, was er suchte, entdeckte. Es konnte kein Zweifel bestehen – das Grab befand sich im hintersten Winkel des Friedhofs ganz in der Nähe des Abfallhaufens, auf dem verwelkte Blumen und Kränze darauf warteten, zu Kompost zu werden, und es war das einzige moderne Grab, das einen verwahrlosten, vernachlässigten Eindruck machte. Von den Sachwaltern der Barmherzigkeit, die Robin Aylwin unter die Erde gebracht hatten, konnte man keine jährlichen Besuche oder sorgfältige Herrichtung zu Allerseelen erwarten. Selbst wenn der Kirchendiener diese Pflicht in jedem Herbst übernahm, so hatten die Pflanzen inzwischen fast ein Jahr Zeit gehabt, sich über die

Grabstelle auszubreiten und wild zu wuchern. Das Gras war zwar notdürftig zurückgeschnitten, und ein welker Kranz lag auf dem Grab, aber der schwarze Granit war mit grauen Flechten und Moos überzogen. Trotzdem fiel eines sofort auf: Über der Inschrift war noch etwas eingemeißelt.

Francis suchte sich ein silbriges Schieferstück und kratzte die Moosschicht weg, dann nahm er ein paar feuchte Papierblumen vom Abfallhaufen und wischte die Oberfläche des Steins ab. Jetzt sprang es ihm mit erschreckender Klarheit ins Auge – dort war ein menschlicher Kopf eingraviert, und zwar so unverwechselbar, daß man ein authentisches Porträt vermuten könnte, aber es unterschied sich von allen anderen. Es zeigte ein Gesicht im Halbprofil, so wie man etwa einen Toten im Leichenschauhaus sah, wenn man ihn identifizieren mußte. Die Augen waren geschlossen, die jungen Gesichtszüge todesstarr. Das dichte Haar ließ die sanft gewölbte Stirn frei, als wäre es noch naß vom Wasser des Scheidenauer Sees, dennoch erahnte man, daß es gewellt war. Die vollen, festen Lippen wölbten sich an den Mundwinkeln leicht aufwärts und vermittelten dem Betrachter den Eindruck, daß der Dargestellte ein selbstbewußter junger Mann gewesen war. Auf ihre Weise war die Gravur ein bemerkenswertes Kunstwerk, eine fromme, verallgemeinernde Darstellung ertrunkener Jugend, und trotzdem barg sie eine individuelle Persönlichkeit.

Natürlich war das absurd! *Oder doch nicht?* Die Leiche hatte mindestens vier Monate im Wasser gelegen, ehe sie angeschwemmt worden war, aber im Winter mit kalten Temperaturen und Frost. Selbst wenn die Kleidung nicht mehr vorhanden gewesen war, wenn man Friedl Glauben schenkte, konnte doch vielleicht der Leichnam noch so intakt gewesen sein, daß ein geschickter Künstler erkennen konnte, wie der Mann als Lebender ausgesehen hatte. Der Arzt, der die Autopsie durchgeführt hatte, konnte den Steinmetz aufgrund der

Schädelknochenstruktur beraten haben. Möglich war das, vorausgesetzt, jemand hatte so viel Interesse daran. Aber würde das Ergebnis so aussehen? Vielleicht entsprang das Kunstwerk aber auch reiner Phantasie; die romantische, morbide Mentalität der Deutschen hatte schon seltsamere Dinge vollbracht, überlegte Francis. Und vielleicht hatte irgendein reicher Mann gegen Ende seines Lebens alle möglichen Anstrengungen unternommen, um eher seine eigene Seele zu retten als die von Robin Aylwin. In diesem Fall wog die Kunst und die Schönheit seiner mildtätigen Spende besonders schwer.

Unter dem – rekonstruierten oder der Phantasie entsprungenen – Porträt befand sich eine deutsche Inschrift. Francis entzifferte sie verwundert:

> »Betet für den Seelenfrieden eines unbekannten jungen Mannes, ertrunken im Rulenbach, und für diejenigen, die ihm diesen Grabstein errichtet haben.
>
> Februar 1956«

Ein bescheidener Wohltäter, er hatte, eingedenk der Namenlosigkeit des Opfers, auch seinen eigenen Namen nicht verewigt. Francis verwendete den restlichen Film für Aufnahmen von dem Grab. Das Licht war noch gut, so daß die Gravuren auf dem schwarzen Stein deutlich zu erkennen waren. Die Fotos zu entwickeln würde nicht ganz einfach sein, aber um diese Jahreszeit herrschte im Scheidenauer Fotoladen sicher kein großer Betrieb, und mit ein bißchen Überredungskunst und einem diskreten Trinkgeld könnte er die fertigen Bilder morgen vormittag abholen, wenn er sich jetzt sofort auf den Heimweg machte und den Film gleich abgab. Es wäre ihm lieber gewesen, wenn er Zeit gehabt hätte, mit dem Fotografen Freundschaft zu schließen und ihn zu bitten, ihm seine Dunkelkammer kurzfristig zur Verfügung zu stellen, aber da die

Polizei in Scheidenau ermittelte, würde selbst die geringste Abweichung von der Normalität unerwünschte Aufmerksamkeit erregen. Nein, es war besser, wenn er einen Touristen, der in Eile war, spielte – das war ganz bestimmt nichts Ungewöhnliches.

Bevor er aufbrach, machte er sich die Mühe, sich alle Seiten des Steins genauer anzusehen. Da war, abgesehen von der makabren Darstellung des Unbekannten, noch irgend etwas, was ihn störte, etwas Geringfügiges und Prosaisches, aber es gelang ihm beim besten Willen nicht, den Finger darauf zu legen.

Er ging zu seinem Wagen, den er auf dem Dorfplatz abgestellt hatte, und fuhr durch das Tal zurück in Richtung Österreich. Auf einer Strecke von etwa drei, vier Kilometern stieg die in grüne Wiesen eingebettete Straße leicht an. Kurz vor der Grenze veränderte sich die Landschaft dramatisch – rechts und links wechselten sich finstere Wälder und schroffe Felsen ab. In diesen Steinschluchten spielten die Echos den Vorbeikommenden seltsame Streiche. Ab und zu hätte Francis schwören können, daß ihm ein Auto entgegenkäme, aber es tauchte kein Fahrzeug vor ihm auf, und es schien, als halle das Geräusch seines eigenen Motors von den Felswänden wider. Zweimal glaubte er, einen Wagen hinter sich zu hören, und einmal drehte er sogar den Zündschlüssel ab und rollte lautlos unter die Bäume am Straßenrand, um zu sehen, ob ihn jemand überholte. Nichts tat sich, und sobald sein eigener Motor verstummte, war er von absoluter Stille umgeben. Es war eine schmale, wegen der dichtstehenden Bäume dunkle und in dieser Jahreszeit kaum befahrene Straße. Nachdem Francis den Anstieg hinter sich gebracht hatte, lichteten sich die Wälder, und es wurde auf der Westseite des Berges wieder taghell, bevor er die Grenze erreichte. Ein gelangweilter Zollbeamter winkte ihn durch, ohne seinen Ausweis zu kontrollieren. Nach zwanzig Minuten fuhr er an der Alten Post in Scheidenau vorbei.

Er stand in der Dunkelheit unter den Bäumen und beobachtete ihre Fenster, aber er wagte sich nicht über das Ende des Parkweges am Seeufer hinaus, nachdem er sich vergewissert hatte, daß sie in ihrem Zimmer und in Sicherheit war.

Sie sang. Die Töne des Klavier-Vorspiels schallten überirdisch klar und rein über das Wasser. Und dann ihre Stimme, volltönend und strahlend wie geschmolzenes Gold erfüllte sie die Luft mit leidenschaftlicher Hoffnung und Sehnsucht.

»Die Welt wird schöner mit jedem Tag,
Man weiß nicht, was noch werden mag.
Das Blühen will nicht enden ...«

Umschlossen von vier Wänden, überschattet vom Herbst und belastet von Tod und Angst, sang sie von Frühling, Hoffnung und Gewißheit. Man könnte meinen, dachte Francis mit schwerem Herzen, daß sie tatsächlich an die Schönheit der Welt glaubte, sie, die von Krankheit, Einsamkeit und unbekannten Gefahren bedroht war. Sie war von einem mächtigen Dämon heimgesucht, und trotzdem klang ihr Gesang so schön, als wäre sie gänzlich unberührt davon. Wenn Francis sie nicht am frühen Morgen widerwillig in einem so beklagenswerten Zustand allein zurückgelassen hätte, er wäre überzeugt gewesen, daß sie randvoll von Freude und Frohsinn war.

»Es blüht das fernste, tiefste Tal.
Nun, armes Herz, vergiß der Qual.
Nun muß sich alles, alles wenden,
Nun muß sich alles, alles wenden.«

Ja, armes Herz, vergiß die Qual, dachte Francis, während er dem letzten Hauch des Nachspiels lauschte, der fern über dem silbrigen See verzitterte. Ich wünschte, ich könnte glauben, daß sich alles wendet. Wenn es in meiner Macht liegt, werde ich dafür sorgen, daß sich für dich, meine Schöne, mein Liebling, wirklich alles zum Guten wendet. Aber mir bleibt das Glück für immer verwehrt.

8. Kapitel

Maggie kam um zehn nach zwölf in den Gasthof Zum Bären. Francis war schon da und hatte sich an einen der kleinen Tische für zwei gesetzt. Er sah sie sofort, und sein gleichmütiger Gesichtsausdruck hellte sich auf. Sie hielt das für die glaubwürdige Darstellung eines gelangweilten Touristen, der unverhofft einer alten Bekannten begegnet, in Wirklichkeit brachte ihn jedoch ihre schwungvolle Art und der rosige Schimmer in ihrem Gesicht derart aus der Fassung, daß er vollkommen vergaß, seine Rolle zu spielen. Maggie hatte recht gehabt – er sah sie heute zum erstenmal, das Problem war nur, daß er sich dessen nicht bewußt war. Obwohl ihn die Veränderung entzückte, war er überzeugt, Zeuge ihrer Verstellungskunst zu sein, und staunte, wozu sie fähig war, wenn ihr Leben und ihre Zukunft auf dem Spiel standen. Er bewunderte sie dafür, doch er war zu vorsichtig, um das Wunder als echt anzusehen.

Sie durchquerte mit hocherhobenem Kopf den Schankraum und ließ den Blick über die Tische schweifen. Ihr Gang wirkte jugendlich und federnd wie der einer selbstbewußten Debütantin, die sie nie gewesen war. Sie machte Anstalten, an ihm vorbeizugehen, dann sah sie ihm ins Gesicht, lächelte erfreut und streckte ihm die Hand entgegen.

»Mr. Killian! Was machen *Sie* denn hier? Wie schön, Sie zu sehen.«

Nicht übertrieben, dachte er anerkennend; die Stimme war gedämpft, als ob die Begrüßung tatsächlich nur ihm gelte, und sogar die Geste wirkte durch und durch englisch und zurückhaltend. Immerhin war sie eine erfahrene Opernsängerin, und nichts erfordert mehr schauspielerisches Geschick als die Oper.

In diesem Moment bemerkte Francis den Mann, der unauffällig nach Maggie den Raum betreten hatte. Der große Mann in grauem Anzug legte gerade seinen Hut ab und ließ sich an einem Tisch nieder, der dem ihren nicht zu nahe, aber strategisch günstig neben einer verspiegelten Säule stand. Er wandte ihnen den Rücken zu, und sein Stuhl war so plaziert, daß Francis sein Gesicht nicht im Spiegel sehen konnte, der Fremde aber brauchte nur den Kopf ein wenig zu drehen, um sie beide im Auge zu behalten.

Francis sprang auf, lächelte die schöne Frau, die nicht die seine war und nie sein konnte, gequält an und rückte ihr, nachdem er sie förmlich eingeladen hatte, sich zu ihm zu gesellen, den Stuhl zurecht, dabei sagte er dicht neben ihrem Ohr, ohne den Tonfall zu ändern: »Sie haben einen Schatten. Nein, sehen Sie sich nicht um. Er sitzt ein paar Meter weit weg und kann uns nicht hören, wenn wir nicht laut werden, aber er beobachtet uns. Spielen Sie weiter, und erzählen Sie mir alle Neuigkeiten im harmlosen Plauderton.«

Er spürte, wie sie einen Augenblick erstarrte, aber als sie ihm gegenüber Platz genommen hatte, lächelte sie strahlend. »Wunderbar, daß ich jemanden treffe, mit dem ich Englisch sprechen kann. Mein Deutsch ist bis zum äußersten strapaziert worden. *Polizei, glauben Sie?*«

»Ja, in Zivil. Sehr diskret. Aber dem Hut nach zu schließen, würde ich sagen, er ist Engländer.« Er reichte ihr die Speisekarte. »Erzählen Sie, was machen Sie hier?«

Sie betrachtete stirnrunzelnd die üppige Speisekarte. »Ich erhole mich von einem Unfall. Wie es scheint, habe ich mir aber den falschen Ort dafür ausgesucht. Haben Sie von der

Aufregung im Dorf gehört? *Sie waren mit meiner Aussage zufrieden, alles verlief bestens. Ich habe übrigens etwas erfahren, etwas sehr Aufschlußreiches.«* Sie sah ihn über die mit gemaltem Weinlaub verzierte Karte hinweg an. »Meinen Sie, das Wild ist empfehlenswert?«

»Ich denke schon. Bier oder Wein?«

»Wein. Suchen Sie ihn aus.« Sie stützte die Ellbogen auf den Tisch und legte das Kinn in die Hände. Das gab ihr die Möglichkeit, sich ein bißchen näher zu ihm zu neigen und die Bewegung ihrer Lippen mit den Fingern zu verdecken. *»Friedl wurde ermordet. Man hat Fingerspuren an ihrem Hals entdeckt.«*

Francis behielt das verbindliche Grinsen bei; er durfte nicht zeigen, was ihn bewegte, denn der Mann neben der verspiegelten Säule hatte soeben seinen Stuhl ein Stück verrückt, um bessere Sicht zu haben.

»Es gibt einen offenen roten Landwein – sollen wir den probieren? *Die Polizei hat Ihnen das erzählt?*«

»*Ja.* Oh, fein, versuchen wir ihn.« Sie lehnte sich zurück, als der Kellner an ihren Tisch kam, um die Bestellung aufzunehmen. Dies war nicht die Unterhaltung, auf die sie sich gefreut hatte. Ihre Gesichtsmuskeln waren von dem erzwungenen Lächeln schon verkrampft und schmerzten. Vielleicht gelang es ihnen, sich zwischen den nichtssagenden Höflichkeitsfloskeln das Nötigste mitzuteilen, aber sie würde bestimmt nicht zweifelsfrei herausbekommen, ob er ihr glaubte, zudem war es unmöglich, ihm klarzumachen, was sie fühlte, wie grenzenlos ihre Erleichterung war, jetzt, da sich der düstere Schatten der Schuld in nichts aufgelöst hatte. Zum erstenmal hatte sie ihr Herz geöffnet und war bereit, Francis Zugang zu gewähren, und nur weil ein Fremder sie beschattete, mußten sie Distanz halten. Aber sie bemühte sich. Sobald die Suppe serviert und der Kellner wieder gegangen war, sah Maggie Francis ernst ins Gesicht. »*Ich bin geheilt*«, sagte sie.

Wenn er sie verstanden hatte, so zeigte er es nicht. Unter diesen Umständen ein Gespräch zu führen, eine Sprache zu benutzen, um Gemeinsamkeit zwischen zwei Menschen herzustellen, das war unmöglich, und Francis versuchte es auch gar nicht. Sie konnten nichts anderes tun, als Informationen austauschen. Irgendwann würden sie Zeit für mehr haben, später. »Sie wurde erwürgt?«

»Das hat er nicht gesagt. Nur daß sie Fingerspuren am Hals hatte. Abgesehen von der Befragung hat sich nichts ereignet. Ich bin im Hotel geblieben und habe gefaulenzt. Wie ist es Ihnen ergangen? Haben Sie einen Wagen?«

»Ich habe mir in Zürich einen gemietet.« Er schenkte Wein nach, während der Kellner das Wild brachte und sie wieder allein ließ.

»Haben Sie interessante Plätze entdeckt, die man hier in der Nähe besuchen kann?«

»Ich war gestern drüben in Deutschland«, erzählte er. »Ich wollte nach einem alten Bekannten sehen – in Felsenbach.« Auf einigen Umwegen berichtete er von seinem Fund und schilderte dabei seinen Ausflug ins Allgäu in rosigen Farben, um den Beobachter abzulenken.

»Sie müssen mir unbedingt die Fotos von diesem Ausflug zeigen«, sagte Maggie.

»Möglicherweise gefallen sie Ihnen nicht. Man könnte behaupten, daß ich mir ziemlich ausgefallene Motive ausgesucht habe.« Er hatte die schärfste und deutlichste Aufnahme von dem Grabstein bereits in die Speisekarte gelegt. »Hätten Sie gern einen Nachtisch?« Er hielt ihr die aufgeschlagene Karte hin, das vergrößerte Foto hielt er mit dem Zeigefinger fest, damit es nicht herausrutschte. »Was halten Sie davon? Wäre das das richtige?«

Ihr Blick erfaßte das in den Granit gemeißelte Gesicht, der Schock trieb ihr die Farbe aus den Wangen, und ihre Tarnung war für einen Moment in Gefahr. Aber sie gewann ihre Fassung zurück, nahm die Speisekarte an sich und las ruhig darin.

»Ja, ich denke schon. *Ja.*«

»Eine Darstellung, die auf Vermutungen basiert?«

»*Eine Ähnlichkeit.* Die Augenpartie ... *und der Mund* ...«

Hätte nicht Friedl jenes Foto von Robin dreizehn Jahre lang wie einen Schatz gehütet, wäre Maggie jetzt nicht imstande gewesen, den Schwung seiner Lippen zu erkennen. »Stilisiert, aber wirklich ähnlich.« Auch auf Friedls Foto hatte er die Augen, an deren Farbe sie sich nicht erinnern konnte, geschlossen, und da war dasselbe angedeutete Lächeln. Maggie gab Francis die Karte zurück. »Ich denke, ich nehme Obst. Und Kaffee.«

Francis legte die Handfläche auf das Foto und ließ es unter dem Tisch in seine Tasche gleiten. Die Augenpartie war ihr als erstes aufgefallen – das war der Teil des Gesichts, den man auch noch nach Monaten am besten rekonstruieren konnte. Man brauchte sich nur den Schädelknochen genau anzusehen. Aber der Mund ... Das war eine andere Sache. Das weiche Gewebe der Lippen konnte, selbst wenn es durch den Frost überlebt hatte, nach der langen Zeit im Bach und im reißenden Schmelzwasser kaum die ursprüngliche Form behalten haben.

Maggie schälte mit übertriebener Konzentration eine Birne und fragte, ohne aufzusehen: »Haben Sie schon Pläne für heute nachmittag?«

»Ich dachte, ich unternehme heute wieder eine Fahrt in dieselbe Richtung wie gestern. Es gibt dort einige bemerkenswerte Holzschnitzer, und ich möchte mich mal umschauen, ob ich etwas finde. Auch bei anderen Künstlern und Handwerkern.«

»Nehmen Sie mich mit!« sagte sie.

Es war das erste Mal, daß sie ihn um etwas bat, wofür sie ihm kein Honorar bezahlte, und gerade diese Bitte war die einzige, die er ihr abschlagen mußte. Er wollte, daß sie im Goldenen Hirschen blieb, wo sie in Sicherheit war und die Polizei alle Neuankömmlinge im Auge behielt.

»Ich an Ihrer Stelle würde hierbleiben und mich ausruhen. All die Aufregungen müssen Sie doch sehr angestrengt haben. Bleiben Sie im Hotel, und zeigen Sie ihnen, daß Sie ständig für weitere Fragen zur Verfügung stehen und weder ängstlich noch von den Vorfällen besonders berührt sind.«

»Eine gute Idee, nehme ich an«, gestand sie ein.

»Warten Sie heute abend auf mich. Ich komme zu Ihnen, sobald ich kann. Wieder über den Balkon. Dann können wir reden.«

»Ja!« stimmte sie eifrig zu. Sie stellte die leere Kaffeetasse ab und sah ihn einen Moment hilflos und hoffnungsvoll zugleich an. *»Sie kommen doch bestimmt?«*

»Ich werde kommen.«

»Wie kommen wir jetzt hier raus? Glauben Sie, er ist hinter mir her, oder beschattet er Sie? Sollen wir zusammen aufbrechen?«

»Nein, Sie gehen zuerst. Ich möchte sehen, ob er Ihnen folgt.«

»Zumindest haben wir ihm Zeit für sein Mittagessen gegeben«, sagte Maggie, und ihre gespielte, qualvolle Heiterkeit löste sich in einem echten, jugendlichen, bezaubernden Lächeln auf. Was für eine wunderbare Frau sie wäre, dachte Francis, wenn ich sie nur heil und unbeschadet aus dieser Sache herausbekommen könnte.

»Also schön, Sie sagen, wann es losgeht.«

Am liebsten wäre ihm gewesen, wenn sie noch lange so vor ihm sitzen und ihn anlächeln würde, aber er hatte noch viel zu tun, bevor er sie am Abend in ihrem Hotelzimmer besuchen konnte, und er wollte, daß sie unter Beobachtung blieb, während er das Notwendige erledigte. »Jetzt!« sagte er und stöhnte innerlich, als sie aufstand. Er sprang auch auf, zog ihren Stuhl zurück und half ihr in den hellgrauen Mantel. »Gehen Sie nicht aus«, flüsterte er in ihr Ohr, »nirgendwohin!«

Sie nahm ihre Handschuhe und die Tasche, faßte nach ihrem Haar, ohne es eigentlich zu berühren, und reichte Francis die Hand.

»Danke, Francis, ich habe das Mittagessen mit Ihnen sehr genossen. *Ich freue mich schon auf ein Wiedersehen.*«

Sie bahnte sich mit langen, wieder selbstbewußten Schritten einen Weg durch die Tische und verschwand. Francis sah ihr nach, dann setzte er sich wieder, zündete sich eine Zigarette an und trank seinen Kaffee aus. In seinen Ohren hallte ihre Stimme nach, immer wieder hörte er, wie sie zum erstenmal seinen Vornamen sagte – eine herrliche Melodie, aber mit grausamen Untertönen. Dankbarkeit und Freundlichkeit können schreckliche Verletzungen verursachen, auch wenn die besten Absichten dahinterstecken. Es sollte ihm genügen, ihr zu Diensten zu sein. Das mußte ausreichen, denn mehr würde er nicht von ihr bekommen.

Der große Mann mit dem grauen Anzug bezahlte und erhob sich gemächlich, um seinen Hut von der Garderobe zu holen. Francis war froh, wenigstens in einem Punkt recht behalten zu haben. Der Mann wandte den Kopf ab, als er durch die Tür ging, aber Francis erhaschte in einem der Spiegel einen Blick auf das hagere, ein wenig schrullige, nachdenkliche Gesicht mit den ausgeprägten Falten, den tiefliegenden Augen und den ergrauten Schläfen.

Auf keinen Fall war das ein österreichisches Gesicht – auch ohne Hut war das erkennbar. Er trug einen unverkennbar englischen Mantel, und sowohl seine Haltung als auch sein Gesichtsausdruck waren durch und durch englisch.

Was machte die englische Polizei in Österreich und wieso hatte sie sich an Maggies Fersen geheftet?

Auf der Fahrt nach Felsenbach ging ihm Maggie nicht aus dem Kopf, er machte sich große Sorgen um sie. Aber in Anbetracht der Umstände war sie im Goldenen Hirschen am besten aufgehoben, solange die österreichische Polizei dort auf Mörderjagd war. Er hegte keinen Zweifel an der Glaubwürdigkeit dessen, was sie ihm erzählt hatte. Friedl war, wenn nicht stranguliert, so doch gewürgt und in den See geworfen worden. Selbst wenn den Polizisten Maggies Nervosität und ihr ungewöhnliches Verhalten aufgefallen war, würde man sie einer solchen Tat nicht verdächtigen. Eine Frau mochte unter Umständen eine andere Frau in den See schubsen, aber im allgemeinen sind es die Männer, die Frauen würgen. Nur Männerhände sind groß und kräftig genug für so etwas. Nein, er konnte sie beruhigt ein paar Stunden allein lassen. Und danach war es wohl das beste, wenn sie gemeinsam mit der Polizei sprachen, die ganze Geschichte erzählten und den Rest den Behörden überließen. Je mehr Aspekte des Falles ans Licht kamen, um so klarer wurde ihm, daß Maggie vollkommen unschuldig war, ein hilfloses Opfer, das jemandem in die Quere gekommen war und mit übersensiblem Gewissen auf die Vorgänge reagiert hatte, nachdem der Unfall ihre Verteidigungsmechanismen aus dem Gleichgewicht gebracht hatte.

Die Ironie war, daß ihn erst das Gespräch mit ihr darauf gebracht hatte, was an Robin Aylwins Grabstein nicht stimmte. Zuviel unbegründete Anonymität! Selbstverständlich konnte der Name des Toten nicht angegeben werden, denn den hatte kein Mensch gekannt, oder zumindest war niemand bereit gewesen, das zuzugeben. Aber auffallend war, daß nirgendwo ein Name oder Initialen zu finden waren, nicht einmal das Zeichen des Steinmetzen oder des Künstlers, der den Grabstein gestaltet hatte. Es war beispiellos, daß sich ein Handwerker nicht zu seiner Arbeit bekannte. Ein Steinmetz ist, selbst wenn er nur Grabsteine herstellt, ein Geschäftsmann, und es ist ihm ein Anliegen, seinen Namen bekannt zu machen.

Dieser aber nicht. Weshalb?

Es gab nur einen Steinmetz in Felsenbach, einen Familienbetrieb, der seit drei Generationen Grabsteine, Grüfte und Grabeinfassungen anfertigte. Der Chef des Unternehmens erinnerte sich an die Leiche, die der Rulenbach angeschwemmt hatte, und an die Beerdigung, doch er selbst war seinerzeit nicht mit irgendwelchen Aufträgen betraut worden. Ein wohlhabender Einwohner von Regenheim, entsann er sich, sei aus reiner Herzensgüte für die Kosten des Begräbnisses aufgekommen, und die Gemeindeverwaltung von Felsenbach habe natürlich keine Einwände dagegen erhoben. Bestimmt habe der Wohltäter einen Steinmetz aus Regenheim, jemanden, den er kannte, damit beauftragt, den Grabstein herzustellen.

Bis Regenheim mußte Francis nochmals knappe fünfundzwanzig Kilometer über eine kurven- und verkehrsreiche Straße fahren. Der Ort war nicht größer als Felsenbach, aber sichtlich städtischer. Der Platz in der Mitte war so groß, daß ein Flugzeug darauf hätte landen können – eine riesige, mit Kopfsteinen gepflasterte Fläche, auf der ein paar wenige Autos standen. Vier oder fünf schmale Gassen gingen davon ab, an denen so dicht nebeneinander die schwarzen und weißen Häuser standen, daß sich die vorragenden oberen Stockwerke beinahe über den Sträßchen berührten. Um den kleinen Stadtkern gruppierten sich moderne Häuser.

Es regnete – der Ort trug seinen Namen zu Recht. Francis stellte den gemieteten Dodge auf dem Platz ab und machte sich auf die Suche nach den ortsansässigen Steinmetzen. Es war schon fast Abend – er hatte für die Fahrt mehr Zeit vertan, als er gerechnet hatte. Er kaufte sich Zigaretten in einem Tabakladen, der noch geöffnet hatte, weil der Besitzer mit seiner Familie direkt hinter dem Geschäftsraum wohnte. Eine ältere Frau bediente ihn ohne jede Hast. Sie vermittelte den Eindruck, als hätten ihre Vorfahren schon seit der Ortsgründung hier gelebt. Wenn irgend jemand alle Geschäftsleute und Handwerker in der Umgegend kannte, dann sie.

Sie gab bereitwillig Auskunft und war keineswegs erstaunt darüber, daß sich ein Fremder nach Steinmetzen erkundigte, die Grabsteine herstellten. Es gebe, so meinte sie, eigentlich nur zwei. Der ältere Betrieb befand sich hinter dem Wohnhaus des Meisters, und er oder einer seiner Söhne wären immer dort anzutreffen. Der andere Steinmetz hatte sich ein neues Haus am Stadtrand gebaut. Dann waren da natürlich noch die Klostermanns, die zwar immer noch Aufträge annahmen, aber kaum noch Kunden hatten, seit das Familienunternehmen diesen Geschäftszweig vernachlässigt und sich auf Warentransporte verlegt hatte. Die Frau lieferte Francis umständliche Wegbeschreibungen zu den drei genannten Firmen und deutete mit einem verächtlichen Achselzucken an, daß sie sich persönlich niemals an die Klostermanns wenden würde, wenn sie einen Auftrag zu vergeben hätte.

Der Chef des alteingesessenen Steinmetzbetriebs stellte zufällig gerade seinen Lieferwagen auf dem Hof ab. Er holte eine goldgerahmte Brille aus der Brusttasche, um sich die Fotografien anzusehen, die Francis ihm reichte. Nein, diesen Stein hatte er noch nie gesehen. Falls seine Neugierde geweckt war, dann zeigte er es nicht; er hatte etwa siebzig Jahre auf dieser Welt gelebt und gelernt, sich nur um seine eigenen Angelegenheiten zu kümmern, und diese Maxime hatte sich für ihn bezahlt gemacht.

Der zweite Steinmetz, der Bewohner des neugebauten

Hauses, war ein jüngerer, zielstrebiger Mann mit gesellschaftlichen Ambitionen und großstädtischem Gehabe. Das Haus wirkte auf aggressive Art modern und protzig, die Frau, die die Tür öffnete, war dekorativ und wohlgenährt. Francis entschuldigte sich für den späten und noch dazu unangemeldeten Besuch und erklärte, daß er nur fünf Minuten stören wollte. Wie sich herausstellte, dauerte das Gespräch nicht einmal so lange.

»Vor dreizehn Jahren!« sagte der Hausherr und schüttelte entschieden den Kopf. »Da hatten wir unseren Betrieb noch gar nicht – wir haben noch nicht mal hier gewohnt. Wir sind erst vor sieben Jahren aus München hergezogen. Tut mir leid.«

Blieb also nur noch die Familie Klostermann, von der die alte Frau im Tabaksladen so wenig gehalten hatte. Inzwischen war es schon dunkel geworden, und Francis war unschlüssig, aber er hatte bei diesem Ausflug nichts erreicht und wollte wenigstens diese letzte Chance nutzen, auch wenn sie noch so gering sein mochte. Er fuhr durch die Außenbezirke des Städtchens und suchte in den Seitenstraßen nach dem richtigen Haus. Und wirklich, er entdeckte ein großes, dunkles Schaufenster, das früher sicher eine Auslage gehabt hatte. Jetzt jedoch standen dort nur noch eine verstaubte Urne aus nachgemachtem Marmor und ein kleines Regal mit Steinvasen und Blumenhaltern aus Aluminium. In die hohe Mauer, die einen Hof umschloß, war eine große Doppeltür eingelassen. Alles war dunkel, offenbar stand das Haus leer, aber das Tor war frisch gestrichen.

Das Grundstück sah verlassen aus, und Francis war schon drauf und dran, zu gehen und die Sache auf sich beruhen zu lassen, aber als er sich zu seinem Wagen umdrehte, kam jemand mit raschen Schritten näher, steckte einen Schlüssel in das Hoftor und öffnete es. Ein untersetzter junger Mann mit schwarzer Lederjacke, Baskenmütze und einem verbeulten

Aktenkoffer unter dem Arm. Francis ließ ihm ein paar Minuten Zeit, dann folgte er ihm auf den Hof. Er hatte die schwere Tür angelehnt gelassen, und seine schweren Schritte auf dem mit Steinen gepflasterten Gelände verrieten, daß er zur anderen Seite des Grundstücks ging. In einem einstöckigen Gebäude, das ans Haus grenzte, flammte ein Licht auf.

An der einen Seite des Hofs reihte sich eine Garage an die andere, und einige Lieferwagen und Kombis standen an der Mauer auf der anderen Seite. Hinter der Milchglasscheibe des Raumes, den Francis für das Büro hielt, bewegte sich undeutlich der junge Mann. In einer Ecke des Hofes fanden sich noch Relikte des ehemaligen Steinmetzbetriebes wie große, unbehauene Granitblöcke, ein halbfertiger Grabstein, ein kleiner Steinengel, der sich an ein Kreuz lehnte.

Francis klopfte an die Bürotür und stieß sie auf. Der Mann in der Lederjacke, der am Schreibtisch beim Fenster stand, wirbelte herum, den offenen Aktenkoffer in der einen Hand und einen Ordner in der anderen. Er bewegte sich lautlos und flink und schien zwar überrascht, aber keineswegs erschrokken zu sein. Er hatte ein glattes, fleischiges Gesicht mit roten Wangen und runden, funkelnden, kohlschwarzen Augen.

»Was wünschen Sie?« Seine Stimme war rauh und tief, sie hieß ihn weder willkommen, noch drückte sie Feindseligkeit aus.

»Herr Klostermann?«

Nein, er war kein Klostermann, wie es schien. Er entspannte sich ein wenig, als er begriff, daß der späte Besucher seinen Chef sprechen wollte. Francis erklärte zum drittenmal mit knappen Worten sein Anliegen und zog die Fotos aus der Tasche. Der junge Mann beugte seinen großen Kopf über die Bilder, sein Atem rasselte, als er sie nachdenklich betrachtete. Dann schüttelte er bedauernd den Kopf.

»Tut mir leid. Ich arbeite erst seit zwei Jahren bei Herrn

Klostermann. Ich fahre für ihn. Ich bin hier, um meine Auftragsliste für morgen abzuholen. Mit den Grabsteinen hab' ich nichts zu tun. Ich weiß nicht, ob er den hier angefertigt hat. Wenn Sie morgen wiederkommen, ist er bestimmt hier.«

»Ich würde gern jetzt gleich mit ihm sprechen, wenn es möglich ist«, erwiderte Francis. »Ich muß heute abend noch nach Scheidenau zurückfahren, und wenn es sich vermeiden läßt, möchte ich den Weg nicht noch einmal auf mich nehmen.«

»Tut mir leid.« Er gab Francis die Fotos zurück und klappte dabei ostentativ seinen Aktenkoffer zu, ohne den Blick von Francis zu wenden.

»Könnte es Auftragsbücher aus dem Jahr 1956 hier im Büro geben?«

»Nein, keine Bücher. Dies ist jetzt hauptsächlich eine Transportfirma, die anderen geschäftlichen Unterlagen bewahrt er zu Hause auf.«

»Könnte ich ihn dort aufsuchen? Es wäre mir eine große Hilfe.«

»Ich glaube, er ist nicht daheim«, erwiderte die rauhe Stimme freundlich. »Warten Sie, ich rufe an und frage nach.«

Er ging in die dunkle Ecke des Büros und öffnete eine schmale Tür. Er knipste das Licht in dem anderen Raum an, und Francis sah ein größeres, weniger nüchternes Büro mit Aktenschränken an der einen Wand und einer Holzvertäfelung dahinter. Dann wurde die Tür geschlossen, und Francis war allein. Er schlich in die dunkle Ecke, spähte durchs Schlüsselloch und preßte dann sein Ohr an die Tür, hatte aber nicht viel Erfolg. Zu sehen war nur ein großer Tisch, über den sich der junge Mann beugte, als er eine Nummer wählte, und der Raum war so groß, daß der Lauscher kaum mehr als ein undeutliches Murmeln hören konnte. Nichts an der Situation war verdächtig, aber dennoch juckte Francis der Daumen.

Der junge Mann hatte gesagt, daß er telefonieren würde, und er telefonierte. Er hatte eine Nummer im Ort gewählt, zumindest war sie kurz, und er bekam sofort Verbindung. Und er legte nach einem kurzen Gespräch auf. Francis huschte von der Tür weg, um nicht beim Spionieren erwischt zu werden.

Die Tür öffnete sich, und der junge Mann blieb mit einem bedauernden Kopfschütteln auf der Schwelle stehen.

»Herr Klostermann macht heute abend einen Besuch bei seiner verheirateten Tochter. Ich kann Ihnen den Weg zu ihrem Haus beschreiben, wenn Sie dorthin fahren möchten. Es ist ein Bauernhof, etwa fünf Kilometer von hier entfernt. Sie fahren zum Platz und folgen dem Wegweiser nach Kempten, nach zwei Kilometern kommen Sie an eine Gabelung und biegen rechts nach Maienbach ab, bis nach weiteren zwei Kilometern ein Feldweg nach links abzweigt. Er führt direkt zu dem Bauernhof. Es ist nicht schwer zu finden. Sie sollten hinfahren und mit Herrn Klostermann sprechen. Er wird keine Aufzeichnungen brauchen, um seine eigene Arbeit zu erkennen.«

»Ja«, stimmte Francis zu, »vermutlich sind dazu keine Unterlagen nötig. Ich danke Ihnen. Wenn es nur fünf Kilometer sind, mache ich mich lieber gleich auf den Weg und bringe die Sache hinter mich.«

»Falls Sie sich doch verfahren und nach dem Weg fragen müssen – der Name ist Haimhofer.«

»Vielen Dank.«

»Bitte.«

Francis marschierte entschlossen über den Hof und zog das Tor hinter sich zu, dann stieg er in sein Auto und fuhr zum Zentrum des Ortes zurück. Er umkreiste den Parkplatz und fuhr, ohne zu zögern, an dem Wegweiser nach Kempten vorbei. Mit oder ohne vernünftigen Grund, seine Daumen juckten so sehr, daß es beinahe weh tat. Er nahm die Straße nach Felsenbach und trat kräftig aufs Gas, sobald er die schmalen Gassen hinter sich gelassen hatte. Er wollte, so schnell es ging, nach Scheidenau.

Er hatte Felsenbach schon hinter sich und fuhr auf der von Wäldern gesäumten Straße in Richtung Grenze, als ihm klar wurde, daß ihm jemand folgte. Alles war wie gestern: das Unbehagen und die kleinen Anzeichen und Hinweise, aber in der klaren, sauberen Luft erschienen ihm all diese Dinge diesmal wesentlich deutlicher. Der Regen hatte die Atmosphäre reingewaschen, und alle Geräusche waren weithin zu hören. Als er hinter einer scharfen Kurve unter einem Baum anhielt und den Motor ausschaltete, vernahm er kaum einen Laut, nur ein leises Tuckern, als seine aufmerksamen Verfolger ebenfalls den Motor abschalteten. Danach herrschte unendliche Stille. Sie waren da, nicht weit hinter ihm, aber auch nicht zu dicht an ihm dran; sie wußten, wo er war, und waren nicht erpicht darauf, ihn zu überholen, solange sie in günstiger Entfernung bleiben und sicher sein konnten, daß sie ihn nicht verloren. Er fragte sich, welche Stelle sie sich wohl ausgesucht hatten, wo sie die Falle zuschnappen lassen wollten. Er wünschte, er hätte eine Pistole bei sich, obwohl er genau wußte, daß so etwas nicht seine Waffe und sein Stil war und daß er sie vermutlich nie benützen würde. Es gibt Killer und Menschen, die nicht aufs Töten aus waren. Eine Pistole allein machte niemandem zum Killer.

Er befand sich jetzt auf dem Stück, das mit steilen Kurven bergauf führte. Eine sichtbare Straßenbegrenzung war nicht vorhanden, nur ein seichter Graben rechts und links der Fahrbahn und die nahen Bäume. Nur das Röhren des Motors und der Widerhall von den Felswänden durchbrach die Stille. Das Licht der Scheinwerfer durchschnitt die Dunkelheit und glitt über die schwarzen Baumstämme, die Reflektoren am

Straßenrand und die schroffen Felsen. Wenn er nach oben schaute, konnte er die Linie, wo Erde und Himmel zusammentrafen, nicht erkennen. Es hatte den ganzen Tag über immer mal wieder geregnet, und jetzt regnete es auch schon wieder. Dicke Wolken hingen am Himmel und verhüllten Mond und Sterne.

Jemand mußte ihm nachspioniert haben, um sicherzugehen, daß er die Straße nach Kempten einschlug und in die Falle fuhr. Vielleicht hatten sie Zeit verloren, als er statt dessen den Weg zur österreichischen Grenze einschlug, aber er war dumm genug gewesen, Scheidenau zu erwähnen, und jetzt waren sie ihm auf den Fersen, dessen war er sich ganz sicher. Der junge Mann mit der Lederjacke hatte die Jagd auf ihn eröffnet, und wenn er sie abschütteln wollte, dann mußte es jetzt sein, auf diesem Teil der Strecke, wo der Schall von beiden Seiten widerhallte und die Quelle des Lärms unmöglich genau geortet werden konnte. Francis trat das Gaspedal durch. Die Kurven waren gut ausgebaut, es machte Spaß, hier zu fahren, aber man sah und hörte so gut wie nichts von der Fahrbahn, wenn das Scheinwerferlicht herumschwenkte.

All seine Sinne waren auf das gerichtet, was hinter ihm vorging, das machte ihn besonders verletzlich für alle Gefahren von vorn. Er meinte, alles, was aus Österreich kam, sei sein Freund und Verbündeter und es gäbe keinen Grund für ihn, entgegenkommende Autos mit Argwohn zu beobachten. Solange er Gesellschaft auf der Straße hatte, war er sicher. Kein Mensch würde zu ihm auffahren und ihn angreifen, wenn die Scheinwerfer eines dritten Wagens die Szene beleuchteten.

Er raste in eine spitzwinklige Rechtskurve, und in dem grellen Licht, das die schwarze Kulisse der Bäume durchschnitt, sah er jemanden auf sich zu laufen. Der Mann hatte eine Taschenlampe in der Hand und gab ihm Zeichen, langsamer zu fahren. Francis bremste scharf ab und rollte langsam weiter. Der Mann mit der Taschenlampe drehte sich um und rannte ein Stück neben ihm her. Auf der linken Straßenseite hing ein Wagen im Graben. Eine keuchende Stimme flehte: »Bitte . . . bitte, halten Sie an. Ein Unfall . . .«

Eines anderen Menschen Unfall konnte die Rettung für Francis Killian bedeuten. Warum sollte er seine Verfolger nicht unter dem sicheren Schutz der Unfallopfer stoppen und zurückschicken, damit sie, falls nötig, einen Krankenwagen oder die Polizei holten? Was für eine Ironie! Francis hielt pflichtbewußt halb auf dem Randstreifen an, öffnete die Tür und stieg aus. Der Mann mit der Taschenlampe lief zu ihm. Francis sah ein jungenhaftes, angstvolles Gesicht, das sich erleichtert aufhellte. Der Junge hieß den Helfer überschwenglich willkommen.

Etwas schlug hart auf Francis' Hinterkopf auf. Licht und Dunkelheit explodierten vor seinen Augen, wechselten die Plätze, verschmolzen miteinander und versanken in absoluter Finsternis. Er fiel mit dem Gesicht auf den Boden und riß sich die Wange und die Lippen auf. Er tastete im Gras herum, die Lehmklumpen kamen ihm so groß wie Felsbrocken vor. Benommen analysierte er die Lage, und es dämmerte ihm allmählich, daß seine Feinde nicht hinter ihm gewesen waren, sondern vor ihm eine wirksame Falle aufgestellt hatten. *Aber wer verfolgte ihn dann?* Jemand, der seine Aktivitäten beobachtet, aber keine feindlichen Absichten hatte. Seine Widersacher waren diese dunklen Schatten, die ihn niedergeschlagen hatten. *Gegenspieler der Feinde vielleicht?* Gib ihnen einen Hinweis. Erst vor kurzem hatte er sich noch gefragt, wann sie ihn einholen würden. Er griff in seine linke Innentasche, zog seine Brieftasche, die seine Fotos enthielt, heraus und schleuderte sie in das hohe Gras neben dem Graben. Dann rappelte er sich mühsam auf. Alles drehte sich in seinem

Kopf, und er schwankte, als er den Arm ausstreckte, um sich gegen den nächsten Angriff zu wappnen.

Sie waren zu dritt – er konnte sie deutlich erkennen, ihre Gesichter prägten sich beinahe fotografisch in sein Gedächtnis ein.

Zwei der drei bedrängten ihn von beiden Seiten. Der dritte, der Junge mit der Taschenlampe, riß ihn zu sich herum, als er auf die Füße kam, und stürzte sich auf ihn. Francis stieß einen der Männer auf die Straße, aber der zweite fiel ihn von hinten an, legte ihm den Arm um den Hals und zerrte ihn in den Straßengraben. Sie wälzten sich über den Boden, das nasse, kalte Gras klebte an ihren Gesichtern.

Francis hörte, wie eine Autotür zuschlug und ein Motor ansprang – am Geräusch erkannte er seinen geliehenen Dodge. Die Lichter zuckten vor und zurück, noch einmal vor und zurück, zerrissen in einem weiten Bogen die Dunkelheit und schwenkten an ihnen vorbei, als der Wagen in Richtung Felsenbach davonbrauste. Das war das letzte, was Francis mit Bewußtsein wahrnahm. Sein Gegner schlang plötzlich beide Arme um ihn, rollte ihn herum und versetzte ihm einen zweiten, vernichtenden Hieb. Diesmal traf er hundertprozentig ins Schwarze.

Die Welt zersprang in tausend Lichtblitze, ehe sie in chaotischer Düsternis versank. Francis rutschte in den Straßengraben und blieb reglos liegen.

9. Kapitel

Die Wolkendecke war aufgerissen und hatte sich zu vereinzelten Dunstfetzen aufgelöst, als das Motorengeräusch vor ihnen in ein protestierendes Quietschen überging, leises Stimmengewirr ertönte in der abendlichen Stille.

»Was ist denn jetzt los?« brummte George, der am Steuer saß. Er gab ein bißchen mehr Gas, um den Abstand zu verringern; niemand würde sie hören – nicht, ehe sie die Rechtskurve dort hinter sich gebracht hatten. Die da oben machten selbst zuviel Lärm. *Die?* Jemand mußte auf Francis Killian gewartet haben, jemand, auf den er allem Anschein nach nicht vorbereitet war. George hätte zu gern gewußt, wer das war. »Ich hab' das Ganze satt«, sagte er laut. »Ich fahre näher heran. Halten Sie sich fest, es geht los!«

Aber sie kamen nur etwa zwanzig Meter weit, bevor George hart auf die Bremse trat, das Steuer herumschwang und abrupt in einen holprigen Waldweg nach rechts einbog. Denn er und sein Beifahrer hatten in diesem Augenblick gesehen, wie der Dodge wie wild vor- und zurückmanövrierte, um zu wenden, und plötzlich mit aufheulendem Motor lospreschte. Die Scheinwerfer des schwarzen Volkswagens der Polizei beleuchteten grell den Waldrand, als er unter den Fichten zum Stehen kam. George schaltete den Motor und die Scheinwerfer aus und betete, daß bloß niemand sie gesehen oder gehört hätte.

Der junge österreichische Polizeibeamte riß die Beifahrertür auf, noch ehe der Wagen richtig stand, und rannte stolpernd zurück zur Straße. George hielt es für besser, hinter dem Steuer sitzen zu bleiben. Er drehte sich um und spähte durch die Heckscheibe. Der Dodge schoß mit halsbrecherischer Geschwindigkeit vorbei und raste den Weg zurück, den er vor wenigen Minuten gekommen war. Die Fahrweise war aggressiv und waghalsig und verriet, daß ein anderer als Francis Killian fuhr. Jemand, der skrupellos, jung und draufgängerisch war. Sie waren Francis Killian gestern gefolgt, sie kannten seinen Fahrstil. George hatte zwar das Gesicht des Fahrers nicht gesehen, aber er wußte, daß es nicht Francis Killian war. Er setzte den Volkswagen zurück, kurbelte das Lenkrad mal in die eine, dann in die andere Richtung und war froh, daß er keinen Strauch und keinen Baum schrammte. Der österreichische Polizist lief ihm entgegen, kletterte auf den Beifahrersitz und schlug, als sie den Waldrand erreicht hatten, die Tür zu.

»Das war nicht unser Mann . . . ein junger Kerl ist gefahren . . . Beifahrer konnte ich keine sehen. Welchen Weg nehmen wir jetzt?«

»Wir fahren weiter«, sagte George und wartete nicht, ob seine Entscheidung gutgeheißen wurde, sondern bog schwankend auf die Straße ein. George schaltete die Scheinwerfer aus, so daß nur noch das Standlicht brannte, als er bergauf fuhr und die nächste Kurve ansteuerte.

Knappe hundert Meter vor ihnen leuchteten andere Autolichter in einer Haarnadelkurve auf. Der Wagen wendete mitten auf der Straße, genau wie der Dodge, setzte sich jedoch in die entgegengesetzte Richtung in Bewegung. Seine Scheinwerfer schienen erst nach oben, dann auf die Straße, als sei das Auto aus dem Graben manövriert worden. Nach dem Wendemanöver verschwand es um die Kurve. Für einen Moment war alles dunkel, dann aber kroch der Mond hinter den Wolkenfetzen hervor und tauchte die steilen Felsen in bleiches Licht. Die asphaltierte Kurve lag vor ihnen wie ein gebogener, weißgewaschener Knochen. George nahm das als gutes Omen und knipste auch das Standlicht aus. Er verließ sich auf den Mondschein und sein Glück, als er langsam durch die Kurve rollte und sich möglichst im Schatten der Bäume hielt.

Der andere Wagen stand jetzt – ein wenig weiter weg, als George vermutet hatte – mit laufendem Motor am Straßenrand. Im schwachen Schein der Innenleuchte, der durch die geöffnete Tür drang, waren die Umrisse eines Mannes erkennbar. Er beugte sich über ein langes, am Boden liegendes Bündel, hievte es hoch und bugsierte es zur hinteren Tür. Ein anderer saß bereits auf dem Rücksitz und zerrte an dem schlaffen Bündel. Es war ein Mensch, wie deutlich zu erkennen war, als die Füße hereingezogen wurden. Der Mann stieg vorn ein, und die Innenbeleuchtung ging aus, als die Türen zugeschlagen wurden. Der Motor sprang an, das Auto startete und nahm rasch Geschwindigkeit auf.

Drei gegen einen, wenn man den Mann am Steuer mitzählte – sogar vier, denn einer hatte ja den Job übernommen, den gemieteten Dodge irgendwo in Deutschland verschwinden zu lassen. Zweifellos würde er dort umlackiert und bekam noch vor Morgengrauen eine neue Motornummer und ein neues Kennzeichen. Francis Killian hatte schlechte Karten, dachte George grimmig, als er in einigem Abstand und noch immer ohne Licht hinter dem anderen Wagen herfuhr. Wenn sie, was er sehr hoffte, noch unentdeckt waren, konnten sie immerhin so lange wie möglich an ihnen dranbleiben. Die Straße war Gott sei Dank nicht schlecht, und der Mondschein machte den Grasstreifen am Rand deutlich sichtbar. Um diese späte Stunde war kaum mit Gegenverkehr zu rechnen – mit etwas Glück begegnete ihnen kein anderes Fahrzeug bis zur Paßhöhe und zur Grenze. Die Scheinwerfer vor ihnen zeigten ihnen die Kurven, und hin und wieder, wenn sie nicht gesehen werden konnten, schaltete George kurz das Abblendlicht ein, um sich zu orientieren. Auf gut Glück! Francis Killian allerdings hatte dieses Glück nicht gehabt.

Im Augenblick war das größte Problem, daß der große Wagen vor ihnen immer schneller wurde.

»Ein Mercedes, glaube ich«, schrie der österreichische Polizist George ins Ohr und schaute dem großen Fahrzeug nervös nach. Der junge Polizist hieß Werner Frankel und war George als Begleiter und Assistent zugeteilt worden, weil er gerade mit der Ausbildung fertig geworden war und perfekt Englisch sprach. Seine Familie war im Krieg nach England geflohen, und Frankel hatte dort die Schule besucht. »*Den* werden wir nicht überholen können.«

Dem konnte George nicht widersprechen; sie konnten von Glück sagen, wenn sie seine Rückleuchten nicht aus den Augen verloren.

»Gibt es hier in der Gegend irgendwo ein Telefon?« erkundigte sich George, ohne den Blick von dem entfernten roten Schimmer zu wenden, und gab mehr Gas.

»Ja, wir kommen nach etwa einem Kilometer an einem Gasthof vorbei. Man sieht ihn nicht gut, aber ich sage Ihnen rechtzeitig Bescheid.« Sie beide dachten in denselben Kategorien, und es war angenehm, daß sie nicht viele Worte machen mußten. »Setzen Sie mich dort ab, und versuchen Sie, an den Kerlen dranzubleiben.«

»Sind Sie sicher? Immerhin kennen Sie die Straßen hier besser als ich.«

»Aber Sie sprechen kein Deutsch«, stellte Werner klar.

George hätte sich vermutlich irgendwie verständlich machen können, aber Werner wollte kein Risiko eingehen und schnell handeln. Sie konnten es sich nicht leisten, Zeit zu verschwenden.

»Alarmieren Sie auch die deutsche Polizei? Vielleicht erwischen sie den Dodge, ehe er in irgendeiner obskuren Werkstatt verschwindet.« In ein paar Stunden würde ihn kein Mensch mehr wiedererkennen, das stand außer Frage. »Und die Zollbeamten an der Grenze. Obwohl ich bezweifle, daß die Kerle den offiziellen Grenzübergang benutzen werden.«

»Vielleicht doch ... in der Nacht finden wahrscheinlich keine gründlichen Kontrollen statt. Aber wenn sie eine andere Route nehmen, müssen sie Feldwege benutzen. Dann sind Ihre Chancen, ihnen auf den Fersen zu bleiben, besser.«

»Und danach? Wohin könnten sie nach der Grenze fahren?«

»Hinter Scheidenau geht es weiter nach Bregenz oder nach Langen. Ich setze mich mit beiden örtlichen Polizeistellen in Verbindung. Schade, daß wir nicht nahe genug heran können, um das Nummernschild zu erkennen, aber ein Mercedes mit überhöhter Geschwindigkeit ... schwarz oder dunkelblau? ... Ich würde sagen, er ist schwarz.«

»Und den Dodge kennen Sie ja.« Die Rücklichter des Mercedes, die in der Dunkelheit aussahen wie glimmende Zigaretten, verschwanden wieder hinter einer Kurve. George schaltete das Abblendlicht ein und versuchte, etwas Boden gutzumachen, solange der Felsen sie vor unerwünschten Blicken abschirmte.

»Ja, den Dodge kann ich genau beschreiben. Fahren Sie hinter der Kurve langsamer – der Gasthof ist auf der rechten Seite. Ein Weg zweigt rechts ab.«

George sah zuerst den Mast und die Telefondrähte, die von der Straße wegführten. Kurz vor dem Weg bremste er ab, Werner sprang behende wie ein Windhund aus dem Wagen und sprintete los. »Viel Glück!« rief er über die Schulter und winkte. George setzte den VW wieder in Gang und hetzte verbissen dem weit entfernten Mercedes nach.

Jetzt war er allein und darauf beschränkt, mit sich selbst zu

Rate zu gehen. Aber Werner würde etwa zehn Minuten brauchen, um die Telefonate zu erledigen, und dann dauerte es bestimmt nicht mehr lange, bis ihm unsichtbare Verbündete zu Hilfe eilten. George konnte so viel Verstärkung brauchen, wie er kriegen konnte. Eine Bande, die vier Männer und einen solchen Wagen bereitstellen konnte, um sich Francis Killian zu schnappen, hatte bestimmt viele Möglichkeiten und die Mittel, ihre Ziele zu erreichen. Die Organisation schien ziemlich groß zu sein. Groß und sehr empfindlich, wenn neugierige Menschen ihre Nasen in ihre Angelegenheiten steckten. Killian hatte heute mehrere Besuche in Regenheim gemacht. Welcher davon hatte sie – wer immer *sie* auch sein mochten – wohl veranlaßt, ihn in diesen sorgfältig geplanten Hinterhalt zu locken?

Mittlerweile würde Werner der deutschen Polizei bestimmt alle Adressen nennen, die Killian aufgesucht hatte, und den Kollegen den Rest überlassen. Wenn alles schnell genug ging, dann würden sie den Dodge in Felsenbach abfangen können, bevor er hinter Garagen- oder Hoftoren verschwand – hinter dem doppelten Hoftor in Regenheim vielleicht? – und drei oder vier Experten alles an ihm veränderten, was zu verändern war, damit er an einen armen, ahnungslosen Teufel verhökert werden konnte. George wußte, daß geschickte Mechaniker den Job in vier Stunden erledigten, sogar in England, und die Engländer waren verglichen mit diesen schweren Jungs, denen ganz Europa offenstand, die reinsten Amateure.

Wenn sie vorhatten, den Wagen spurlos verschwinden zu lassen, dann hatten sie ganz sicher für Francis Killian ähnliches geplant. So wie für jeden anderen, der in dieser von Landesgrenzen durchzogenen Ecke Mitteleuropas zu hartnäckig herumschnüffelte, Fragen über anonyme Gräber stellte und sich mit mysteriösen Vorfällen befaßte. So wie für

Robin Aylwin? Oder Peter Bromwich? Du brauchst nur diesen Rücklichtern zu folgen, sagte sich George, dann wirst du vielleicht erfahren, was mit den anderen geschehen ist.

Er hätte zu gern gewußt, ob die Gangster im Mercedes wußten, daß er hinter ihnen her war. Es sah eigentlich nicht so aus, denn sie fuhren zwar zügig weiter, aber sie hätten ihn leicht ganz abhängen können, wenn sie ihn bemerkt hätten. Es schien, als wäre Schnelligkeit für sie nicht das Wichtigste. Bestimmt hatten sie nicht vor, die Grenzbarrieren zu durchbrechen wie jemand, der vor den Gesetzeshütern flieht. Falls sie allerdings Grenz- und Zollkontrollen insgesamt umgehen wollten, waren sie gezwungen, langsamer zu fahren, um nach einem Weg Ausschau zu halten, den sie noch nie gefahren waren. Der Übergang zwischen Scheidenau und Felsenbach war nie sehr belebt, und nachts herrschte dort wahrscheinlich überhaupt kein Betrieb, aber das war nicht unbedingt ein Vorteil. Gelangweilte Zollbeamte könnten um diese Zeit besonders großes Interesse für einen einzelnen Wagen aufbringen und sich alles genauer anschauen als bei Tag und einem größeren Verkehrsaufkommen. Nein, George war ziemlich sicher, daß sie kein Risiko eingingen und sich von dem offiziellen Grenzübergang fernhielten. In einer so bergigen Gegend gab es viele Möglichkeiten, eine Landesgrenze unbemerkt von den Behörden zu passieren.

Bis zum Bergkamm waren es nur noch knappe zwei Kilometer. Wenn sie die Hauptstraße verlassen wollten, dann mußten sie bald abbiegen, da die Strecke auf der anderen Seite des Berges durch offenes Gelände führte. Es schien, als ob er plötzlich ein bißchen näher zu dem Mercedes aufschlösse; er sah die roten Lichter um eine Kurve biegen und langsamer werden. Auch George bremste ein wenig ab, um den Abstand nicht zu gering werden zu lassen. Als er zu der Stelle kam, an der er die roten Lichter zuletzt gesehen hatte, erschrak er. Er hatte sich darauf verlassen, daß ihm der Mercedes den Weg weisen und das Mondlicht die Fahrbahn ausreichend beleuchten würde. Aber der Mercedes war hier irgendwo nach rechts gefahren, obwohl die Straße leicht nach links führte. Er trat scharf auf die Bremse und wagte es, die Scheinwerfer für einen Augenblick einzuschalten, um sich umzusehen. Er war ein paar Meter an dem schmalen, steinigen Weg, der scharf nach rechts abzweigte, vorbeigefahren.

Wo ein breiter Mercedes durchkam, hatte ein VW keine Probleme. George setzte ein Stück zurück und bog in den Forstweg ein. Seine Vermutung hatte sich als richtig erwiesen, die Jungs hatten nicht die Absicht, den offiziellen Grenzübergang zu benutzen.

Ohne Licht kam er hier nicht weiter. Glücklicherweise mußte sich der Fahrer des Mercedes auf das, was vor ihm war, konzentrieren, und der Lärm, den sie machten, übertönte das Motorengeräusch des VW. Auf dieser Strecke kam man nur in einer Richtung weiter, da der steinige Forstweg unregelmäßig von Bäumen und schroffen Felsen gesäumt wurde. An manchen Stellen sah er eher wie ein ausgetrocknetes Bachbett aus, dann wieder glich er einem mit Baumstämmen notdürftig befestigten Trampelpfad durch einen Sumpf. Er führte steil bergan. George passierte, gewarnt durch das erdbebenartige Rumpeln, das seine Widersacher verursacht hatten, im Schneckentempo zwei schmale Stege. Meistens war der Mercedes außer Sichtweite, aber von Zeit zu Zeit erhaschte George einen Blick auf die Rücklichter, dann wußte er, daß er noch im Rennen war. Für Killians Entführer war Vorsicht jetzt wichtiger als Eile. Es wäre vermutlich nicht schwer gewesen, näher an sie heranzufahren, aber das Risiko wollte George nicht eingehen. Er war unbewaffnet und allein, während die drei Ganoven sicher Pistolen bei sich hatten. Es war klüger, sich zurückzuhalten und unentdeckt zu bleiben, bis er zu der

Verstärkung, die Werner gerufen hatte, Kontakt aufnehmen konnte.

Er hatte nicht die geringste Ahnung, wo sie auf österreichischen Boden kamen; die Grenze war nicht markiert. Genausowenig wußte er, wie weit sie von der Hauptstraße entfernt waren – drei Kilometer auf unwegsamem Gelände konnten einem wie dreißig vorkommen. Aber plötzlich fiel ihm auf, daß er nicht mehr bergauf fuhr und daß der graue Himmel durch die Bäume auf beiden Seiten schimmerte. Die Fahrt ins Tal war Gott sei Dank nicht so steil wie der Pfad bergauf, aber trotzdem noch schwierig genug. Nach einer scharfen Kurve kamen sie unvermittelt auf einen besseren, von steilen Felswänden begrenzten Weg, der zwar kaum breiter, dafür weniger holprig war. Vermutlich war das die Zufahrt zu einem abgelegenen Bauernhof. Nach einer Weile und vielen Kurven öffnete sich das Gelände. George ließ den Volkswagen vorsichtig um die Biegung rollen und machte das Licht aus.

Jetzt wußte er, wo er war. Er sah die Hauptstraße nach Scheidenau vor sich, die Grenze befand sich gut zwei Kilometer hinter ihnen. Der Mercedes bog auf die Straße ein und brauste in Richtung Scheidenau davon.

Hier konnte niemand, der Lichter im Rückspiegel sah, auf die Idee kommen, verfolgt zu werden. George schaltete die Scheinwerfer ein, gab Vollgas und nahm die Verfolgung wieder auf.

Sie umfuhren Scheidenau auf der Ringstraße, dann bogen sie in die Landstraße nach Bregenz ein. George ließ sich Zeit an der Kreuzung, um nicht den Verdacht des Mercedesfahrers zu erregen. Vielleicht ließ er ihm ein bißchen zuviel Spielraum. Es konnte nicht mehr lange dauern. Inzwischen mußte die Polizei schon Straßensperren aufgestellt haben, und wahrscheinlich kurvten hier in der Gegend schon Streifenwagen herum, die nach einem dunklen Mercedes Ausschau hielten. Im Vertrauen darauf zögerte George einen Moment zu lang.

Als er auf die schnurgerade Landstraße einbog, war weit und breit kein Rücklicht zu sehen. Er beschleunigte, doch der Mercedes war und blieb verschwunden – nichts rührte sich in der Dunkelheit. Der Mond stand hoch am Himmel, der Wind hatte nachgelassen, und die Wolkenfetzen hatten sich zu dünnen Dunststreifen zerfasert. Die Straße vor ihm war verlassen. Erst nach etwa einem Kilometer kam ihm ein anderer schwarzer VW entgegen, ein Polizeiauto, das wie er nach dem Mercedes suchte.

Irgendwo zwischen den letzten Häusern von Scheidenau und dieser Stelle war der Mercedes mit den drei Gangstern und dem Entführungsopfer spurlos verschwunden.

10. Kapitel

Seit dem Mittag belegte eine Hochzeitsgesellschaft die Alte Post mit Beschlag. Maggie hörte die Klänge der Geigen und Gitarren über das Wasser, die Leute sangen, und je weiter der Abend fortschritt, um so bierseliger und fröhlicher wurde ihre Stimmung. Am späten Nachmittag hatten die Gäste hin und wieder Ausflüge zum Seeufer unternommen – die Frauen in ihren bunten Kleidern sahen aus wie Blumen im Wind –, aber jedesmal trieben die Regenschauer sie wieder ins Haus zu Bier und Tanz. Die Lichter zwinkerten Maggie über das Wasser zu; die Fenster waren wegen des Regens geschlossen worden, und jetzt drangen nur noch ein paar Musikfetzen herüber, wenn eine Tür aufging. Jedesmal wenn das geschah, schien donnerndes Gelächter die Nacht zu erschüttern.

Als Maggie vom Balkon hereinkam, glitzerten Regentropfen in ihrem Haar, und der erste Mondstrahl bahnte sich seinen Weg durch die aufreißenden Wolken. Es schien, als sollte das Fest da drüben die ganze Nacht andauern, und sicher konnte sie noch eine halbe Stunde üben, ohne die anderen Gäste zu stören.

Die alte, echte Freude war wieder da, der betörende Rausch, den sie so lange vermißt hatte. Sie war wieder lebendig, voller Energie, sie konnte wieder singen und wollte gar nicht mehr damit aufhören. Sobald das alles hier vorüber war, mußte sie möglichst rasch in Form kommen, damit sie neue, wunderbare Aufgaben erfüllen konnte. Wenn alles vorüber war!

Bis jetzt hatte sie noch nicht nach vorn geschaut; sie war

viel zu verzaubert gewesen von ihrer Erlösung, um sich mit der Zukunft zu beschäftigen. Dieses Mittagessen im Bären war quälend und enttäuschend verlaufen. Aber so würde es nicht immer sein. Francis hatte versprochen herzukommen, und er würde kommen. Dieses Mal konnten sie frei sprechen. Sie mußten sich Achtung und Verständnis entgegenbringen, was unter den bisherigen Umständen nicht möglich gewesen war. Trotz all ihrer Bemühungen beim Mittagessen stimmte es noch immer: Sie waren sich nie zuvor wirklich begegnet. Maggie freute sich auf das Treffen und konnte es kaum erwarten, ihn wiederzusehen; sie wollte ihn kennenlernen und wünschte sich, daß auch er sie kennenlernte. Viel zu viele Verbindungen in dieser Welt waren unpassend und gingen schon nach kurzer Zeit in die Brüche, befriedigten keinerlei Bedürfnisse und führten zu nichts. Ihre Beziehung sollte eine bessere Basis haben.

Mahler-Noten für Lieder aus »Des Knaben Wunderhorn« lagen auf dem Klavier. Von Sängerinnen mit Altstimmen nahm man zwangsläufig an, daß sie ein gehöriges Maß an Werken von Mahler in ihrem Repertoire hatten. Für Maggie waren die schweren, romantischen Balladen wie ein kraftvoller Wein.

»Ich ging mit Lust durch einen grünen Wald,
Ich hört' die Vöglein singen.«

Maggie sang die beiden Zeilen, und wie immer erschienen sie ihr wie ein komplettes kleines Lied mit einer logischen Entwicklung, einem Höhepunkt und einer vollkommenen Auflösung.

Vor vielen Jahren hatte sie beim ersten Studium dieser Lieder die englische Übersetzung unter den deutschen Text geschrieben. Es hatte sie gestört, daß sie die Originalsprache nicht gut genug beherrschte, um die Tiefe zum Ausdruck zu bringen, die sie sich wünschte. Es war nicht schwer gewesen, jemanden zu finden, der ihr eine wörtliche Übersetzung anfertigte, aber dabei ging sowohl der Rhythmus als auch das Gefühl verloren, das im Deutschen vermittelt wurde. Da hatte Maggie versucht, mit eigenen Worten die Poesie auszudrükken, aber wenn sie jetzt das Lied auf englisch sang, kam es ihr fremd vor.

Sie blätterte um zu dem Lied »Wo die schönen Trompeten blasen«, das ursprünglich für ein größeres Orchester komponiert worden war. Das Klavier war nur ein unzureichender Ersatz für die Trompetenklänge und Paukenschläge, die wie unheilvolle Gewitterwolken über der Illusion einer glücklichen Vereinigung schwebten. Die sanfte, schwermütige Melodie erwachte zögernd unter ihren Fingern zum Leben, und ihre Stimme nahm die zweifelnde, hoffnungsvolle Frage auf, mit der das Leid begann:

»Wer ist denn draußen und wer klopfet an,
Der mich so leise, so leise wecken kann?«

Sie hatte nicht die Absicht zu schlafen, wenn Francis kam . . .

»Das ist der Herzallerliebste dein,
Steh auf und laß mich zu dir ein.«

. . . und sie wollte ihn auch nicht vor der Tür warten lassen wie das letzte Mal, als er geduldig geklopft hatte. Bei dem heutigen Treffen mußte sie Wiedergutmachung leisten – für vieles.

». . . Die Morgenröt', zwei helle Sterne.
Bei meinem Schatz, da wär' ich gerne,
bei meiner Herzallerliebsten.

Das Mädchen stand auf und ließ ihn ein,
Sie hieß ihn auch willkommen sein.
Willkommen, lieber Knabe mein ...«

Sie erinnerte sich unweigerlich an ein anderes Hotelzimmer, an Arme, die sie festhielten, an Lippen, die ihre berührten, und an ein stockendes Flüstern: Maggie, vergib mir, verzeih mir! Ob es ihr gefiel oder nicht, sie mußte sich eingestehen, daß Liebe im Spiel gewesen war. Man kann nicht die Wahrheit fordern, um dann die unerwünschten Erinnerungen auszusortieren und zu verdrängen. Vielleicht entstand eine neue Liebe, wenn sie ehrlich zueinander waren.

»Ach weine nicht, du Liebste mein,
Ach weine nicht, du Liebste mein,

Aufs Jahr sollst du mein eigen sein;
Mein eigen sollst du werden gewiß,
Wie's keine sonst auf Erden ist.
O Lieb, auf grüner Erden ...

Ich zieh' in Krieg, drüben in der grünen Heid.
Die grüne Heid, die ist so weit ...«

Sie sang das Lied bis zum Ende, bis zum letzten erschütternden Diminuendo zwischen den Fanfarenklängen in der Ferne.

»Dort, wo die schönen Trompeten blasen,
Dort ist mein Haus, mein Haus auf grünem Rasen.«

Und als die letzte Note verklang, war alles um sie herum ganz still. Sie erschrak, als sie merkte, wie spät es war. Bestimmt lagen die meisten Gäste schon in ihren Betten und wollten schlafen. Vielleicht war es besser, wenn sie alle Lichter löschte und so tat, als wäre sie auch zu Bett gegangen. Für Francis war es sicher leichter, auf ihren Balkon zu kommen, wenn alles dunkel war.

Als die Lichter aus waren, stand sie eine Weile da und lauschte – alles war ruhig, nicht einmal die Musik der Hochzeitsgesellschaft war zu hören. Sie legte sich in ihrem grauweißen Morgenmantel aufs Bett und wartete geduldig auf Francis.

Trotz ihrer Entschlossenheit und Vorfreude war sie kurz davor einzuschlafen, als das ersehnte Klopfen an der Balkontür erklang. Sie sprang auf, knipste die kleine Nachttischlampe an und lief ins Wohnzimmer, um die Vorhänge zurückzuziehen und die Tür aufzureißen.

Das Mädchen stand auf und ließ ihn ein ...

Der schwache Schein von draußen beleuchtete golden die Silhouette eines großen Mannes. Nur die weiße Männerhand, die an die Scheibe pochte, war erkennbar und der Siegelring mit dem schwarzen Stein, an den sich Maggie so gut erinnerte.

Maggie stockte der Atem, und das Blut gefror in ihren Adern.

Das war nicht Francis. Dieser große Mann mit dem bleichen Gesicht und der naßschimmernden Kleidung, der in ihr Zimmer schlüpfte, war nicht der, auf den sie gewartet hatte. Wasser tropfte aus seinen Haaren und lief ihm über die Stirn. Nicht Francis war zu ihr gekommen, sondern ein Ertrunkener war seinem Grab, dem See, der Vergangenheit entstiegen und suchte sie gerade in dem Moment heim, in dem sie sich einbildete, ihn für immer loszusein. Der Geruch nach Seewasser und Tod trat mit ihm über ihre Schwelle und trieb auf sie zu. Ein Gefühl der Schwäche und Übelkeit erfaßte sie. Sie wich ein paar Schritte zurück, dann erstarrte sie zu Stein – sie war unfähig, auch nur einen Muskel zu rühren oder zu sprechen. Sie war kalt, kalt wie der Tod.

Plötzlich glitt alles von ihr wie Fleisch, das vom Knochen fiel – all ihre trügerischen Hoffnungen, der Glaube an die Zukunft, sogar die Liebe zu ihrer Begabung. Die Illusionen lösten sich auf wie Rauch und ließen sie nackt, verloren und verdammt zurück. Zeit und Raum stürzten über ihr zusammen und bedrängten sie, bis nichts mehr übrig war als dieser eine Augenblick, der Augenblick ihres Todes.

Er kam langsam auf sie zu, ein Lächeln auf dem Gesicht des Ertrunkenen, und er streckte die Hände nach ihr aus. Warum war er aus seinem Grab gestiegen, wenn nicht, um sie zu holen? Die Hände berührten ihre Brust, und die eisige Kälte sickerte bis in ihre Knochen. Nasse, frostige Arme umschlossen sie und zerrten sie nieder in die grüne Tiefe …

Ihre Lippen bewegten sich – »Robin« –, aber kein Laut war zu hören. Eine Stimme flüsterte in ihr Ohr, leise und entfernt durch die Dunkelheit, die sie immer dichter einhüllte:

»Ach weine nicht, du Liebste mein,
Ach weine nicht, du Liebste mein
Aufs Jahr sollst du mein eigen sein;
Mein eigen sollst du werden gewiß,
Wie's keine sonst auf Erden ist,
O Lieb auf grüner Erden.«

Wie hatte sie nur das Ende außer acht lassen können? Drüben in *der grünen Heid* – die letzte Ruhestätte der Ertrunkenen … *mein Haus auf grünem Rasen* …

Sein lächelndes Gesicht kam näher in der Finsternis. Als es vor ihren Augen verschwamm, berührten seine Lippen ihren Mund – Kälte und Dunkelheit verschmolzen zu einer ungeheuren Kraft und überwältigten sie. Sie sank in seinen Armen zusammen. Das war der Tod, der Tod, der sie an ihn zurückgab.

Der tote Mann hievte die federleichte Frau auf seine Schulter und trug sie weg ...

11. Kapitel

Bunty Felse saß bis nach elf Uhr in der umlaufenden Diele im ersten Stock der Alten Post, beobachtete das Treiben der Hochzeitsgesellschaft und wartete auf George.

Seit der Fischdieb und die Polizei vor zwei Tagen Friedl Schiffer aus dem See gefischt hatten, war Bunty ganz sich selbst überlassen. Es war ja schön und gut, wenn George behutsam Nachforschungen anstellte und ein Auge auf zwei englische Staatsbürger hatte, die in eine mysteriöse und möglicherweise gefährliche Sache verwickelt waren, die jedoch, nach allem, was sie wußten, nicht zwangsläufig kriminell sein mußte, aber ein Mordfall – das war etwas ganz anderes. Deshalb war George zur örtlichen Polizei gegangen, um alles, was er wußte, zu erzählen, und seit diesem Zeitpunkt hatte Bunty kaum mehr etwas von ihm gesehen. Was sich aus den Erkenntnissen der österreichischen Polizei und Georges zusätzlichen Informationen ergeben hatte, konnte Bunty nicht einmal ahnen, aber sie wußte immerhin, daß man George einen Englisch sprechenden Beamten in Zivil als Assistenten und einen Wagen zur Verfügung gestellt und ihm die Erlaubnis erteilt hatte, Francis Killians Aktivitäten zu verfolgen, wann und wo immer er es für notwendig hielt. Was Maggie Tressider betraf, so hielt man sie im Goldenen Hirschen für gut aufgehoben; das Hotel stand unter polizeilicher Bewachung, und sie hatte keine Absichten gezeigt, irgendwohin zu gehen – nur einmal war sie im Ort gewesen und hatte sich mit ihrem Landsmann zum Mittagessen im Bären getroffen. Allerdings konnte diese

Begegnung kaum so zufällig gewesen sein, wie es den Anschein haben sollte. Und sogar dort hatte George sie diskret unter Beobachtung gehabt, ob ihnen das aufgefallen war oder nicht. Bunty hatte ihn nicht mehr gesehen, seit er sie hastig gebeten hatte, ins Hotel zurückzugehen, damit keiner der beiden sie zu Gesicht bekäme, und Maggie in den Gasthof gefolgt war.

Sie war gerade rechtzeitig in den Speisesaal gekommen, um eine ältere Engländerin vor einem einsamen Mittagessen zu bewahren. Die Dame hatte sich ursprünglich einer Gesellschaft von jüngeren Leuten angeschlossen, mußte sich aber damit abfinden, daß die Gruppe sie bei ihren Ausflügen nicht dabeihaben wollte. Um ehrlich zu sein, sie war eine langweilige Person, und Bunty hatte Verständnis für die jungen Leute, aber da es ohnehin keine Möglichkeit gab, George behilflich zu sein, übernahm sie gern die Aufgabe, der alleinstehenden Reisenden ein wenig Gesellschaft zu leisten.

Die ältliche Engländerin war fasziniert und gleichzeitig entsetzt von der Hochzeitsfeier, die ausgelassener, wilder und lauter war als jedes Fest, zu dem sie in ihrem langen Leben eingeladen gewesen war. Die temperamentvollen jungen Burschen und die drallen Mädchen erschienen ihr irgendwie unanständig, und selbst die schwungvolle Volksmusik war ihr zu bodenständig und roh. Die Burschen trugen zwar ihre besten dunklen Anzüge und blütenweiße Hemden, aber sie sahen genauso kraftstrotzend und muskulös aus wie in ihren Lederhosen, und sie stampften beim Tanzen mit den eleganten Schuhen ebenso heftig auf den Holzfußboden, wie sie es mit ihren derben Haferlschuhen getan hätten. Und dann dieser schreckliche Mann mit dem Bierbauch und dem hochroten Gesicht, der so etwas wie der Zeremonienmeister zu sein schien und immer ein Mädchen im Arm und einen Maßkrug in der Hand hatte, also wirklich ... so einen ungehobelten

Kerl würde man in ganz England nicht finden. Bunty erfuhr, daß ihre Tischnachbarin zwei Ehemänner überlebt hatte – der eine war Metzger, der andere Bierbrauer gewesen, was ihre unverrückbaren Ansichten um so erstaunlicher machte. Entweder ging es mit den englischen Metzgern und Bierbrauern steil bergab, oder die Frau erinnerte sich an ihre Ehemänner so, wie sie sie sich gewünscht hätte, und nicht so, wie sie wirklich gewesen waren.

Genaugenommen war der sogenannte Zeremonienmeister ein ausgesprochen stattlicher Mann – über eins achtzig groß und fast genauso breit – mit einer lauten Baßstimme und donnerndem Lachen. Er unternahm hin und wieder mit ein paar anderen Erkundungsgänge in die milde Abendluft, um zu prüfen, ob der Regen nachgelassen hatte. Sobald es aufklarte, wollte er nämlich die ganze Gesellschaft mitsamt den Musikanten zum Bootshaus des Hotels scheuchen und mit ausreichend Proviant und Getränken in verschiedenen Booten auf dem See weiterfeiern.

Braut und Bräutigam hatten sich längst aus dem Staub gemacht und waren mit viel Trara und den üblichen Scherzen verabschiedet worden. Auch die ältere Engländerin wünschte Bunty eine gute Nacht und ging zu Bett, aber das Fest schien kein Ende zu nehmen, solange es noch etwas zu essen und zu trinken gab. Helmut, der stattliche Mann, öffnete zum x-ten Mal die Tür zum Garten, und eins der Mädchen verkündete ihm mit einem Jubelschrei, daß es aufgehört hatte zu regnen und der Mond herauskam. Plötzlich war alles in Aufruhr, die Musikanten packten ihre Instrumente und Notenständer zusammen. Auch Bunty erhob sich von ihrem Beobachtungsposten und ging in ihr Zimmer, um vom Fenster aus zuzuschauen, wie die Gesellschaft in den Booten auf den See ruderte.

Sie würden noch eine Weile brauchen, bis sie genügend

Laternen zusammengesucht, angezündet und den See in eine Plattform für ein Volksfest verwandelt hatten. Bunty bürstete sich am offenen Fenster das Haar und warf einen Blick auf den Goldenen Hirschen hinüber, der auf einer leichten Anhöhe stand und die Bäume überragte. In einigen Zimmern brannte noch Licht, wie ein goldener Schimmer lag es über dem Hügel, als hätten sich dort Millionen Glühwürmchen versammelt. Während sie die Fassade betrachtete, gingen zwei oder drei Lichter aus. Maggies Fenster waren bereits dunkel. Nein, nicht ganz, ein schwaches, warmes Leuchten drang aus dem hinteren Zimmer – offenbar war das ihre Nachttischlampe. Jemand, der sich von einem Unfall und Verletzungen erholte, sollte eigentlich früh zu Bett gehen und lange schlafen, dachte Bunty.

Unter Buntys Fenster öffneten soeben drei der Hochzeitsgäste, die Vorhut der Flottille, die Tür zum Bootshaus. Bunty wandte sich vom Fenster ab und suchte Georges Fernglas. Sie war noch nicht müde, und diese Nacht versprach, ungewöhnlich und aufregend zu werden. Wenn es ihr im Laufe des Abends gelungen wäre, Helmuts Aufmerksamkeit auf sich zu ziehen, wäre sie wahrscheinlich eingeladen worden, an der Bootsfahrt teilzunehmen; jeder, der mitfeiern wollte, war willkommen. Eine freie Fahrt über den See zu dem malerischen, düsteren Ufer, an dem Friedl vor zwei Tagen gestorben war. Natürlich war dort nichts Aufschlußreiches mehr zu sehen, nachdem die Polizei die ganze Umgegend abgesucht hatte. Sie hatten nur ein paar niedergetrampelte Stellen gefunden – kein Wunder, wenn Scharen von Feriengästen in dem Wäldchen über dem See spazierengingen und sich auch noch um diese späte Jahreszeit hinsetzten, um ein Picknick im Freien zu machen – und dann eine Fotografie, die halb vom hohen Gras unter den Bäumen verdeckt gewesen war. Das Foto konnte nicht länger als einen, höchstens zwei Tage dort gelegen haben, sonst wäre es von den heftigen Regenfällen der letzten Zeit vollkommen aufgeweicht gewesen. Es war offensichtlich, daß das Foto mit dem Fall in Zusammenhang stand; George meinte, es sei eine Aufnahme von Robin Aylwin, obwohl er natürlich nicht ganz sicher sein konnte, ob er mit seiner Vermutung richtig lag. Auf seine Bitte hin hatte man Bunty das Foto gezeigt, und sie erkannte ihn sofort. Es war zwar lange her, aber immerhin war sie damals nicht nur für die Organisation der Tournee, sondern auch für die Werbung zuständig gewesen. Es ging nicht nur darum, Gesichter wiederzuerkennen, sie hatte dieses Foto auch schon früher gesehen.

Der Feldstecher war stark und schien Licht zu entdecken, wo mit bloßem Auge keines zu sehen war. Als sie das Fernglas absetzte, merkte sie, daß der Mond wieder schien und silberne Funken auf das Wasser am fernen Ufer zauberte. Einige Boote wiegten sich bereits sanft auf dem Wasser, und mit viel Geschrei und Gelächter wurden Speisen und Getränke, Laternen, Musikinstrumente, kichernde Mädchen und stämmige Burschen an Bord verstaut. Die Ruder wurden polternd in die Dollen geschoben, und es herrschte eine Menge Betrieb, bis alle ihre Plätze eingenommen hatten. Bunty hörte einen Motor tuckern und wieder verstummen – das war bestimmt Helmut, dessen Ehrgeiz offensichtlich keine Grenzen kannte. Sie nahm das Fernglas wieder zur Hand und schwenkte aufmerksam das andere Ufer ab, gerade als der wabernde Mondschein es erreichte. Es sah zum Greifen nah aus. Sie richtete das Glas auf den Rand des Lichtteichs und wanderte mit dem Strahl mit; für einen Moment kam sie sich vor wie ein Surfer. Allmählich rückte der helle Schein zu den dicht stehenden Baumstämmen unter dem Goldenen Hirschen vor und strich darüber hin wie Finger über die Saiten einer Harfe.

Durch reinen Zufall sah sie als einzige die dunkle Gestalt, die plötzlich unterhalb des Hotels aus dem Wald sprang. Ein

Mann, groß und seltsam breit in den Schultern, stürmte mit gesenktem Kopf aus dem Schatten und lief in Richtung Wasser. Ein zaghafter Mondstrahl zeigte einen leicht vorgeneigten Kopf und daß die Schultern irgendwie heller waren als alles andere. Es blieb Bunty nicht genügend Zeit, um ein Gesicht oder Details zu erkennen, aber ihr Gedächtnis speicherte blitzartig mehr, als sie momentan registrierte, denn just in diesem Augenblick brachte Helmut den Motor seines Bootes in Gang, und mit Triumphgeheul raste er auf den See hinaus. Eine Taschenlampe leuchtete ihm den Weg, und am Heck brannte eine Laterne. Drei blonde Mädchen zogen Schals oder Bänder im Kielwasser nach. Die ersten drei oder vier Ruderboote setzten sich in Bewegung und versuchten tapfer, dem Motorboot zu folgen.

Die Gestalt am Waldrand zog sich augenblicklich zurück und huschte unter die Bäume. Sein Erscheinen und Verschwinden war wie eine einzige Bewegung, so behende und geschmeidig lief er übers Gelände. Er hatte ruckartig den Kopf gehoben, als ihn die fröhlichen Stimmen und das Motorengeräusch aus seiner Einsamkeit schreckten. Die ovale helle Fläche seines Gesichts verriet Bunty nur, daß er glattrasiert war, sonst nichts. Aber die kraftvollen Schritte und prompten Reaktionen deuteten darauf hin, daß er noch jung und schnell war wie ein scheues Tier. Bunty suchte das ganze Seeufer auf der gegenüberliegenden Seite ab und bemühte sich angestrengt, durch die Baumstämme zu spähen, aber sie sah den Mann nicht mehr, und keine Bewegung deutete darauf hin, welchen Weg er eingeschlagen hatte.

So gespenstisch die Szene auch gewesen war, sie konnte sich das nicht nur eingebildet haben, sie hatte die Gestalt wirklich gesehen. Bunty ließ das Fernglas sinken und beobachtete das Fortkommen von Helmuts ausgelassener Gesellschaft, die gerade auf die Stelle zusteuerte, an der die Erscheinung aufgetaucht und wieder verschwunden war. Bunty war seltsam beunruhigt. Wer hatte es nötig, vor einer gutgelaunten, harmlosen Hochzeitsgesellschaft, die nichts anderes als Spaß im Sinn hatte, zu fliehen? Ein Wilderer? Aber in dieser Gegend hatten die meisten Leute, abgesehen von den Behörden und Förstern, große Sympathien für Wilddiebe, deshalb war diese Theorie eher unwahrscheinlich.

Wenn sie genauer darüber nachdachte, dann konnten seine leicht gebeugte Haltung, der gesenkte Kopf, die übernatürlich breiten Schultern Indizien dafür sein, daß er etwas getragen hatte. Etwas Helles. Was konnte der hellgraue Fleck auf der Schulter sonst bedeuten? Es war nicht warm genug, als daß man nachts im Hemd draußen herumlief. Das mußte es sein: Er war gebückt und mit gesenktem Kopf, weil er etwas getragen hatte, in Richtung See geeilt ... Und es konnte kein Fischernetz gewesen sein, wie es die Fischdiebe nachts auslegen. Nein, es mußte etwas Schwereres gewesen sein. Netze waren jetzt aus Nylon und wogen fast nichts. Dieser Mann aber hatte ein gehöriges Gewicht auf den Schultern gehabt, auch wenn es ihm keine allzu großen Schwierigkeiten bereitet hatte, da er sich so frei und schnell bewegen konnte.

Schwer, hell und etwas, was er auf einer Schulter tragen konnte ...

Eisige Finger berührten Buntys Herz. Je länger sie über jenes Gebilde auf der Schulter des Fremden nachdachte, um so mehr nahm es die Gestalt einer reglosen Frau an, die in ein langes, helles Gewand gehüllt war – vielleicht in ein Nachthemd oder einen Morgenmantel. Er hatte sie sich quer über die Schulter geworfen – ja, Bunty hatte den herunterhängenden Arm und die Hand gesehen. Und Fischernetze hatten keine Arme und keine Hände. Bildete sie sich jetzt Dinge ein, die gar nicht so gewesen waren?

Die Frage war, warum er so schnell in Deckung gegangen

war, wenn er nichts zu verbergen hatte. Und wohin war er in solcher Eile unterwegs gewesen, bevor Helmut ihn vertrieben hatte? Zuerst wollte er schnurstracks zum Wasser, aber dort war doch kein Boot, kein Steg – nichts, nur ein schmaler Kiesstrand und das dunkle Wasser.

Als ihre Gedanken so weit gediehen waren, spürte sie, wie sich die Härchen in ihrem Nacken aufstellten. Was hatte er um diese Zeit am See zu suchen? Was hatte er mit der Frau vor? Dasselbe wie das, was man vor zwei Tagen mit Friedl gemacht hatte? Vielleicht war er noch da, versteckte sich irgendwo im Wald und wartete, bis die Festgesellschaft müde wurde und sich in ihre Betten zurückzog.

Und dann?

Sie hatte das Gefühl, Horrorvisionen zu haben. Wahrscheinlich machte sie sich zum Narren, wenn sie mit jemandem über ihre Beobachtung redete. Aber eine junge Frau war bereits ertrunken – das war erst zwei Nächte her, und man hatte sie ermordet.

Bunty faßte einen Entschluß. Immerhin war noch eine andere junge Frau in diese Affäre verwickelt, und was konnte es schaden, wenn sie sich vergewisserte, daß die sicher in ihrem Bett lag und schlief? Mitternacht oder nicht – es machte keinen Sinn abzuwarten; und sie kannten sich ja immerhin, auch wenn sie vor langer Zeit nur kurz miteinander zu tun gehabt hatten. Sie legte Georges Fernglas aufs Bett und marschierte zielstrebig hinunter zu der Telefonzelle in der Halle.

Gisela schreckte aus ihrem Schönheitsschlaf, als das Telefon auf ihrem Nachttisch klingelte, und war empört über Buntys Anliegen.

»Aber Miss Tressider hat sich um neun Uhr auf ihr Zimmer zurückgezogen, sie schläft bestimmt schon längst. Ich darf sie nicht mitten in der Nacht stören. Kann das nicht bis morgen warten, wenn Sie sowieso in Scheidenau übernachten?«

»Nein«, gab Bunty scharf zurück, »das kann es nicht. Das heißt, ich möchte ja gerade herausfinden, ob die Sache Zeit bis morgen hat oder nicht. Ich mache Ihnen einen Vorschlag: Sie haben doch einen Schlüssel für ihr Zimmer – laufen Sie rasch zu ihr hinauf, und sehen Sie nach, ob mit ihr alles in Ordnung ist. Wenn ja, rufe ich sie morgen an.«

Aber selbst wenn Maggie im Bett lag, dachte Bunty düster, war möglicherweise eine andere Frau in Gefahr – es könnte ja sein, daß Friedls Mörder geistesgestört war und nach Jahren der Harmlosigkeit plötzlich seine Liebe fürs Töten entdeckt hatte. Die große Frage war, ob sie wirklich das gesehen hatte, was ihr jetzt keine Ruhe mehr ließ. Immer wieder mußte sie an Maggie denken. Wer, wenn nicht sie, stand schutzlos und allein im Sturm der Ereignisse?

»Tut mir leid«, erwiderte Gisela aufgebracht, »so etwas kann ich nicht machen.«

»Also schön«, sagte Bunty. »Ich kann! Ich komme gleich hinüber.«

Gisela erwartete Bunty bereits in der großen Diele des Goldenen Hirschen, als sie eine Viertelstunde später außer Atem ankam. Es wäre schneller gegangen, wenn sie Helmut hätte bitten können, den Fährmann für sie zu spielen, aber der kurvte begeistert mitten auf dem See um die Ruderboote herum, und alle sangen laut:

»Heute blau, morgen blau
Und übermorgen wieder.
Ich bin dein, und du bist mein,
Und froh sind unsre Lieder.«

Gisela, die nur ihren roten Bademantel übergezogen hatte, war inzwischen weit weniger entrüstet, dafür unruhig und besorgt. Nach allem, was mit Friedl passiert war, hatte es keinen Sinn, sich vorzumachen, daß in diesem Haus niemandem ein Leid geschehen konnte.

»Ich war oben vor ihrem Zimmer. Dort ist alles in Ordnung – die Tür ist abgesperrt, und es brennt kein Licht. Ich bin sicher, daß sie schläft. Ich habe leise angeklopft, aber sie hat nicht reagiert, und ich möchte sie nicht wecken.«

Aber sie sah Bunty aus großen, ängstlichen Augen an. Bunty verstand. Jemand mußte der Sache genauer auf den Grund gehen, aber Gisela wollte die Verantwortung nicht übernehmen. Es war nicht ihre Angelegenheit, wenn eine Freundin von Miss Tressider sie unbedingt zu nachtschlafender Zeit besuchen wollte.

»Das kleine Licht im Schlafzimmer brennt noch«, entgegnete Bunty freundlich. »Sie hat eine Balkontür, nicht wahr? Kommt man von außen auf den Balkon?«

»O ja!« Gisela war sofort Feuer und Flamme für diese Idee. »Ich zeige Ihnen die Treppe. Wir können durchs Haus gehen.« Und wenn sie Glück hatten, schlief der Gast von Nummer eins, dann konnte Gisela alles dichtmachen und wieder in ihr Bett kriechen. Niemand würde jemals etwas von dieser nächtlichen Aktion erfahren.

Sie gingen durch den langen Korridor auf die Terrasse und über einen kurzen Pfad am dunklen Waldsaum entlang bis zur Treppe zu Maggies Balkon. Bunty umklammerte das Holzgeländer und tastete sich in der Dunkelheit nach oben. Auf halbem Weg glitten ihre Finger über ein Astloch im Holz, in dessen ausgefransten Rändern sich etwas Seidenweiches, wie Mohairfasern, verhakt hatte. Sie zog die Fasern ab und behielt sie in der Hand, als sie die Treppe ganz hinaufging.

Gisela blieb zitternd stehen. »Die Tür ... sie ist ja offen!«

Die Glastür zu Maggies Wohnzimmer stand sperrangelweit auf. Durch die ebenfalls offene Tür zum Schlafzimmer sahen sie im trüben Schein der Nachttischlampe, daß die gehäkelte Tagesdecke noch auf dem Bett lag. Das Kissen hatte eine Delle. Die beiden Frauen wagten sich weiter und machten Licht im Schlafzimmer. Es war deutlich erkennbar, daß jemand auf dem Bett gelegen hatte. Aber jetzt war niemand mehr da. Die Balkontür mußte schon eine ganze Weile offen gewesen sein, denn es hatte hereingeregnet . . . Nein, das war unmöglich. Der Balkon war zwar nicht ganz überdacht, aber der Giebel ragte ziemlich weit vor, und heute war es beinahe windstill. Trotzdem war da ein feuchter Fleck auf den gescheuerten Bodendielen vor der Tür. Alles war ordentlich, alles war normal, aber von Maggie Tressider war nichts geblieben als das Notenblatt von Mahlers »Wo die schönen Trompeten blasen« auf dem Klavier und die weichen, hellgrauen und weißen Fäden in Buntys Hand.

Gisela sah sich an, was Bunty gefunden hatte, und leckte sich aufgeregt über die Lippen. »Das stammt vom Gürtel ihres Morgenmantels. Ich habe sie gesehen, als sie ihn trug.«

»Ja«, sagte Bunty, »etwas Ähnliches habe ich auch vermutet. Wir haben keine Wahl, das sehen Sie doch ein, oder? Machen Sie sich keine Sorgen, Sie werden für nichts zur Verantwortung gezogen. Ich übernehme das Reden. Sie gehen jetzt hinunter und rufen die Polizei. Und geben Sie auch Herrn Waldmeister Bescheid. Ich warte hier. Sagen Sie bei der Polizei, daß die Frau von Detective-Inspector Felse Sie beauftragt hat anzurufen. Dann wissen sie schon, was los ist.«

Sie kamen sofort und beeilten sich um so mehr, weil gerade zehn Minuten zuvor Werner Frankels Anruf aus dem Berggasthof eingegangen war. Als die Polizisten in Maggies Zimmer kamen, wo sie von Bunty erwartet wurden, waren zwischen der deutsch-österreichischen Grenze und Felsenbach bereits Streifenwagen der deutschen Polizei unterwegs und suchten nach dem hellbraunen Dodge mit Schweizer Nummernschild, und österreichische Gendarmen hielten auf den Straßen von Scheidenau nach Langen und von Scheidenau nach Bregenz Ausschau nach einem dunkelblauen oder schwarzen Mercedes mit überhöhter Geschwindigkeit.

Die Ereignisse schienen auch ohne weitere Verwicklungen schon kompliziert genug zu sein, aber es wurde rasch klar, daß alles zu ein und demselben Fall gehörte und man jedem Hinweis nachgehen mußte. Erst war ein Bekannter von Maggie Tressider in einen Hinterhalt gelockt und entführt worden, und jetzt war sie selbst aus ihrem Hotelzimmer verschwunden, ohne eine Nachricht oder eine Erklärung zu hinterlassen.

Nicht spurlos, denn Hinweise gab es genügend: die Fasern aus dem Gürtel des Morgenmantels am Geländer der Außentreppe, ein feuchter, rasch trocknender Fleck auf dem Boden vor der Balkontür, und auf dem Weg zum Wasser hinunter ein silbernes Chiffonband mit losem Knoten, in dem sich ein paar rotgoldene Haare verfangen hatten. Das Band war in den Zweigen einer jungen Fichte hängengeblieben, die dicht neben dem Pfad stand – genau in Schulterhöhe. Als ob Maggie aus ihrem Zimmer gestürmt und wild entschlossen den Abhang hinunter zum See gerannt wäre, um in ihrer Verzweiflung ins Wasser zu gehen.

»Ja«, sagte Bunty, die kerzengerade auf dem Klavierschemel saß, »genau das will man uns glauben machen.« Sie tippte mit dem Finger auf das aufgeschlagene Notenblatt. »Selbst das könnte ein Teil der Inszenierung sein. Sie hat gerade die Folgen eines Unfalls überstanden und war dabei, sich Klarheit über das Verschwinden eines jungen Mannes zu verschaffen, der hier mit ihr und einer Gruppe anderer bei einer Tournee ganz am Anfang ihrer Karriere abgestiegen war. So sieht es zumindest aus. Ja, es handelt sich um den Mann auf dem Foto, das man im Wald gefunden hat. Es scheint, als wäre er tot. Und sie singt hier dieses Lied über den geisterhaften Liebhaber, der aus dem Grab steigt, um seine Braut zu sich zu holen. Wenn sie sich tatsächlich ertränkt hat, mögen die Leute schockiert sein, aber ich denke, niemand wird daran zweifeln, daß sie in einer solchen Situation Selbstmord begangen hat.« Nach kurzem Überlegen fügte sie hinzu: »Außer vielleicht dieser Killian. Er scheint ihr näherzustehen als irgend jemand sonst.«

»Und genau um diesen Killian«, sagte der Polizist namens Oberkofler trocken, »haben die sich zur selben Zeit gekümmert.«

Bunty schätzte Oberkofler auf Anfang oder Mitte Sechzig, er war groß und schlank und hatte ein faltiges Gesicht mit lederner Haut und struppiges graues Haar. Offenbar hatte er wahllos angezogen, was ihm als erstes in die Hände gekommen war, als ihn ein Untergebener aus dem Bett geklingelt hatte, aber selbst in diesem eigenartigen Aufzug strahlte er Autorität aus. Bunty fand ihn imposant, und sie war froh, daß er derjenige war, der sich auf Englisch verständigen konnte. Das bot ihr einen Vorwand, in seiner Nähe zu bleiben.

»Gleich vier Männer haben sich um Killian gekümmert«, murmelte er nachdenklich und sah sich den kaum noch sichtbaren feuchten Fleck auf den Bodendielen genauer an, »und einer hat sich der Frau angenommen. Sind Sie sicher, daß er später nicht noch einmal mit ihr zum See gegangen ist?«

Bunty warf einen Blick zum Fenster. Die jungen Leute auf dem See grölten lauthals: »Du kannst nicht treu sein!« Dann sah sie Oberkofler an und antwortete schlicht: »Wie denn, solange die da sind?«

»Ja . . . ich glaube, wir sollten uns mal zuallererst mit unseren Freunden da draußen in Verbindung setzen und dafür sorgen, daß sie weiter Lärm machen und da draußen bleiben. Die ganze Nacht, wenn's sein muß. Auf diese Weise könnte der ›Selbstmord‹ im Wasser verhindert werden, und der Kerl kann sich auch nicht über den See aus dem Staub machen.

Nach allem, was Sie mir erzählt haben, muß er immer noch in der Nähe sein – vielleicht versteckt er sich im Wald. Wir können hoffen, daß Maggie Tressider noch ... Und jetzt, Frau Felse, wenn Sie ein bißchen schlafen möchten ...«

»Ich bleibe lieber«, fiel ihm Bunty ins Wort. »Wenigstens so lange, bis wir Nachricht von meinem Mann bekommen«, setzte sie hinzu, aber im Grunde meinte sie: Bis wir die beiden lebend aufgefunden und erfahren haben, worum es eigentlich geht. Sie hatte die Sache angefangen, jetzt wollte sie auch das Ende miterleben. Polizisten aus den umliegenden Ortschaften strömten nach Scheidenau und suchten methodisch die Wälder rund um den See ab – eine kleine Armee hatte sich hier versammelt, nur weil sie und George in dem verschlafenen Dorf eine Lawine losgetreten hatten. Auf keinen Fall wollte sie das Ende der Geschichte verpassen.

»Natürlich können Sie bleiben. Sie haben uns sehr geholfen. Wenn Sie möchten, können Sie sich doch im Schlafzimmer Ihrer Freundin hinlegen.«

Auch davon wollte Bunty nichts wissen, und Oberkofler war weder überrascht noch ungehalten, als sie ihm hinunter ins Büro folgte, wo er sich eingerichtet hatte.

In der nächsten Stunde klingelte fast pausenlos das Telefon, aber niemand hatte bis jetzt eine Spur von Maggie Tressider gefunden. Die jungen Leute in den Booten johlten und sangen unermüdlich, was gleichermaßen erstaunlich wie bewundernswert war. Es wäre nur zu menschlich gewesen, wenn sie die Lust verloren und sich nach ihren Betten gesehnt hätten, sobald sie von offizieller Seite gebeten wurden weiterzufeiern. Die Suche im Wald ging weiter, und Oberkofler saß im Büro, gab Anweisungen und koordinierte die verschiedenen Gruppen. Das Ehepaar Waldmeister bewahrte philosophischen Gleichmut und dachte daran, daß es in wenigen Stunden seine tägliche Arbeit verrichten mußte – es entschuldigte sich und ging zu Bett. Die Söhne dagegen boten der Polizei ihre Dienste an und gesellten sich zu einem der Suchtrupps. Bunty beobachtete, hörte zu und wartete, dabei zermarterte sie sich das Gehirn und suchte nach irgend etwas, was ihnen weiterhelfen konnte. Inzwischen sorgte sie sich nicht nur um die beiden vermißten Personen, sondern auch um George, von dem sie immer noch nichts gehört hatten.

Ein Anruf von Werner Frankel aus Felsenbach. Der Dodge mußte ihnen entkommen sein, bevor die Straßensperren errichtet waren. Sie hatten eine großräumige Fahndung eingeleitet und hofften, ihn noch vor Regenheim abfangen zu können.

Eine halbe Stunde später meldete sich Werner Frankel noch einmal. Sie waren zu der Stelle zurückgefahren, an der Killian in den Mercedes geschleppt worden war, und hatten im Straßengraben eine Brieftasche mit Killians Papieren und etlichen Fotos von einem Grabstein gefunden, der auf dem Friedhof von Felsenbach stand.

Oberkofler wandte sich an Bunty. »Hat Ihr Mann Ihnen vielleicht gesagt, um welchen Grabstein es sich handelt?« fragte er.

»Er hat mir gestern davon erzählt ... ich meine vorgestern«, korrigierte sich Bunty. Sie war ein wenig durcheinander nach dem langen Warten und Nachdenken. »Aber ich habe keine Fotos gesehen, George hatte keine Kamera dabei – ein großer Fehler.«

Kurz vor eins klingelte erneut das Telefon. Oberkofler meldete sich auf Deutsch, redete aber sofort englisch. »Ja ... ja, gut. Wir schicken Ihnen jeden Mann, den wir entbehren können, und alle, die noch eintreffen. Ja, Ihre Frau ist hier. Bitte, ich übergebe den Hörer ...« Er reichte Bunty mit einem breiten Lächeln den Hörer. »Ihr Mann, Frau Felse.«

»George?« sagte Bunty und seufzte erleichtert auf. »Hat man es dir schon gesagt? Maggie ist auch weg.«

»Ja, ich weiß. Jetzt sind wir quitt, Liebes – ich hab' den Wagen, in dem Killian entführt wurde, aus den Augen verloren und du Maggie. Ich bin auf der Straße nach Bregenz einem Streifenwagen begegnet. Wir haben die ganze Strecke zurück bis Scheidenau überprüft und in jedem Schlupfloch nachgesehen, in das sie sich verkrochen haben könnten, aber außer ein paar Wegen, die auf Felder und Wiesen führen, gibt es dort nur noch eine einzige Seitenstraße, und die endet am See. Und an dieser Straße liegt nichts, abgesehen von dem Steinhaufen, der früher einmal die Burg von Scheidenau gewesen ist. Aber irgendwo da oben müssen sie sein – es gibt keine andere Möglichkeit. Wir brechen gleich auf und suchen weiter nach dem Mercedes.«

»George, kann ich irgendwie helfen?«

»Nach allem, was ich erfahren habe, hast du bereits sehr viel getan«, sagte George. »Es sind genügend Männer im Einsatz ... Ich wette, daß wir Maggie dort finden, wo sie Killian hingebracht haben. Da ist eine ganze Bande am Werk. Halt die Ohren steif, Liebes. Wir müssen die Leitung frei machen, vielleicht will jemand anrufen.«

»Ja, natürlich. Bis bald.«

Sie deutete auf den Hörer und sah Oberkofler an, aber der schüttelte lächelnd den Kopf. Sie legte auf. Plötzlich fühlte sie sich schwach und zittrig. Sie wagte gar nicht daran zu denken, wie die Nacht enden würde.

Aus der Ferne schallte Helmuts donnernder Chor zu ihnen herüber:

»Es war einmal ein treuer Husar,
Der liebt' sein Mädel ein ganzes Jahr.
Ein ganzes Jahr und noch viel mehr ...«

12. Kapitel

Zwei Stimmen sprachen über ihren Kopf hinweg von ihr. Sie wußten nicht, daß Tote hören können. Ziemlich leidenschaftslose Stimmen, sachlich, träge und leise. Entweder hatten sie keine Körper, oder Tote können nicht sehen. Sie schwebte knapp unter der Bewußtseinsebene und klammerte sich an die Oberfläche wie eine dem Wasser entschlüpfte Insektenlarve, die Luft atmen muß.

»Und schön auch noch«, sagte die erste Stimme anerkennend.

»Niemand ist schön, wenn er mir in die Quere kommt«, erwiderte die zweite Stimme in akzentfreiem Englisch – ein heller, angenehmer Tenor, der absolute Sorglosigkeit verriet.

»Aber sie ist schön«, beharrte die erste Stimme sachlich. »Sie hat alles.«

»Nur keine Unsterblichkeit.«

»Was hast du mit ihr vor?«

Die zweite Stimme blieb eine Weile still – lang genug, um auf ein Achselzucken hinzudeuten. »Hab' ich sie dazu gebracht, hier überall rumzustochern? Die muß doch wohl lebensmüde sein.«

»Was für eine Verschwendung! Ein solches Mädchen . . .«, erwiderte die erste Stimme mit unbeteiligtem Bedauern.

»Es gibt noch andere. Sogar solche mit vollkommener Tonlage.« Die zweite Stimme begann verträumt vor sich hin zu singen:

»Aufs Jahr sollst du mein eigen sein;
Mein eigen sollst du werden gewiß,
Wie keine sonst auf Erden ist,
O Lieb auf grüner Erden.«

Jeden Moment würde sie jetzt das Pieksen der Nadel spüren und wieder in Bewußtlosigkeit versinken. Das mußte die Hölle sein. Was konnte teuflischer sein, als diese wenigen Wochen bis in alle Ewigkeit immer wieder zu durchleben, immer wieder im guten Glauben, daß eine Flucht gelingen könnte, alle Anstrengungen zu unternehmen, dem feingewobenen Netz zu entkommen, nur um immer wieder an den Anfang zurückkatapultiert zu werden und in derselben Falle zu sitzen wie vorher? Alles noch einmal tun, das ganze Leid wieder fühlen und jedesmal aufs neue alles verlieren. Nein, es war keine genaue Wiederholung, der Dialog der Stimmen hatte sich dieses Mal verändert. Das letzte Mal war die Entscheidung zugunsten des Lebens gefallen. Diesmal war es der Tod.

In dem Augenblick aber, als sie die Oberfläche durchbrach und wußte, daß sie bei Bewußtsein war, fiel die Last auf wundersame Weise plötzlich von ihr ab. Voriges Mal war sie allein aufgewacht, niedergeschlagen und entsetzt von dem erdrückenden Schuldgefühl, dessen Ursache sie nicht kannte. Jetzt, da das Todesurteil ausgesprochen war, erwachte sie mit einem Gefühl der Ruhe und Erleichterung. Sie hatte sich nicht getäuscht, ihre Schuld war lediglich eine Wahnvorstellung, eine Krankheit gewesen, von der sie endlich geheilt war. Selbst wenn sie jetzt sterben mußte, dann würde sie diese Welt als vollständiger, gesunder Mensch verlassen.

Sie kannte diese zweite Stimme sehr gut, und jetzt war ihr klar, daß sie einem Lebenden, nicht einem Toten gehörte. Das war keine arme, verletzte Seele, die zurückgekommen war, um sie zu holen, sondern ein lebendiger, gefährlicher Mann, und er war nicht gekommen, weil sie seinen Tod auf dem Gewissen hatte, er war da, weil sie eine Bedrohung für sein Leben darstellte. Ihre Nachforschungen hatten seine jahrelang wirksame Tarnung, die ihn unsichtbar gemacht hatte, angekratzt, und er konnte es sich nicht leisten, sie lebend davonkommen zu lassen. Das Grab auf dem Friedhof, der Gedenkstein – das alles gehörte zum Versteckspiel. Robert Aylwin war am Leben. Sie hatte ihn nicht in den Tod getrieben und ihm auch kein Unrecht angetan; und selbst wenn er sie umbrachte, er würde nie wieder diese Macht über sie haben, und sie würde nie mehr sein Opfer sein wie all die Jahre zuvor. Weder lebend noch tot konnte Robin sich jemals wieder zwischen sie und die Liebe stellen.

Sie öffnete die Augen und sah ein niedriges Steingewölbe von verfallener und monumentaler Pracht, wie eine feudale Halle aus der Zeit, in der es noch keinen Luxus gab. Sie lag auf einer rauhen grauen Wolldecke, die über eine Steinbank an der Wand ausgebreitet war. Und in das Mauerwerk waren runde verzierte Löcher eingelassen, die einst für Fässer vorgesehen waren. Den gepflasterten Boden bedeckte eine Schicht feinen Sands, den der Wind und die Zeit von den alten Steinen abgetragen hatten. Die Luft war kühl und feucht. Eine abgeschirmte Glühbirne verbreitete trübes Licht, so daß Maggie nur einen Teil des Raums und eine Tür in der Ecke erkennen konnte. Und diese Tür war nicht alt – sie schien erst kürzlich eingesetzt worden zu sein und sah sehr solide aus.

»Achtung!« warnte die erste Stimme leise. »Sie kommt zu sich. Soll ich ...«

»Nein, laß sie. Ihre Gesellschaft vertreibt uns die Zeit, bis diese Idioten endlich nach Hause gehen und in ihre Betten fallen.«

Sie konnte die beiden nur bis zu den Schultern sehen, ihre Gesichter waren im Schatten. Einer der beiden trat entgegenkommend zurück, damit der andere einen Schritt nach vorn machen und sich zu ihren Füßen auf die Bank setzen konnte. Er sah, daß ihre Augen weit geöffnet und starr auf sein Gesicht gerichtet waren. Bereitwillig drehte er die Lampe so, daß sie ihn deutlich sehen konnte.

»Wenn du erlaubst ... Ist es so besser?«

Er glänzte nicht mehr vor Nässe, sein welliges Haar war trocken, nur die kleinen wirren Löckchen auf der Stirn verrieten, daß er sich kürzlich im Regen aufgehalten hatte. Er mußte, während sie gesungen hatte, eine ganze Weile vor ihrem Zimmer unter den triefenden Bäumen gestanden und einen günstigen Moment abgepaßt haben. Wahrscheinlich, dachte sie, hatte ihn ihre Mahler-Interpretation amüsiert; das romantische Grauen entsprach seinem finsteren Humor. Er war ganz in Schwarz gekleidet, um in der Dunkelheit nicht gesehen zu werden – schwarze Hose, schwarzer Pullover mit Rollkragen. Möglicherweise hatte er dieselben Sachen getragen, als er nachts durch den Wald geschlichen war, um Friedl zu würgen und zu ertränken.

Wenn sie ihn jetzt so ansah, dann traute sie ihm das durchaus zu, und es überraschte sie nichts mehr. Er lächelte, hielt eine Zigarette zwischen Daumen und Zeigefinger, kniff die Augen leicht zusammen, um sich vor dem Rauch zu schützen, der vor seinem Gesicht aufstieg. Dieselben jungenhaften, regelmäßigen Gesichtszüge, dieselben vollen, geschwungenen Lippen, die ständig ein Lächeln andeuteten. Er hatte immer viel gelacht – über alles und jeden. Sie hatte vergessen, welche Farbe seine Augen hatten – sowohl auf Friedls Foto als auch auf der Darstellung auf dem Grabstein waren seine Lider gesenkt. Vielleicht hatte es sie zusätzliche Anstrengungen gekostet, diese Augen aus ihrem Gedächtnis zu verbannen, und es war ihr nur gelungen, weil es lebenswichtig für sie war. Jetzt war der mutwillige Blick aus diesen grün-goldenen, wißbegierigen Augen ungerührt auf sie gerichtet – Ziegenaugen, intelligent, unergründlich, heimtückisch. Sie lachten auch fast immer, aber über einen ganz persönlichen Scherz, den Normalsterbliche nicht verstehen konnten. Er sah kaum älter aus als vor dreizehn Jahren, als sie ihn das letzte Mal gesehen hatte. Wie sollte er auch, wenn er die ganze Zeit, wie an dem unbeteiligten Gesicht und dem abweisenden Blick abzulesen war, immun gegen Empfindungen und bar jeden Verantwortungsgefühls gewesen war?

Maggie richtete sich mühsam auf – mit dem Rücken zur Wand, wie es ihrer Situation entsprach. Dabei ließ sie Robin keinen Moment aus den Augen.

»*Du* bist es«, sagte sie schließlich, »*du* steckst hinter all dem.« Sie stemmte die Handflächen auf die kalte Steinbank, um den Kontakt zur Realität nicht zu verlieren. Sie war sich ihrer Lage bewußt und kannte ihren Feind. Sie war wie durch ein Wunder ins volle Leben zurückgekehrt, nur um es wieder zu verlieren und den Verlust doppelt zu spüren. Aber sie hatte jetzt auch doppelte Kraft und wollte den Kampf aufnehmen. »Dann bist du also am Leben«, sagte sie.

»Liebe Maggie«, sagte er mit einem trägen Lächeln, »ich denke schon.«

»Was habe ich dann damals in dieser Nacht gehört? *Was ist in den See gefallen?*«

Einen Augenblick lang dachte sie, er würde ihr nicht antworten, aber wieso sollte er nicht reden? Er hatte eine aufmerksame Zuhörerin, hielt alle Karten und Fäden in der Hand und hatte alle Zeit der Welt, sie zu töten. Sie würde nirgendwo mehr hingehen und verraten können, was er hier ausplauderte. Er ging kein Risiko ein, wenn er sich ein Vergnügen gönnte.

»Nur einer von Waldmeisters zersägten Holzstämmen«,

erwiderte er gelassen, »eine Menge davon waren am Ufer aufgeschichtet. Bestimmt konnte er mir einen davon für einen guten Zweck opfern.«

»Aber warum?« flüsterte sie kaum hörbar und zerrte gleichsam an jenem abgebrochenen Giftpfeil, der seit damals in ihrer Seele stak wie in einer schwärenden Fleischwunde. »Wieso hast du mir etwas vorgemacht? Warum mußtest du deinen Tod vortäuschen? Selbst wenn du Gründe hattest, von der Bildfläche zu verschwinden, hättest du mir doch nicht dieses Theater vorspielen müssen. Wieso hast du so getan, als liebtest du mich? Warum hast du mich gefragt ...« Sie atmete langsam durch und lehnte sich matt an die Wand; die Kälte durchfuhr sie wie ein eisiger Windstoß, und dieser Schock beruhigte ihre Sinne, klärte ihre Gedanken. Auch sie konnte reden, konnte wie er Worte benutzen, um ihre eigenen Ziele zu verfolgen. Je mehr Aufmerksamkeit er darauf verschwendete, sie mit seinen Heldentaten zu beeindrucken und sich an ihrer aussichtslosen Lage zu weiden, um so weniger würde er einen möglichen Gegenangriff gewärtigen. »Was wäre eigentlich geschehen«, fuhr sie fort, »wenn ich auf deinen Antrag eingegangen wäre? Was hättest du dann getan?«

Die Erinnerung an diese eine Nacht schien ihn gefangenzunehmen, und offenbar schmeichelte ihm der Gedanke daran. Vielleicht hatte die Zeit das Erlebnis versüßt, aber darauf durfte sie sich nicht allzu sehr verlassen. Ein Mann ohne Gefühle konnte auf Eitelkeiten verzichten.

»Ich hätte dich natürlich geheiratet«, erklärte er unbekümmert. »Damit hätte ich mir keine große Bürde aufgeladen. Wie sich inzwischen ja herausgestellt hat, wäre ich damit sogar ein ausgesprochen profitables Geschäft eingegangen. Und als meine Frau hättest du nicht gegen mich aussagen müssen, und du hättest es wohl auch nicht freiwillig getan, oder?«

Wieder fiel ein Puzzleteilchen an seinen Platz. Er hatte es

ihr absichtlich zugeworfen, das wußte sie. Er ist sich seiner Unanfechtbarkeit ganz schön sicher, dachte Maggie, aber es gibt Dinge, von denen selbst er nichts weiß. Vielleicht bereut er noch einmal, dir diesen goldenen Apfel zugeworfen zu haben, um dich so weit zu bringen, daß du seinem Willen folgst.

»Ich verstehe«, entgegnete sie nachdenklich. »Aber was hätte ich denn aussagen sollen? Ich wußte nicht einmal, daß es etwas gab, das man gegen dich aussagen konnte.«

Er lehnte sich an die Wand und grinste sie freundlich durch den Zigarettenrauch hindurch an. »Erinnerst du dich an die Tournee mit Pauls Zirkus im Frühling im selben Jahr?«

»Du hast die Termine nach all den Jahren immer noch parat?«

»Liebe Maggie, mein Gedächtnis funktioniert perfekt. Ich weiß noch jede Einzelheit von dem windigen Unternehmen ... und du warst so ernst und eifrig bei der Sache und eine so leichte Beute. Du erinnerst dich, wie du in diesem Frühjahr ein paar teure Kosmetika für mich durch den Zoll gebracht hast? Wenn eine Frau solche Dinge deklariert, kommt sie meistens damit durch, während ein Mann automatisch genauer überprüft worden wäre und er die Sachen hätte verzollen müssen. Und genau so war es ja auch. Ein Freund von mir kam an die Fähre, und ich gab ihm die ganzen Kosmetika als Geschenk für seine Schwester mit. Maggie, du kannst doch diese gute Tat nicht vergessen haben? Was hast du sonst je beim Zoll angegeben außer Notenblättern und Schallplatten?«

Damals hatte sie ja auch kein Geld gehabt, um sich mehr als das Nötigste zu kaufen, und den kläglichen Rest hatte sie in die Musik investiert. Jetzt sagte sie nur: »Ich habe das nicht vergessen.«

»Monate später hat die Polizei diesen Freund aufgegriffen

und eine Menge Heroin bei ihm gefunden. Ja, in den Kosmetiktiegeln war Heroin unter den Cremes und dem anderen Zeug. Ich hab' bei der Herbsttournee in Basel von seiner Verhaftung erfahren und mußte mich rasch entscheiden, was ich tun wollte. Ich konnte mich nicht unbedingt darauf verlassen, daß er den Mund hielt und meinen Namen nicht erwähnte, und selbst wenn er nichts sagte, hätte die Polizei Anhaltspunkte finden können, die sie auf meine Spur gebracht hätte. Und wenn sie auf unsere Truppe zugekommen wären, dann hättest du ihnen sicher erzählt, wie diese Kosmetika nach England gekommen sind, stimmt's? Ich hatte nur die Wahl zwischen einer Hochzeit mit dir, um dich zum Schweigen zu bringen – dann hätte ich nach Hause fahren und auf mein Glück vertrauen können –, und der Möglichkeit, hierzubleiben und die Sache professionell zu betreiben. Sie hatten mich gebeten, ein Jahr oder länger für sie zu arbeiten.«

»*Sie?*« fragte Maggie leise nach.

»Was hätte es für einen Sinn, wenn ich dir Namen nenne, meine Liebe? Das ganze Unternehmen hat sich seither verändert. Es war nur eine Organisation von vielen, bis ich sie nach meinen Vorstellungen umgestaltet habe. Nenn sie, wie du willst. *Cosa mia* . . .«

Ja, natürlich – alles, womit er zu tun bekam, wurde bald *sein Ding*; er hatte keine Lust, ein Befehlsempfänger zu sein. Vielleicht hatte er sich deshalb nicht die Mühe gemacht, mehr für seine musikalische Karriere zu arbeiten, weil er selbst mit äußerster Disziplin nur dritt-, höchstens zweitklassig geworden und immer von anderen abhängig gewesen wäre. »Also hast du eine Zeitlang geschmuggelt und dich hinter Freddys gutem Namen versteckt«, stellte sie fest.

»Bei jeder Tour. Du hast mir vorher schon einmal geholfen. Oh, es sind nicht immer harte Drogen – darum geht es eigentlich selten. Alles, was leicht zu transportieren und profitabel war: Edelsteine, Fotozubehör, Ausweispapiere, Medikamente, sogar Uhren, wenn es sonst nichts gab. Einmal habe ich zwei Handschriften aus dem Mittelalter zwischen meinen Notenblättern nach England geschmuggelt. Wir hatten schon einen Kunden dafür. Miniaturen, seltene Münzen, Briefmarken, kleine Kunstgegenstände – alles, was leicht transportabel und teuer war. Wir arbeiten weltweit und transportieren die Sachen überallhin, wo Nachfrage besteht. Schon vor der Krise hatte ich daran gedacht, die Musik fallenzulassen, bevor sie mich fallenläßt, und ganz in das Geschäft einzusteigen. Es sah ohnehin so aus, als ob meine Karriere bei Freddy zu Ende wäre. Ich ließ *dich* die Entscheidung für mich fällen. *Du* wolltest mich nicht, *sie* haben mich bekommen. Du hast mir sogar einen Grund für meinen Selbstmord geliefert – eine gute Tarnung für allzu neugierige Leute. Allerdings muß ich zugeben, daß mir der Trick mit dem Holzstamm spontan eingefallen ist. Ich lief durch den Wald zum See, und da waren die aufgeschichteten Stämme – eine zu gute Gelegenheit, um sie zu verpassen. Du warst so verdammt selbstbewußt und sicher. Ich fand es an der Zeit, dir einen Denkzettel zu verpassen, damit du dich mit noch etwas anderem als mit deiner großartigen Zukunft beschäftigen mußtest.«

»Es muß eine große Enttäuschung für dich gewesen sein, daß ich niemandem von der Geschichte erzählt habe, die du so sorgsam in Szene gesetzt hast«, erwiderte sie ungerührt.

Er lachte. »Ich war schockiert, daß du fähig bist, ein so falsches Spiel zu spielen. Du wolltest keine Skandale oder andere Stolpersteine haben, die deine Karriere hätten gefährden können, hab' ich recht? Trotzdem hat die Sache bestens funktioniert. Friedl hat mich immer auf dem laufenden gehalten. Als alle Freddys dunkle Andeutungen akzeptierten und zu dem Schluß kamen, daß ich mich aus dem Staub gemacht hatte, um Unannehmlichkeiten zu vermeiden, war ich sehr zufrieden. Solange nur niemand nach mir als *Lebender* suchte.«

»Friedl war dein Helfershelfer? Sie gehörte zur Organisation?«

»Das nicht gerade. Sagen wir, Friedl war ein nützlicher Handlanger. Unser Ohr in dieser Welt. Auch unser Sprachrohr«, setzte er freimütig hinzu. »Ich hätte allerdings damit rechnen müssen, daß sie hin und wieder zuviel plaudert.«

»Dann hast du sie also dazu gebracht, Francis und mir all diese Lügen zu erzählen, um zu beweisen, daß du tot bist?«

»Sie sollte Killian sagen, daß ich tot bin, das ja. Aber dir? Sie hat ihre Befehle zu großzügig ausgelegt und ihr eigenes Süppchen gekocht, um dir eins auszuwischen. Friedl . . .« Er hob vielsagend die Schultern. »Sie zog es immer vor, Lügen zu verbreiten, statt die Wahrheit zu sagen – wenn sie nicht die Anweisung dazu hatte, dann tat sie es zu ihrem eigenen Vergnügen. Gelegentlich war diese Fähigkeit uns nützlich, aber als sie vor Eifersucht verrückt wurde – o ja, hast du das nicht bemerkt? –, da wurde sie zur ernsthaften Gefahr. Sie hat überhaupt viel zuviel geredet. Es war ihr Ende, als sie dich auf dieses Grab aufmerksam gemacht hat. Da mußte sie verschwinden. Vielleicht war dieses Grab von Anfang an ein Fehler. Ich hätte das bleibenlassen sollen. Aber damals hielt ich es für eine gottgegebene Gelegenheit, eine zweite Verteidigungslinie aufzubauen, die mir vielleicht einmal helfen könnte. Und plötzlich bist du gekommen und hast Fragen gestellt, ausgerechnet du . . . und du warst die einzige, die sich niemals so ohne weiteres damit zufriedengegeben hätte. Jeder andere hätte ihr die Geschichte mit dem angeschwemmten Toten und dem Grab abgekauft, aber du . . .«

»Ich habe Fotos von dem Grab gesehen«, sagte Maggie. »Wie hast du das hingekriegt? Hast du die Leiche selbst beschafft? Liegt überhaupt eine Leiche in dem Grab?«

»O ja, es gab eine Leiche, genau wie Friedl dir erzählt hat. Sie wurde mit dem Hochwasser im Frühjahr angespült. Nein, das war kein Meisterstück von mir, sondern purer Zufall. Ich vermute, es wird wohl nie herauskommen, wer der Tote wirklich war. Ich habe die Chance nur genutzt, als sie sich mir bot, um jeden, der eventuell Nachforschungen anstellen würde, auf eine falsche Fährte führen zu können, falls es einmal nötig werden sollte. Der Ertrunkene hatte in etwa meine Größe und mein Alter und konnte nicht mehr identifiziert werden. Ich mußte nur noch das anonyme Angebot machen, die Beerdigungskosten zu übernehmen als einen Akt der Barmherzigkeit, und dafür sorgen, daß alle von dem Tod eines unbekannten jungen Mannes erfuhren. Natürlich durfte ich keinen falschen Namen angeben. Die Idee mit dem eingemeißelten Porträt kam mir erst später. Möglicherweise war das ein bißchen zu dreist, aber es hat mich amüsiert.«

»Dann hast du also auch einen Steinmetz zur Hand«, stellte Maggie anerkennend fest.

»Wir haben, wenn nötig, für alles jemanden«, gab er gelassen zu.

»Du mußt in dieser Organisation sehr schnell aufgestiegen sein.«

»Bis zur Spitze. Ich bin seit ein paar Jahren der Boß. Klasse zahlt sich eben aus«, sagte er und verzog die Lippen zu demselben Lächeln, das der Steinmetz in den Granit gemeißelt hatte. Dieses Lächeln auf dem Grabstein strafte die ansonsten starren Gesichtszüge des Steinporträts Lügen und verwandelte die Totenmaske in das Gesicht eines lebenden Dämons.

»Und dann«, fuhr er tadelnd fort, »kamst *du* und hast nach mir gesucht – du, die du dieses Grab nicht so ohne weiteres als meines akzeptieren wolltest. Wenn du nach dieser langen Zeit nicht neugierig geworden wärst, dann hätte all dies nicht passieren müssen. Warum, um Gottes willen, mußtest du dich einmischen?«

Sie starrte ihn lange wortlos an – sie staunte selbst darüber, wie sehr sie sich in den letzten Tagen in ihrem Innersten verändert hatte. »Ich hatte dich auf dem Gewissen«, antwortete sie schließlich mit Bedacht. »Ich dachte, ich schulde dir ein Leben.«

»Das tust du auch«, bestätigte er leise und lächelte boshaft.

Das war keine Überraschung. Sie hatte die ganze Zeit gewußt, daß sie zu weit gegangen war und nicht mit dem Leben davonkommen würde. Würde er sonst so mit ihr reden? Von Anfang an war ihr vage bewußt gewesen, daß sie die Unterhaltung nur führte, um seine Aufmerksamkeit von seinem eigentlichen Vorhaben abzulenken, um ihn hinzuhalten und Zeit zu gewinnen. Denn eines wußte er nicht, nämlich, daß sie in ihrem Hotelzimmer einen anderen Besucher erwartet hatte.

Und wenn sich Francis verspätete? Er würde kommen! Und was auch immer andere denken mochten, wenn sie ihr Schlafzimmer leer vorfanden – daß sie aus eigenem Willen weggegangen war, eine Verabredung im Wald hatte, sich im Bett eines anderen vergnügte oder auf dem Grund des Sees lag –, Francis würde es besser wissen. Francis würde wissen, daß sie auf ihn gewartet hatte und nichts und niemand sie aus ihrem Zimmer hätte locken können, bevor er kam. Und ob er die Polizei einschaltete oder nicht, er würde sie so lange suchen, bis er sie gefunden hatte.

Darauf setzte sie all ihre Hoffnungen, und sie wußte, daß diese Hoffnungen berechtigt waren. Andererseits durfte sie ihre Chancen nicht überschätzen. Robin würde seine Zeit nicht hier mit ihr vertrödeln, wenn er nicht selbst auf etwas wartete.

Du mußt weiterreden, dachte sie, halte ihn von dem Entschluß ab, nicht mehr länger zu warten.

»Wie willst du mich loswerden?« erkundigte sie sich in beiläufigem Ton.

Ein fragender Blick aus den goldschimmernden Augen fixierte und blendete sie, und zum erstenmal lächelte er nicht. »Liebes Kind, du hast das Szenario selbst bestens vorbereitet. Du warst krank und hast dich eigenartig verhalten, offenbar hattest du Zwangsvorstellungen meinetwegen und wurdest den Gedanken an eine kleine, traurige Episode in deiner Vergangenheit nicht mehr los. Und plötzlich spielt sich an deiner Zufluchtsstätte eine Tragödie ab – ein Mädchen ertrinkt im See. Selbstmord ist ansteckend. Sie finden deine Balkontür weit offen vor, und eine hübsche, kleine Spur führt zum Ufer. Dafür habe ich gesorgt. Und auf deinem Klavier die Noten für dieses wunderbar passende Mahler-Lied über einen toten Geliebten, der nachts aus dem Grab steigt, um seine Liebste zu besuchen ... O ja, irgend jemand wird schon eine Verbindung herstellen. Wen würde es unter diesen Umständen wundern, wenn du schließlich die Nerven ganz verlierst und deinem Leben ein Ende setzt?«

»Warum hast du mich dann nicht gleich ins Wasser geworfen, als du die Gelegenheit dazu hattest?«

Er lachte. »Weil ein paar lästige, betrunkene Hochzeitsgäste auf dem See eine Regatta veranstaltet haben. Sie haben sich einen verdammt unpassenden Moment dafür ausgesucht.«

»Das ist Ansichtssache«, versetzte Maggie bissig.

»Stimmt. Aber sie werden bald genug haben und nach Hause gehen. Keine Angst, morgen wird die Polizei den See nach deiner Leiche absuchen.«

»Und natürlich werden sie sie finden.«

»O ja, sie werden sie finden und den Tod durch Ertrinken feststellen. Und diesmal gibt es keine Verletzung, nicht einmal einen einzigen blauen Fleck. Zu dumm, daß Friedl mich wütend machte, aber daran ist jetzt nichts mehr zu ändern.

Nein, meine Liebe, ich muß dich denen sozusagen auf einem Silbertablett servieren, sonst suchen sie womöglich zu lange und zu gründlich – schließlich bist du nicht irgendwer, sondern Maggie Tressider. Sie könnten auf andere Dinge stoßen, die nicht für ihre Augen bestimmt sind, wenn ich keine Vorsorge treffe. Nein, ich gebe dich ihnen sozusagen gratis.«

Um einen Selbstmord überzeugend vorzutäuschen, überlegte sie wütend, und um sicherzustellen, daß sie auf Anhieb gefunden wurde, mußte er sie in der Nähe des Hotels ins Wasser werfen. Demnach konnten sie nicht weit weg sein. Warum fragte sie ihn nicht direkt danach? Er hatte ihr schon einige prekäre Fragen beantwortet, weil er sich hier in seinem Schlupfloch sicher fühlte. Wenn dieses Warten lange genug dauerte – und es zählte jede Minute –, dann konnten die Informationen, die sie ihm entlockt hatte, für die Polizei sehr nützlich sein.

»Wohin hast du mich gebracht?« Sie sah sich in dem düsteren Raum um, als wäre sie sich erst jetzt ihrer Umgebung bewußt geworden. In der gegenüberliegenden Wand befand sich eine zweite Tür, und es stand zu vermuten, daß dies nur ein Raum von mehreren war. Ein Keller? Bestimmt nicht der Keller im Hotel. Aber weit konnte er sie nicht getragen haben. Der zweite Mann saß schweigend auf der anderen Seite der Lampe – der dunkle Schirm verdeckte seinen Kopf. Ungerührt reinigte und lud er ein Gewehr. Seine Hände waren groß und geschickt.

»Wir sind im Weinkeller der alten Burg. Ursprünglich war hier ein richtiges unterirdisches Labyrinth, aber die meisten anderen Räume sind verschüttet. Wir haben die sichersten als Lager hergerichtet. Eines von vielen. Wir brauchen in allen drei Ländern, die hier aneinandergrenzen, ein sicheres Schlupfloch, in dem Menschen und Waren rasch außer Sicht verschwinden können, falls es brenzlig wird. Nein«, sagte er grinsend, »du brauchst dich nicht nach irgendwelchen Schätzen umzuschauen. Wir haben alles fortgeschafft. Ab heute werden wir diesen Ort nicht mehr benutzen, der Boden wird hier ein bißchen zu heiß.«

»Und du, wo verbringst du dein unbegrabenes Leben? Ich nehme an, du hast auch noch die Identität eines Lebenden?«

»Verschiedene«, beruhigte er sie heiter. »Sogar sehr respektable, und in mehr als einem Staat. Wenn sich eine Grenze für uns schließt, öffnet sich eine andere. Für einen neuen Mann natürlich. Weißt du, Maggie . . .« Sie wartete und musterte ihn unverwandt. Er sah sie abschätzend an wie ein Händler, der einen Kauf in Erwägung zieht. »Eigentlich ist es schade, daß ich nicht beides haben konnte – dich und dies hier. Wer hätte gedacht, daß du so viele Jahre um mich trauerst?«

Sie dachte an die Qualen, die er ihr bereitet hatte, an die Macht, die er über sie gehabt hatte, und plötzlich dämmerte ihr, daß Francis denselben Trugschluß gezogen hatte wie Robin jetzt. Weil sie ein unglückliches Leben geführt hatte, glaubten beide, daß sie ihn geliebt haben mußte, wenn auch erst im Nachhinein, als er nicht mehr war. Sie riß die Augen weit auf und lachte Robin ins Gesicht. Dieser Spott war vielleicht der einzige Luxus, der ihr noch blieb, und bestimmt tat sie sich damit keinen Gefallen, aber sie konnte nicht widerstehen.

»Ich habe um dich getrauert? Weißt du, was du für mich warst? Ein Alptraum, ein Fluch, und das ist alles . . .«

Der Mann mit dem Gewehr rief scharf: »Achtung!« und sprang auf die Füße.

Maggie blieb das Lachen in der Kehle stecken. Sie kauerte sich an die Wand, legte den Kopf zurück und lauschte. Irgendwo da draußen vor der Tür war jemand, sie hörte Schritte auf den Steinen. Robin sah den Hoffnungsschimmer, der in ihren Augen aufglomm, und das Grinsen, das ihr Gelächter aus seinem Gesicht gewischt hatte, war wieder da wie die Reflexion auf Wasser, die nach einem Steinwurf flüchtig zerrissen war. Er stand auf und streckte sich träge.

»Zu schade, meine Liebe, das ist nicht das, was du denkst.«

Sie hatte selbst schon begriffen, daß es nicht Francis sein konnte. Wer auch immer da draußen war, er kannte den Weg zu dem Keller und kam zwar leise näher, schlich sich aber nicht an. Das war nicht der, auf den sie gehofft hatte, sondern jemand, den Robin erwartete.

Der Mann mit der Waffe ging zur Tür und zog die Riegel zurück. Maggie stellte die Füße auf den Boden, erhob sich und zog ihren fleckigen Morgenmantel fester um sich. Wie es schien, war ihre Zeit abgelaufen.

Vier Männer kamen herein und brachten die Kälte der Nacht und den frischen, feuchten Waldgeruch mit sich. Zwei von ihnen waren große, grobknochige Einheimische von der österreichischen oder der deutschen Seite der Grenze. Der dritte war schmächtig, klein und jung und trug einen taillierten Regenmantel mit Gürtel. Der vierte mit dem blutverschmierten Gesicht, der sich kaum auf den Beinen halten konnte und mit einer Waffe bedroht wurde, war Francis.

Maggie gab keinen Ton von sich, aber sein Blick flog zu ihr, als hätte sie laut geschrien, und ließ sie nicht mehr los. Die Verzweiflung und Bestürzung, die in seinen Augen lag, brach ihr das Herz. Und was er in ihrem Gesicht sah, war das Spiegelbild seiner eigenen Qualen. Die ganze Zeit hatte er sich nur mit dem Gedanken getröstet, daß Maggie im Hotel nichts passieren konnte; und ihre einzige Hoffnung war gewesen, daß Francis rechtzeitig die Suche nach ihr in Gang setzen würde. Beide Seifenblasen waren zerplatzt.

Maggie registrierte kaum, daß ihre Chancen drastisch geschwunden waren, sie war nur noch wütend, weil diese Barbaren Francis so zugesetzt hatten. Sie hatte dieses Schicksal vielleicht verdient, aber was hatte er getan? Sie hatte ihn in diese Sache hineingezogen und dazu gebracht, sich allein und ungeschützt mit einer bestens organisierten, skrupellosen Verbrecherbande anzulegen. Und nur weil sie auf eigene Faust hergekommen war, mußten sie jetzt beide sterben. Sie sollte man tot im See finden. Aber Francis ... Bestimmt hatten sie vor, ihn spurlos verschwinden zu lassen. Es war sinnlos, die Augen davor zu verschließen. Offenbar hatten sie ihn irgendwo weit weg von Scheidenau in ihre Gewalt gebracht – aber warum hatten sie ihn hierher transportiert? Natürlich, weil sie beabsichtigten, ihn umzubringen und seine Leiche hier zu verstecken.

Robin und seine Männer unterhielten sich auf Deutsch; Robin stellte Fragen, die anderen antworteten. Sie sprachen so schnell, daß Maggie nicht viel verstand, aber sie konnte sich denken, worum es ging. Irgendwelche Schwierigkeiten? Nein, alles bestens. Es war von einem Auto die Rede – von Francis' Auto? –, das inzwischen auf Klostermanns Hof angekommen sein müßte. Die Männer machten alle einen äußerst zufriedenen Eindruck, als hätten sie gute Arbeit geleistet. Maggie stand unbeachtet von den anderen da und strengte sich an, mehr zu verstehen. Vielleicht gab es ja doch irgend etwas, was ihr neue Hoffnung geben konnte. Wenigstens für einen von ihnen. Für Francis! Aber im Grunde ihres Herzens wußte sie, daß es keine Hilfe mehr gab. Vielleicht noch ein paar Stunden, und all ihre Chancen waren verspielt.

Die Entführer ließen Francis los, sobald sie ihn hereingeschleppt und die Riegel wieder vorgeschoben hatten. Warum auch nicht? Er war verletzt und unbewaffnet, während sie Pistolen hatten. Selbst Robin hielt jetzt eine Pistole, ein kleines schwarzes Ding, das er am Zeigefinger baumeln ließ wie ein Spielzeug.

Einer der Männer sprach von ihr und fragte Robin etwas.

Die drei Neuankömmlinge sahen sie beunruhigt an. Zweifellos hatten sie erwartet, daß sie längst als Leiche im See trieb.

»O Maggie!« erwiderte Robin leichthin und warf ihr einen Blick über die Schulter zu. »Es gab da eine kleine Störung.« Er war wieder ins Englische verfallen – nicht aus Versehen, sondern weil er wollte, daß sie jedes Wort verstand, dessen war sich Maggie bewußt. »Wir müssen sie hierbehalten, bis die Wolgaschiffer dort auf dem See heimgehen und ihren Rausch ausschlafen. Früher oder später müssen sie ja müde werden. Roker ist oben und beobachtet sie und gibt uns Nachricht, wenn die Luft rein ist.« Er drehte sich zu Francis um und nahm die Pistole richtig in die Hand. »Aber den hier können wir ja schon mal nach unten bringen«, sagte er.

Francis wischte sich mit einem Taschentuch seelenruhig das Blut von den Wangen. Sein aschfahles, von Erschöpfung gezeichnetes Gesicht war vollkommen ausdruckslos. Selbst wenn er Maggie für den Bruchteil einer Sekunde anschaute, verrieten seine Augen nicht, was in ihm vorging. In Gegenwart dieser Männer hatte er ihr nichts zu sagen, nicht einmal mit Blicken. Seine Sehnsucht, seine Niedergeschlagenheit und seine Liebe wollte er nicht vor ihren Peinigern zeigen, und keinesfalls wollte er Maggie in ihren letzten Augenblicken damit belasten. Solange er noch eine Karte auszuspielen hatte – und die hatte er –, konnte er auch gleich zur Sache kommen, der Rest konnte unausgesprochen bleiben; Maggie würde ihr Leben nicht unglücklicher beenden, wenn ein Francis Killian ihr seine Liebe nicht eingestand.

»Es gibt etwas, was Sie wissen sollten ... Aylwin«, begann er heiser und unbeholfen. »Ich nehme an, Sie *sind* Aylwin, nicht wahr? Wer sonst? Ihre Jungs haben es nicht bemerkt, aber mir ist heute abend in den Bergen ein Wagen gefolgt. Er war mir schon gestern auf den Fersen, obwohl ich mir da noch nicht ganz sicher war, aber jetzt weiß ich es genau. Bis ich in den Hinterhalt geraten bin, dachte ich, Ihre Bande sei hinter mir her. Bleibt also nur noch eine Möglichkeit: Die Polizei hatte mich unter Beobachtung. Sie waren nicht weit hinter mir, als mich dieser Haufen hier aufgehalten hat. Glauben Sie, die sind blind und taub? Oder meinen Sie, die haben das Handtuch geworfen, gerade als es interessant wurde? Die sind doch jetzt hinter uns her und haben inzwischen sicher Verstärkung organisiert. Denken Sie wirklich, daß Sie hier jemals unbemerkt wieder herauskommen?«

»Ich denke«, sagte Robin mit einem müden Lächeln, »daß Sie ein heldenhafter, aber hoffnungsloser Lügner sind, der den einzigen Bluff anwendet, der ihm noch geblieben ist. Aber um nicht unhöflich zu sein ...« Er wandte sich den drei Männern zu, die das Gespräch mit angehört hatten, und sagte ein paar kurze, knappe Worte in Deutsch. Sie schüttelten vehement die Köpfe und lachten über die Geschichte, die Francis ihnen aufzutischen versuchte. »Sehen Sie? Keine Verfolger, keine Polizei, keine Märchen. Falls Sie beschattet wurden, dann haben meine Jungs die Verfolger auf dem Weg abgeschüttelt. Aber ich glaube eher, daß überhaupt kein Mensch hinter Ihnen her war.«

»Ihr Problem ist«, erwiderte Francis gleichgültig, »daß Sie Ihren Handlangern zuviel zutrauen. Das ist das übliche Verhältnis in Organisationen, die zu groß geworden sind. Der Dodge wird den Hof von Klostermann niemals erreichen. Wenn sie ihn nicht schon in Felsenbach sicherstellen, dann ganz bestimmt noch vor Regenheim. Und für den Fall, daß die Polizei nicht sehen konnte, wo genau mir Ihre Jungs aufgelauert haben, und noch Unsicherheit besteht, daß *Sie* Ihre Finger im Spiel haben, habe ich meine Brieftasche mit all meinen Papieren am Straßenrand deponiert. Unter anderem befindet sich eine ganze Reihe Fotos von *Ihrem* Grab in dieser Brieftasche.«

Zweifel huschte wie ein Schatten über Robins Gesicht, aber sein selbstsicheres Lächeln blieb unbeschadet. Er bellte seinen Handlangern Befehle zu, und die drei hielten Francis fest und drehten seine Taschen um, obwohl sie sich nach wie vor über das, was er ihnen eröffnet hatte, wortreich und hämisch lustig machten. Francis hob die Hände und zuckte ein wenig zusammen, als sie ihn grob abtasteten.

»Keine Brieftasche, kein Paß, kein Führerschein. Glauben Sie, ich bin ohne die Papiere aus dem Haus gegangen und über die Grenze gefahren, Aylwin? Ersparen Sie sich die Mühe, einen Mann hinzuschicken und im Straßengraben zu suchen – die Polizei hat die Sachen längst sichergestellt. Wußten Sie, daß sich auch ein englischer Polizist in Scheidenau aufhält, der mit den örtlichen Behörden zusammenarbeitet? Er ist mir von England gefolgt. Vielleicht war der den ganzen Tag hinter mir. Jedenfalls war er in unserer Nähe, als wir im Bären zu Mittag aßen.«

»Also schön, Sie haben Ihre Brieftasche am Straßenrand gelassen. Was sollte Ihnen das nützen? Jemand wird Ihr Geld ausgeben und den Rest wegschmeißen. Und an den englischen Polizisten glaube ich erst, wenn ich ihn sehe. Was die Leute betrifft, die Sie angeblich beschattet haben –, so wäre Max, der sich um Ihren Mietwagen kümmert, ihnen doch schon nach der nächsten Kurve begegnet und hätte mich längst benachrichtigt.«

»Vielleicht haben sie ihn gleich aufgehalten und verhaftet. Haben Sie daran schon mal gedacht? Ich an Ihrer Stelle würde die Polizei nicht so schnell abschreiben, Aylwin, sie waren da, ganz bestimmt.« Es war sein einziger Rettungsanker, ein ausgesprochen schwacher, aber die Möglichkeit, daß man sie fand, war keine bloße Illusion. Sie waren schließlich wirklich dort auf der Straße in den Bergen gewesen. Gott allein wußte, wo sie sich jetzt herumtrieben, aber vielleicht fanden sie ja den

Weg dorthin, wo sie dringend gebraucht wurden. »Sie haben nicht die geringste Chance, ungesehen von hier zu verschwinden. Warum wollen Sie noch weitere Morde auf Ihr Konto buchen? Möglicherweise kommen Sie mit dem an Friedl durch. Wenn Sie Maggie Tressider auch nur ein Haar krümmen, wird man Sie verfolgen bis ans Ende der Welt.«

Francis verschwendete nur seinen Atem. Aylwin war längst zu weit gegangen, um jetzt noch einen Rückzieher machen zu können, selbst dann nicht, wenn er Francis glaubte. Robin gähnte gelangweilt, lächelte und drehte den Lampenschirm so, daß das Licht in die bis dahin dunkelste Ecke des Kellers fiel. Vor der Wand war ein Erdhaufen zu sehen, und die Fugen von zwei Steinen auf dem Boden waren schwarz wie Bleistiftstriche.

»Hebt sie hoch.«

In der Ecke standen Brecheisen und Spaten. Die beiden stämmigen Kerle warfen gespenstische Schatten an die Wand, als sie sich bückten und mit den Brecheisen die Steinplatten anhoben und nach und nach ein dunkles rechteckiges Loch im Boden freilegten.

Das ist für mich, dachte Francis, nicht für Maggie. Sie hatten gesagt, sie müßten sie hierbehalten, bis die Wolgaschiffer auf dem See heimgegangen sind . . . Schiffer! Jemand verhinderte, daß sie zum See zurückkonnten. *Mitten in der Nacht?* Ein Hoffnungsschimmer erwachte in ihm zum Leben. Die Polizei war vielleicht doch tätig geworden und würde Maggie retten, aber für ihn kam vermutlich jede Hilfe zu spät. Verhandeln kam nicht in Frage – was hätte er ihnen auch anzubieten? Sicherlich nicht sein eigenes Leben, das war schon verwirkt. Er hatte nicht einmal mehr die Mittel, Zeit zu schinden. Wenn er sich zur Wehr setzte, würden Kugeln fliegen, und Aylwin konnte womöglich seine Pläne ändern und seine beiden Gefangenen gleich hier und jetzt kaltmachen und zusammen in dem Loch begraben. Nein, ihm blieb nichts anderes mehr, als auf diese Wolgaschiffer auf dem See zu hoffen und sich selbst ohne Gegenwehr in sein Schicksal zu fügen. Er betete, daß die Polizei nicht eher ruhen würde, bis sie Maggie lebend gefunden hatte.

Robin setzte sich auf die Steinbank und legte lässig ein Bein hoch, spielte mit seiner Pistole und sah seinen Männern bei der Arbeit zu. Ein Job wie jeder andere. Er achtete nicht mehr auf Francis, und Francis war verstummt, nachdem er zu dem Schluß gekommen war, daß er nichts mehr für Maggie tun konnte, außer sich ergeben umbringen zu lassen. Maggie brach das Schweigen.

»Francis!« rief sie.

Nie in seinem Leben hatte er seinen Namen in diesem Ton gehört, eine weiche, zutiefst vertraute Melodie, von einer Stimme vorgetragen, die bis in die hintersten Reihen eines jeden Opernhauses der Welt dringen und das Herz des Zuhörers berühren konnte, als gäbe es niemanden mehr auf Erden als ihn und diese wunderbare Sängerin. Dieser Ton kam aus dem Innersten eines Wesens und erreichte zielsicher das Innerste eines anderen. In diesem Augenblick existierte niemand mehr außer Francis und Maggie. Sie hatte die anderen aus ihrem und aus seinem Bewußtsein gelöscht. Es gab nur noch eines, was sie für Francis tun konnte, und sie tat es, so gut sie konnte.

»Francis, es tut mir leid, daß ich Sie in diese Sache mit hineingezogen habe. Vergeben Sie mir! Aber ich bin unendlich froh, daß ich Sie kennengelernt habe, selbst unter diesen Umständen. Ich danke Ihnen für alles, was Sie für mich getan haben. Ich muß keinen Abschied von Ihnen nehmen. Ich werde Ihnen bald folgen.«

Robin wandte ihr das Gesicht zu und starrte sie an. Die Männer, die sich über das halbgeöffnete Grab beugten, hielten mitten in der Bewegung inne und hörten ihr zu. Plötzlich warf Robin den Kopf zurück wie ein wütendes Pferd und lachte röhrend. Seine Männer schreckten zusammen, als sie sein gehässiges Gelächter hörten, und beeilten sich, den zweiten Stein zu heben. *Ihn* hatte Maggie nie so angesehen, ihn nie mit dieser inneren Wärme angesprochen, die absolute Intimität verriet. Niemals hatte sie dieses strahlende Gesicht zu ihm erhoben und mit dem Blick aus den weit geöffneten Augen so viel Liebe ausgedrückt. Dabei hatte er sich seinerzeit so angestrengt, um ihr seine Liebe formvollendet zu erklären, und sie hatte ihm nicht einmal richtig zugehört! Natürlich hatte er sie nie wirklich geliebt, aber trotzdem hätte sie seinem Charme erliegen müssen.

Die Bodenplatten lehnten an der Wand, und das ganze graue Erdloch, das man schon vorsorglich ausgehoben hatte, war freigelegt. Düsternis, ein karges Licht, Gestalten, die sich über ein offenes Grab beugten ... Maggies Gedanken schweiften von der unerträglichen Gegenwart und einer Zukunft, die nicht mehr für sie existierte, ab. Dies war die Kerkerszene aus *Fidelio*. Aber Leonora hatte wenigstens eine Pistole, während hier alle Waffen auf der Seite der Bösen waren. Sie hatte nichts, womit sie kämpfen konnte, nichts, womit sie sich verteidigen oder ihre Feinde angreifen konnte. *»Ich bin sein Weib!«* Nein, dies war ein *Fidelio* ohne ekstatisches Liebesduett, ohne Triumph der Gerechtigkeit ...

Robin erhob sich und baute sich mit gespreizten Beinen mitten im Raum auf. Maggie sah, wie er mit dem Daumen den Sicherungshebel der Pistole zurückzog. Er achtete nicht auf sie, sondern konzentrierte sich ganz auf das offene Grab. Er mußte sich um seine eigenen Angelegenheiten kümmern, Gefühle hatten da keinen Platz, nicht einmal verletzter Stolz.

»Sie werden nicht allein sein«, sagte er freundlich und musterte Francis aus seinen goldschimmernden Augen. »Sie werden einem Mitinsassen Gesellschaft leisten, einem Landsmann, der ebenfalls zu neugierig war. Der Laufbursche denkt ja immer, er könnte die Geschäfte besser führen als der Boß.«

Er hob langsam die Hand und zielte. Die Totengräber und ihre Kumpane rückten von Francis ab und warteten unbeteiligt darauf, das Grab wieder zuschütten und die Steine an ihren Platz zurücklegen zu können. Der lange Zeigefinger am Abzug krümmte sich ein wenig.

Maggie erwachte aus der Erstarrung, ehe er die Kugel abfeuerte. Nichts, womit sie kämpfen konnte? Aber sie hatte etwas! Sie hatte eine Waffe, die elementarste Waffe, die zwar den Tod nicht abwehren, aber doch wie eine Granate in Robin Aylwins sorgfältig zurechtgelegte Pläne einschlagen konnte. Sie hatte einen Körper, den er unverletzt im See versenken wollte, damit sich ihre Lungen mit Wasser vollsogen. Sie mobilisierte all ihre Kräfte und warf diesen Körper zwischen Francis und den Mann mit der Pistole.

13. Kapitel

Der Schuß löste sich, ein scharfer, peitschender Knall, der sich in Robins Schrei verlor. Maggie kam nach ihrem Sprung mit ausgebreiteten Armen vor Francis zum Stehen und spürte, wie er sie von hinten packte und abfing. Sie spürte keinen Schmerz, keinen Einschuß, nichts. Sie hatte Robins Reaktionsschnelligkeit unterschätzt. Er hatte sofort bei ihrer ersten Bewegung geahnt, was sie beabsichtigte, und methodisch, wie er in allen Dingen vorging, nur seine eigenen Ziele verfolgt. Die Kugel mußte schon fast auf dem Weg gewesen sein, als er seine Hand hochgerissen hatte, um den Schuß nach oben abzulenken. Das Geschoß prallte vom Gewölbe ab und schlug in die Mauer ein. Wenn er sie verfehlt hatte, dann konnte er auch Francis nicht getroffen haben. Sie griff hektisch hinter sich und tastete nach Francis, um sich zu vergewissern, daß ihm nichts passiert war. Wenigstens für einen Augenblick gehörten sie untrennbar zusammen, und sie drängte sich eng an ihn, damit er nicht getötet werden konnte, ohne daß man auch sie tötete. Sein Arm legte sich um ihre Taille und hob sie hoch. Sie spürte seinen Körper und hörte seinen schweren Atem und das gequälte Stöhnen.

Aber sie sah nur Robins Gesicht, und sie würde diesen Anblick nie wieder vergessen, egal wieviel Zeit ihr noch für Erinnerungen blieb. In dem Moment, in dem er die Schußbahn abgelenkt hatte, um das Selbstmordopfer für die Autopsie des Chirurgen und die Ermittlungsbehörde unversehrt zu lassen, erstarrte plötzlich alles an ihm. Sein wacher Verstand arbeitete mit Lichtgeschwindigkeit. Die Kugel pfiff noch kreuz und quer durchs Gewölbe wie eine aufgescheuchte Fledermaus, als ihn das Entsetzen packte, als ihm etwas widerfuhr, was ihn vollkommen vernichtete. In einer grellen Vision sah er das volle Ausmaß dessen, was sie getan hatte, und zum erstenmal in seinem kalten Leben handelte er ohne Berechnung, einfach nur aus blinder Eifersucht. Er hatte sich nie auch nur einen Deut um Maggie geschert, und auch jetzt empfand er nicht das geringste für sie oder für irgendeine andere Frau. Und trotzdem faßte er es als unerträgliche Schmach auf, daß sie, die ihn zurückgewiesen hatte, ihr Leben freiwillig für einen anderen Mann wegwerfen wollte. Wieso erschütterte ihn das derart? Er hatte ein erfolgreiches Leben geführt ohne das geringste Bedürfnis nach Liebe, die ihm nichts bedeutete, und jetzt hatte sich dieses ganze stolze Kartenhaus mit einemmal in ein Häufchen bitterer Asche in seinem Mund verwandelt. Es erschütterte ihn, ja – es erschütterte ihn bis ins Mark. Sie hatte ihn ausgetrickst und seine ganze Lebensleistung mit einem Schlag zerstört. Sie hatte geschafft, was niemandem vor ihr gelungen war – sie hatte Gefühle in ihm geweckt.

Er stieß einen rasenden, schmerzerfüllten Schrei aus, den ihm kein Mensch zugetraut hätte, und vor Maggies Augen zerriß seine hübsche Larve, und zum Vorschein kam etwas erschreckend Häßliches. Glühende, goldene Augen in einer Grimasse des Hasses richteten den Blick, zum erstenmal nicht kühl und unbeteiligt, sondern kochend vor Zorn, auf seine Feinde. Die Bombe, die in ihn eingeschlagen war, hatte auch seine Pläne in tausend Stücke zerfetzt. Das einzige, was jetzt zählte, war Maggie Tressiders Tod. Robin riß die Pistole hoch, zielte und drückte ab.

Sie krallte ihre Hand in Francis' Arm, der sie umschlang, so daß er sie nicht aus der Schußlinie stoßen konnte. Francis blieb nichts anderes übrig, als sie herumzuwirbeln und zwischen sich und die Wand zu bringen.

Die Kugel erwischte ihn an der rechten Schulter – die Stelle war ein bißchen höher als die, wo Maggies Herz gewesen wäre. Die Wucht des Einschlags schleuderte sie beide gegen die Wand. Sie sanken zu Boden, immer noch aneinandergeklammert. Erst als sie auf den kalten, harten Steinfliesen lagen, löste sich Maggie von Francis, der halb auf ihr lag, und nahm ihn angstvoll in die Arme. Warmes Blut spritzte auf den Ärmel ihres Morgenrocks. Sein Kopf lag in ihrer Armbeuge, ein erstauntes Lächeln huschte über sein Gesicht, bevor sich die Konturen verwischten und er das Bewußtsein verlor.

Es fielen keine Schüsse mehr, aber im Gewölbe hallten plötzlich andere, mißtönende Laute wider, die keine Quelle zu haben und ohne Bedeutung zu sein schienen. Francis und Maggie waren allein im Zentrum eines Wirbelwinds, in einem Ruhekegel, den der Schock und der Frieden nach der Erschöpfung geschaffen hatten. Für einen Moment realisierte Maggie nicht einmal, daß Francis getroffen war. Sie hielt ihn nur fest wie eine Trophäe, wie einen Pokal nach einem langen, anstrengenden Rennen.

Allmählich klärten sich ihre Sinne so weit, daß sie das Hämmern an der Tür vernahm – es klang hysterisch und aufgeregt – und das Scheppern, als der Junge im Regenmantel die Riegel zurückzog. Den Mann, der hereinstürmte, die Tür hinter sich zuschlug und hektisch wieder verriegelte, sah sie deutlich und klar. Robin hatte ihn Roker genannt, und er sprach Englisch, höchstwahrscheinlich war er Engländer. Warum auch nicht? Die Bande operierte überall. Wenn die Polizei eine exakte Beschreibung von dem Kerl brauchte, sie konnte sie liefern, und danach würden sie ihn überall auf der Welt finden. Ihr Sehvermögen schien ungewöhnlich scharf zu sein wie in einem Traum, an dem man nur als Beobachter beteiligt ist. Er war ein kleiner, agiler Mann, bei dem sogar ein Schrei hoch wie Flüstern klang; schütteres Haar, nichtssagendes Gesicht, in den Vierzigern, drahtig wie ein Nylonfaden und auch so synthetisch, ein Produkt seines Alters. Er plapperte in abgehackten Sätzen drauflos und schilderte mit leiser, monotoner Stimme eine Situation, die verheerend für seine Kumpane war. Seine Ankunft rückte Maggie und den Mann, den sie in den Armen hielt, ins Vergessen.

»Polizei ... ganze Horden! Ich mußte den Zugang offenhalten, verdammt, *ich mußte*, das habt ihr gewußt! Ich mußte doch jederzeit hier hereinkönnen, und zwar schnell. Es war nicht so sehr der Schuß ... jemand hat geschrien wie ein Verrückter. Woher sollte ich wissen, daß sie so nahe sind? Fragt mich nicht, was sie dazu gebracht hat, hier herumzuschnüffeln ... sie sind einfach da. Dieses Kreischen hat sie angelockt wie durch Radarpeilung, und plötzlich kamen sie von allen Seiten. Keine Frage, die haben gesehen, wo ich eingestiegen bin – sie wissen, wo der Stein ist. Die kann nichts mehr davon abhalten, den Keller zu stürmen. Klar, ich hab' die Tür oben verriegelt. Aber glaubt ihr, daß zwei Türen die lange aufhalten können?«

Robins Stimme übertönte autoritär die allgemeine Aufregung. »Durch die Hintertür, los!« Der erste Druck von außen hatte all seine außer Kontrolle geratenen Bestandteile wieder zu einem kalt funktionierenden Individuum werden lassen. Ohne zu zögern ließ er von seinen Opfern ab und verschwendete keinen Gedanken mehr an sie. Er würde zuviel wertvolle Zeit verlieren, wenn er blieb, um sie ein für allemal zum Schweigen zu bringen, und zudem würde er der Polizei zwei identifizierbare Leichen hinterlassen. Das wären zwei Morde, die man ihm eindeutig nachweisen könnte, wenn er je zur Verantwortung gezogen werden sollte. Für ihn hieß es jetzt: Schnapp dir die Profite, brich alle Brücken hinter dir ab und verschwinde, so schnell es geht. Es gab auch auf anderen Kontinenten Operationsbasen, und die Organisation hatte ihr Geld umsichtigerweise auf der ganzen Welt verstreut.

»Sie müssen den Mercedes im Unterholz gefunden haben, sie kamen aus der Richtung ... Nein, ich sag' euch doch, ich hab' nicht das geringste gesehen, bis dieser Idiot losgebrüllt hat wie ein Wahnsinniger ... Wer, zum Teufel, *war* das? Ich mußte doch den Zugang offenhalten, das wußtet ihr doch. Sie kamen plötzlich von allen Seiten, wie eine Hundemeute auf der Jagd nach einem Hasen ...«

»Schon gut, wir haben kapiert. Macht die Hintertür auf und dann raus hier. Verteilt euch in alle Richtungen. Nächster Treffpunkt: Dornbirn.«

Ein knapper, sachlicher Kommandoton, nicht mehr der Wahnsinnsschrei eines vollkommen Vernichteten. Und die Männer gehorchten ihm in wilder Hast. Die Tür schwang auf, Maggie spürte den kalten Luftzug wie Gischt auf den Wangen. Natürlich hatten sie zur Vorsicht einen zweiten Ausgang aus ihrem Schlupfloch angelegt, und im Kellerlabyrinth einer alten Burg war das wahrscheinlich nicht allzu schwierig gewesen. Wie Gespenster huschten die Männer durch die Tür – der schweigsame Mann, der das Gewehr gereinigt hatte, die beiden großen, grobknochigen Einheimischen, der schmächtige Junge im Regenmantel, der aufgeregte Wachmann, alle verschwanden, und nach wenigen Sekunden waren nur noch ihre immer leiser werdenden Schritte auf Stein zu hören.

Zumindest eine Maxime hielt Robin ein: Er, als Kapitän, verließ als letzter das sinkende Schiff. Er scheuchte seine Leute alle hinaus, ehe er den Schlüssel aus dem Schloß der vorderen Tür nahm, den Raum durchquerte, seinen Männern folgte und die Tür hinter sich zuschlug. Maggie hörte, wie er den Schlüssel auf der anderen Seite im Schloß umdrehte und sich mit langen Schritten davonmachte.

Eine ganze Weile herrschte absolute Stille im Keller, und Maggie war kurz davor zusammenzubrechen. Verzweifelt konzentrierte sie sich darauf, die Hand auf die Wunde an Francis' Schulter zu pressen. Ein pulsierender Strom roten Blutes sickerte ihr durch die Finger. Sie bekam kaum mit, daß der Lärm wieder begann, Schüsse das Schloß der äußeren Tür sprengten, Schritte näher kamen. Erst als das Hämmern an der inneren Kellertür laut wurde, begriff sie, daß die Polizei das erste Hindernis überwunden hatte und nur noch durch diese letzte Tür von ihr getrennt war. Sie ließ Francis vorsichtig los und durchquerte schwankend den Raum, um die Riegel aufzuziehen. Stimmen riefen auf der anderen Seite ihren Namen und stellten Fragen. Sie war beinahe zu müde, die Worte zu verstehen oder eine Antwort zu geben, aber wenn sie jetzt nicht handelte, dann würde Francis sterben. Sie wußte nichts über Erste Hilfe, aber ihr war klar, daß er verblutete, wenn die Wunde nicht bald versorgt wurde.

»Sie sind weg ... es gibt noch einen zweiten Ausgang ...« Jedes Wort kostete sie unendliche Anstrengung, als laste das Gewicht der ganzen Welt auf ihren Schultern. »Er hat die Schlüssel mitgenommen ...«

»Miss Tressider, sind Sie in Ordnung?« Eine englische Stimme, kein Einheimischer, der Englisch sprach. Sie traf das Energiezentrum in ihrem erschöpften Verstand, und sie holte tief Luft. »Ja, mir geht's gut, aber Francis ... er ist schwer verletzt ... ein Schuß ... Beeilen Sie sich, ich fürchte, er verblutet ...«

»Wir kommen. Wir sind so schnell, wie wir können, bei Ihnen. Maggie, ist er weit genug weg von der Tür? Wir müssen wahrscheinlich schießen, um das Schloß aufzubekommen.«

»Ja, er liegt auf der anderen Seite des Raums ... es sind knappe zehn Meter ... links von Ihnen ...«

»Bleiben Sie bei ihm, und ducken Sie sich auf den Boden. Maggie ... Maggie, können Sie mich hören? *Wo ist der Einschuß?*« George Felse kniete auf dem Boden und schrie, so gut es ging, durchs Schlüsselloch, während sich ein erfahrener Polizist fluchend abmühte, die Tür zu öffnen.

»In der rechten Schulter ... eine Arterie ist getroffen, glaube ich ... er blutet sehr stark ...«

»Wissen Sie, wo der Druckpunkt an der Schulter ist?« Er erklärte ihr mit knappen Worten, wie sie die Arterie am Schlüsselbein lokalisieren konnte und auf welche Stelle sie einen Finger pressen mußte. »Sie müssen ständigen Druck ausüben. Vielleicht strengt es Sie an, und Sie werden müde ...«

»Ich werde nicht müde.« Nicht, wenn sie wußte, was sie tun mußte. Diesmal drang ihre Stimme aus größerer Entfernung an Georges Ohr; sie kniete bereits nieder, hob Francis hoch und lehnte seinen Oberkörper an die Wand, um ihm das Hemd zu öffnen und nach der Wunde zu tasten, durch die vor ihren Augen das Leben aus seinem Körper strömte. *»Machen Sie schnell ...«*

»Gutes Mädchen, wir sind gleich da und helfen Ihnen ...«

Aber die Tür war stabil wie das Tor einer Festung.

Als der Mercedes im Unterholz versteckt auf der Bregenzer Seite des Schloßhügels entdeckt wurde, ging Oberkofler kein Risiko mehr ein. Er umzingelte den Schloßhügel mit einem Kordon bewaffneter Männer und ließ sie das Gelände methodisch in immer enger werdenden Kreisen durchkämmen bis hin zu den verfallenen Ruinen. Die Polizisten auf der Scheidenauer Seite hatten seit der Entdeckung des Wagens nichts Außergewöhnliches gesehen oder gehört und führten ihre Befehle mit angemessenem Eifer aus. Sie ahnten nichts Böses, während ihre Kollegen von der Bregenzer Seite bereits in voller Aktion waren, den Zugang zu den Kellerräumen stürmten und die erste Tür aufbrachen. Aber wenige Minuten später hatten sie alle Hände voll zu tun.

Die schartigen, mit Unkraut und Gras überwucherten Mauerreste, die einstmals eine Bastion gewesen waren und jetzt keine zwei Meter mehr hoch waren, erhoben sich vor ihnen auf dem sanften Hügel. Plötzlich schwang sich an einer niedrigen Stelle eine männliche Gestalt über die Mauer, brach durch das Gestrüpp und rannte auf den Wald zu. Gleich hinter ihm kam ein anderer und noch einer.

Die Polizei nahm die Verfolgung auf. Die erste lautstarke Aufforderung stehenzubleiben veranlaßte den ersten Flüchtigen, nach rechts in Richtung See auszubrechen. Dort wurde er von anderen Polizisten in Empfang genommen, Widerstand war zwecklos. Die anderen finsteren Gestalten waren gewarnt, rannten nach allen Seiten und eröffneten das Feuer. Die Polizisten überwältigten die Gauner, wenn möglich unverletzt, und schossen zurück, wo es sich nicht vermeiden ließ. Fünf waren es, vier hatten sie gefaßt, der fünfte drückte sich an die Mauer, als die Schießerei begann. Er war bemerkenswert flink und entschlußfreudig. Die Kugel, die er dem nächststehenden Polizisten in den Oberarm jagte, hätte Schlimmeres angerichtet, wenn der Schütze mehr Zeit zum Zielen gehabt hätte. Der Polizist feuerte fast im selben Moment zurück und sah, wie sein Gegner hintenüber in die Büsche fiel. Doch niemand wußte, ob er getroffen war oder nur das Gleichgewicht verloren hatte.

Sobald sie die anderen vier sicher in ihrem Gewahrsam hatten, suchten die Polizisten nach dem fünften, aber er war weg. Durch die Maschen konnte er ihnen nicht geschlüpft sein, dessen waren sich alle sicher, also mußte er sich in dasselbe Loch verkrochen haben, aus dem die fünf gekommen waren.

Sie brauchten eine Weile, bis sie die Mauerlücke und die

Steintreppe, die zu einer verschlossenen Tür führten, hinter den wilden Ranken und Zweigen entdeckten.

Er lag, noch mit dem Schlüssel in der Hand, auf dem Boden und spürte, wie ihn die Wogen der Schwäche überrollten und sich wieder zurückzogen. Er blutete. Hier hörte er nur ganz schwach die Schüsse von draußen, und er hatte keine Ahnung, wie lange der Schußwechsel dauerte, aber er wußte, daß seine Männer keine Chance hatten. Und er war genauso verloren wie sie, obwohl er sich einem anderen Feind ergeben mußte. Der ganze Hügel war von Gesetzeshütern umstellt, die auf sie warteten. Hier unten, mitten in den Felsen, erwartete ihn . . .

Wie hatte das passieren können – so unerwartet und so ausweglos?

Plötzlich stand ihm nicht mehr die ganze Welt offen, es gab keine Operationsbasen auf anderen Kontinenten mehr für ihn, und Europa zerbröckelte unter seinen Füßen. Das geschickt aufgebaute Imperium, das bis jetzt allen Widrigkeiten getrotzt hatte, war in nur einer Nacht zusammengebrochen.

Und das alles nur ihretwegen. *Sie* hatte ihm das angetan.

Er konnte nicht genau feststellen, wo die Kugel saß, er wußte nur, daß er hoch oben in der Brust getroffen, daß möglicherweise der Lungenflügel verletzt war. Hellrotes Blut lief ihm aus dem Mund und tropfte auf seine Hand. Er fühlte, wie sich die Welt unwiderruflich von ihm zurückzog, und mit einemmal war da dieser erst zaghafte, dann immer stärker werdende Schmerz, der ihn erfüllte, bis er in Form von Blut über seine Lippen sprudelte.

Sein ganzes Leben war einzig auf seinen Vorteil und sein Wohlbefinden ausgerichtet gewesen, immer hatte er seine Mitmenschen für seine Zwecke ausgenutzt und fallengelassen, wenn er sie nicht mehr brauchte; jetzt, da in diesem Chaos alles auf einen letzten, kleinen, aber süßen Genuß hinauslief, konnte er es sich leisten, bis zum Schluß konsequent zu sein und sich selbst auch als entbehrlich einstufen. Jedenfalls war er vollkommen kraftlos und zu nichts mehr zu gebrauchen. Er wußte, er hatte nicht mehr lange zu leben, doch zumindest blieb ihm noch genügend Zeit, die Frau zu töten, die ihn vernichtet hatte.

Mit letzter Kraft schleppte er sich durch den langen Gang, der ihn von Maggie Tressider trennte.

Maggie, die auf dem kalten Steinboden neben dem offenen Grab kauerte, Francis in den Armen hielt und mit dem Daumen fest auf die Mulde unter seinem Schlüsselbein drückte, hörte, daß jemand unbeholfen versuchte, den Schlüssel in das Schloß der Hintertür zu stecken. Sie drehte den Kopf wie im Traum und beobachtete ungläubig, wie die Tür aufging, ohne daß ein Mensch zu sehen war. Nichts war mehr real, außer Francis und der Notwendigkeit, den Daumen auf sein Fleisch zu pressen, um den schrecklichen Blutstrom zurückzuhalten. Sie rührte sich nicht, nicht einmal, als sie den Blick von der Stelle wandte, an der normalerweise ein Gesicht hätte sein müssen, und als sie die Kreatur sah, die ausgestreckt auf der Schwelle lag, rot und schwarz, und nichts mehr mit einem menschlichen Wesen gemein hatte, abgesehen von den runden grünlich goldenen Augen in einem eingefallenen Gesicht. Das Wesen starrte sie unerbittlich an und hielt die Pistole in der rechten Hand.

Sie erhob die Stimme, nicht aus Panik, sondern weil sie sich den Männern, die seit einiger Zeit versuchten, das Türschloß aufzubrechen, verständlich machen wollte. »Er kommt zurück!« rief sie.

Jemand draußen fluchte fürchterlich. Die Tür zitterte. George Felse brüllte: »Um Gottes willen, versuchen Sie's mit dem Gewehr ...«

»Er will mich umbringen«, rief Maggie klar und gelassen. Sie sah es seinem Gesicht an. Sie beobachtete Robin, wiegte Francis in den Armen und hielt den Blutstrom zurück.

Vor der Tür herrschte die hellste Aufregung. Das massive Holz bebte und knirschte, aber es hielt allen Anstrengungen stand, dann zersplitterte der erste Schuß – abgefeuert aus einer größeren Waffe als einer Pistole – eines der dicken Bretter und schlug in den Boden ein. Das Schloß blieb intakt. Nach dem Knall war es im Keller ungewöhnlich still. Es gab zwei verschiedene Welten. Maggie klammerte die, die nutzlos für sie war, aus ihren Gedanken aus und verfolgte regungslos mit Blicken die Bemühungen der Kreatur auf der Schwelle.

Die goldenen Augen waren unverwandt auf sie gerichtet. Die linke Hand tastete mühsam und mit einer Geduld, die, wie ihr jetzt klar wurde, nicht den Engeln, sondern den Teufeln zu eigen war, nach oben, bis sie die Türklinke zu fassen bekam und sich festhalten konnte. Mit der rechten Hand, die umsichtig die Pistole, den letzten Schatz, der ihm geblieben war, umklammerte, stemmte sich Robin verbissen auf die Knie. Dann bewegte er langsam und mit benommener Konzentration die Hand zum Türrahmen, stemmte sie mit eisernem Willen so dagegen, daß sie mit dem Holz zu verschmelzen schien. Nichts mehr in ihm war noch am Leben, nur dieser tiefsitzende, geheime Funken Haß loderte noch.

Mit unendlichen Mühen stellte er einen Fuß flach auf den Boden, und schwitzend vor Schmerz und Qual zog er sich hoch. Es gelang ihm nicht. Ohne die brennende Entschlossenheit, die umzubringen, die ihn getötet hatte, wäre er längst umgefallen, liegengeblieben und gestorben. Langsam, Zentimeter für Zentimeter, richtete er sich auf und trat sogar einen Schritt von der Wand weg.

Maggie legte Francis sanft auf den Boden und drehte ihn behutsam mit dem Gesicht nach unten, so daß die Wunde nicht so stark blutete. Dann stand sie auf, stieg über ihn hinweg und schob sich zwischen ihn und ihren Feind. Bei dieser letzten Begegnung mußte sie sich Robin als ebenbürtige Gegnerin stellen. Alles hatte mit ihm und ihr begonnen, und so würde es auch enden.

Keiner von beiden hörte das Knirschen des Metalls, den Gewehrschuß, die Menschen, die sich gegen die Tür warfen. Niemand existierte mehr auf dieser Welt außer Maggie, aufrecht und reglos in der Mitte des Kellers, und Robin Aylwin, der in seiner Agonie auf sie zukam, bis er sie beinahe berühren konnte. Zitternd hob er die Pistole, die bleischwer in seiner Hand lag, bis der Lauf auf Maggies Herz zielte – zweimal sank seine Hand herab, zweimal zwang er sie wieder in die richtige Position, in die gleiche Höhe wie ihr Herz.

Gestochen scharf sah sie den gekrümmten Finger am Abzug, sah wie Robin darum kämpfte, genügend Kräfte zu mobilisieren, um abzudrücken und ihrem Leben ein Ende zu machen. Eine Ewigkeit verging, der Lauf bebte, neigte sich, sackte herunter, kam wieder hoch und zitterte noch mehr, beruhigte sich und zielte gierig auf ihre Brust.

Abrupt verlosch der letzte Funke. Die Waffe und die Hand, die sie hielt, schwankten und versanken in der Dunkelheit. Robin kippte vornüber und blieb vor Maggies Füßen liegen. Hellrotes Blut spritzte aus seinem Mund auf ihre weißen Schuhe. Die Hand mit der Pistole war unter ihm begraben.

Das Türschloß gab nach, und Polizisten strömten in den Keller. Sie sahen Maggie wie eine Statue aus Eis und Blut mitten im Raum stehen, ihr Gesicht war weiß wie die Streifen ihres Morgenrocks. Auf der Brust, am Ärmel und auf den Schuhen war Blut, und ihr Feind lag vornübergeneigt wie in stiller Verehrung vor ihr, seine Lippen waren gekräuselt, als wollte er ihr die Füße küssen. George Felse legte den Arm um sie, und sie brach mit einem langen, unglücklichen Seufzer zusammen. Er hob sie hoch und trug sie weg, hinaus in die frische Luft und in die klare Nacht, in der es keine Feinde mehr gab. Die anderen kümmerten sich kompetent um Francis Killian und versorgten notdürftig seine Wunde, bis der Krankenwagen eintraf, um ihn ins Krankenhaus nach Bregenz zu bringen, wo er mit neuem Blut vollgepumpt und seine Wunde geschlossen und verbunden werden würde. Aber Maggie brauchte kein Krankenhaus. George Felse dachte wie immer, wenn er hilflos war, als erstes an Bunty. Er steuerte das nächststehende Auto an und übernahm ohne Bedenken das Kommando, rief einen Polizisten herbei und befahl ihm, sich ans Steuer zu setzen. Auf der Fahrt nach Scheidenau hielt er Maggie im Arm wie die Tochter, die er und Bunty nie gehabt hatten, und versprach ihr die Welt und auch Francis. Er ließ sie keinen Augenblick los, bis er sie Bunty im Goldenen Hirschen übergeben konnte.

Erst am späten Nachmittag konnte er seinen Fall vorläufig abschließen. Sie hatten den vor Jahren verscharrten Leichnam aus dem Kellergrab geborgen – fast schon ein Skelett, nackt, jung, männlich –, der Laufbursche, der geglaubt hatte, die Geschäfte besser führen zu können als der Boß. Maggie würde ihre Aussage später machen. Vorerst war sie noch zu schwach und erholungsbedürftig. Unter Buntys Pflege erwachten allmählich ihre Lebensgeister, und die Nachrichten aus dem Bregenzer Krankenhaus beschleunigten den Genesungsprozeß, aber noch fehlte ihr die Kraft für eine Befragung. Anhand des Knochenbaus und hauptsächlich der Zähne konnte der Leichnam aus dem Keller zweifelsfrei identifiziert werden – es war Peter Bromwich, der Kunststudent aus Comerbourne.

Das und die Festnahme von vier Mitgliedern der internationalen Verbrecherbande, die in diesem Winkel von Europa so lange ihr Unwesen getrieben hatte, machten die nächtliche Belagerung des Scheidenauer Schloßberges zur äußerst erfolgreichen Operation. Und drei der vier Verhafteten zeigten zudem Bereitschaft zu reden, um das Strafmaß für sich selbst zu mildern, und möglicherweise konnte nach ihren Angaben noch ein halbes Dutzend andere Ganoven dingfest gemacht werden.

Ihr Herr und Meister, Robert Aylwin, der frühere Cellist in Freddys Zirkus, war ebenfalls ins Bregenzer Krankenhaus transportiert worden, und die Ärzte hatten »Exitus bei Einlieferung« diagnostiziert und einen Totenschein ausgestellt.

14. Kapitel

»Ich verstehe«, sagte Maggie und klimperte geistesabwesend auf den Tasten des Klaviers, »daß er mich, nach allem, was passiert ist, nicht sehen will. Was habe ich je für ihn getan? Ich habe ihn nur benutzt und ihn gegen seinen ernsten Rat in diesen ... Horror mit hineingezogen, und beinahe hätte ich auch noch seinen Tod verschuldet. Ich kann es ihm nicht verübeln, wenn er mich nie wiedersehen will. Ich habe kein Recht, ihm meine Gegenwart aufzuzwingen. Sind Sie wirklich sicher, daß es ihm gutgeht?«

»Es geht ihm prima.« Bunty stand am Fenster und sah auf den ruhigen See hinaus, der im hellen, aber sonnenlosen Mittagslicht silbrig schimmerte. Neun Tage waren seit Helmuts nächtlichem Fest auf dem Wasser vergangen, und der Herbst hatte sich klar und friedlich über Scheidenau ausgebreitet. »Sie würden ihn ja nicht schon übermorgen entlassen, wenn sein Zustand nicht zufriedenstellend wäre, besonders nicht nach all der Aufregung mit den vielen Reportern. Drei Liter Blut haben sie in Francis hineingepumpt, das würden sie nicht so ohne weiteres verschwenden, da können Sie ganz sicher sein.«

»Bunty, ich habe Ihnen soviel zu verdanken, Ihnen und George. *Bunty, bitte helfen Sie mir!*«

»Habe ich je gesagt«, fragte Bunty, »daß er Sie nicht sehen will? Ich habe nur erzählt, daß er *behauptet*, er wolle Sie nicht sehen. Genaugenommen ließ ich ihn in dem Glauben, daß Sie morgen mit mir und George nach Hause fahren. Das heißt, daß er übermorgen, wenn er das Krankenhaus verläßt, ganz auf sich allein gestellt ist, genau wie er es sich, so behauptet er jedenfalls, wünscht. Er hat bereits ein Taxi bestellt, das ihn zum Weißen Kreuz fahren soll. Der größte Teil seiner Sachen befindet sich noch dort. Er wird eine Nacht im Hotel verbringen und dann seine Abreise organisieren. Er denkt, er ist uns alle los. *Sie auch.*«

»Bunty, könnten Sie für mich herausfinden, wann er ankommt?«

»Das weiß ich schon. Er hat das Taxi für zehn Uhr morgens bestellt. *Maggie, sind Sie absolut sicher, daß Sie wissen, was Sie wollen?*«

»Ja, ganz sicher. Hundertprozentig sicher. O Bunty, beten Sie für mich!«

»Wir beide tun das. Wir beten für Sie und Francis.«

»Ihr Taxi ist da«, meldeten sie ihm und verabschiedeten sich warmherzig und feierlich von ihrem prominentesten Patienten der letzten zehn Tage. Wann würde das Krankenhaus je wieder eine solche Sensation erleben? Er packte seine wenigen Sachen in die Reisetasche, die George Felse ihm zusammen mit einem aufgebügelten Anzug, einem sauberen Hemd und frischer Unterwäsche aus Scheidenau gebracht hatte. Die zerrissenen Kleider, die er bei seiner Einlieferung angehabt hatte, hatte man ihm ausgezogen und gleich verbrannt. In Begleitung einer fröhlich plaudernden Krankenschwester ging er hinunter und holte seine Brieftasche und die Entlassungspapiere sowie eine Nachricht, die ihm Bunty und George Felse hinterlassen hatten, am Empfang ab. Die Felses wünschten ihm viel Glück und hofften, ihn nach seiner Rückkehr in England wiederzusehen. Ja, vielleicht. Nette Leute. Sie hatten ihn ein paarmal besucht und ihn über Maggies Zustand auf dem laufenden gehalten. Kein Wort von Maggie – natürlich. Genau das hatte er beabsichtigt, oder etwa nicht?

Das war's dann also. Sie hatte seinen Wunsch, in Ruhe gelassen zu werden, respektiert, vielleicht war sie ihm sogar dankbar, daß er ihr die Entscheidung und das klärende Gespräch erspart hatte. Kehren Sie zurück in Ihre eigene Welt, Miss Tressider – und ich werde versuchen, mich in meiner wieder zurechtzufinden. Ab und zu werde ich Sie sehen, von weitem, und mich im Hintergrund halten. Ich werde Ihre Stimme im Radio hören und dankbar dafür sein, aber mehr Rechte an Ihnen werde ich nie haben und auch nie erwarten.

Er trat in die kühle Herbstluft und schauderte. Er fühlte sich leicht und leer und hatte kein Ziel vor Augen. Die Welt war riesengroß, aber ohne jeden Anreiz. Er schaute die Straße hinauf und hinunter und suchte nach dem Taxi.

Vor dem Eingang stand nur ein Wagen, aber das war kein Taxi. Es war ein älterer, hellbrauner Dodge, und ein Mädchen saß am Steuer.

Sie stieg nicht aus, als sie ihn sah, sie beugte sich zur Seite, öffnete ihm die Beifahrertür und wartete darauf, daß er einstieg. Ihr Haar war zu zwei Zöpfen geflochten und auf dem Kopf festgesteckt. Die Haarfarbe paßte zum Eichenlaub im Frühling und im Herbst. Sie war blaß, strahlte aber. Ihr Gesicht wirkte entspannter und ruhiger, als er es je gesehen hatte, und ihre enzianblauen Augen schienen nicht mehr in die Ferne zu schauen, um mysteriöse und unheilvolle Dinge zu entdecken, die nicht zu sehen waren. Im Gegenteil – ihr Blick war sehr resolut auf ihn gerichtet.

»Ich habe den Taxichauffeur bezahlt und weggeschickt«, sagte sie. »Das macht Ihnen doch nichts aus, oder? Ich fahre Sie nach Scheidenau.«

Es blieb ihm nichts anderes übrig als einzusteigen. »Ich dachte, Sie sind bereits nach England abgereist«, sagte er und beugte sich beinahe geziert nach hinten, um seine Tasche auf den Rücksitz zu stellen.

»Nein, noch nicht.« Sie startete den Motor und fädelte sich vorsichtig, weil sie den Wagen nicht gewöhnt war, in den Verkehr ein. »Ich habe auf Sie gewartet.«

»Das ist sehr freundlich, aber Sie hätten Ihre Abreise nicht meinetwegen verschieben sollen.«

»Um ehrlich zu sein«, erwiderte sie, »ich habe sie meinetwegen aufgeschoben. Haben Sie wirklich geglaubt, ich könnte wegfahren und Sie, nach allem, was wir gemeinsam durchgemacht haben, allein hier zurücklassen?«

»Warum nicht? Sie haben schon mehr als genug für mich getan. Sie wußten, daß ich sehr gut versorgt und auf dem Weg der Besserung war. Und Sie sehnen sich bestimmt danach, nach Hause zu kommen und Ihre Arbeit wieder aufzunehmen. Wie ich sehe«, setzte er hinzu, um das Thema zu wechseln, »hat man den Dodge rechtzeitig gefunden.«

»Auf dem Hof vom Steinmetz in Regenheim. Außerdem haben sie dort noch beträchtliche Mengen Schmuggelware und gestohlene Gegenstände sichergestellt, die keiner mehr rechtzeitig beiseite schaffen konnte. Ich habe die Polizei gebeten, mir den Wagen zu überlassen, nachdem die Untersuchung abgeschlossen war. Ich dachte, Sie freuen sich, ihn wiederzuhaben.«

»Es wäre bestimmt kein großer Spaß gewesen, ihn ersetzen zu müssen. Sehr umsichtig von Ihnen, mich in diesem Punkt zu beruhigen.«

Alles lief auf Respekt, Höflichkeit und Dankbarkeit hinaus, das war nicht zu überhören, auch wenn beide die unterschwellige Anspannung nicht ganz verbergen konnten. Maggie wartete, bis sie die Stadt hinter sich gelassen hatten und auf der gewundenen Landstraße waren. Dann warf sie ihm einen langen, abschätzenden Blick zu.

»Sie sind eine gute Fahrerin«, lobte er sie. »Ich habe Sie nie zuvor am Steuer gesehen.«

»Dazu werden Sie noch genügend Gelegenheit haben. Ich bringe Sie zurück nach Zürich, wenn Sie in Scheidenau alles geregelt haben.«

»Maggie . . . hören Sie . . .«

»Keine Widerrede. Mit der verletzten Schulter sollten Sie bestimmt keine langen Strecken fahren. Aber wir könnten natürlich auch noch ein oder zwei Wochen in Scheidenau bleiben, wenn Ihnen das lieber ist. Vielleicht wäre das das beste.«

»Maggie, hören Sie. Sie hätten das nicht tun sollen. Ich darf Sie nicht . . .«

»Sie können mich nicht davon abhalten«, unterbrach sie ihn sanft und wandte sich ihm lächelnd zu. Sie mußte sehr vorsichtig sein, dessen war sie sich inzwischen bewußt, denn er war immer noch ziemlich mitgenommen. Sie spürte, wie er sich anspannte und innerlich gegen neuerlichen Schmerz wappnete. Er hatte die Stirn gerunzelt, und seine Augen wirkten trüb und traurig.

»O nein!« sagte er und schüttelte entschieden den Kopf. »Kommt nicht in Frage. Ich kenne Sie inzwischen. Sie haben einmal den Anfang einer Liebe erlebt, wie Sie dachten, ohne es zu merken, bis es zu spät war. Danach mußten Sie jahrelang leiden und für das bezahlen, was Sie als eine schwere Schuld ansahen. Jetzt haben Sie tödliche Angst davor, denselben Irrtum noch einmal zu begehen; nur um das zu vermeiden, treten Sie die Flucht nach vorn an. Aber nicht mit mir! Wenn Sie schon nicht vernünftig genug sind, um das nicht zuzulassen, dann muß ich es sein. Sie lieben mich nicht, Sie fühlen sich nur für mich verantwortlich. Sie schulden mir nichts, und ich nehme nichts von Ihnen an. Fahren Sie heim, Mädchen, singen Sie, seien Sie erfolgreich und glücklich . . . jetzt wird Ihnen das möglich sein.«

»Das hängt von Ihnen ab«, erwiderte sie ruhig. »Genau das

möchte ich Ihnen ja klarmachen.« Sie fuhren durch noch grüne, hügelige Bergwiesen, die von schwarzblauen Fichtenwäldern gesäumt waren. Maggie lenkte den Wagen an den Straßenrand und blieb stehen, dann wandte sie ihm ihr blasses, tiefernstes Gesicht zu.

»Francis, diesmal mache ich keinen Fehler, und ich lasse auch nicht zu, daß du einen machst. Ich habe noch nie zuvor jemanden geliebt – vielleicht konnte ich das seinetwegen nicht. Aber jetzt liebe ich, und wenn du meine Liebe zurückweist, habe ich alles verloren. Vielleicht willst du mich nicht, damit könnte ich mich abfinden, aber ich werde dich nicht in Ruhe lassen, bis ich genau weiß, warum du mich wirklich wegschickst. Wenn du mich nicht liebst, dann sag es mir, und ich werde dich nie mehr belästigen. Nur mach mir, um Himmels willen, nicht vor, daß du nichts für mich empfindest, wenn du es doch tust, denn das wäre nicht großmütig, sondern verdammt unehrlich. Und ich hätte genau wie du den Rest meines Lebens damit zu kämpfen. Aber wenn du mich liebst, dann gewöhne dich lieber rasch daran, daß ich da bin, weil ich dann in Zukunft immer da sein werde.«

Er öffnete den Mund, um etwas zu antworten, aber sie hatte bereits alles gesagt. Sie hatte alle Ausflüchte vorausgesehen und ihm die Möglichkeit genommen, sie zu belügen. Noch vor einer Minute war er überzeugt gewesen, ihr Theater vorspielen zu können und Erfolg damit zu haben. Wie konnte er weiterleben, wenn er befürchten mußte, daß sie recht hatte? Sie in ihre Welt und zu ihresgleichen zurückzuschicken wäre vielleicht für ihn erträglich, wenn er sicher sein könnte, daß sie dort glücklich war. Doch was, wenn sich das Unglaubliche doch als wahr erwies, und nicht sie, sondern er sich etwas vormachte?

Er fing an zu zittern und schwitzte, war hin- und hergerissen zwischen verrückter Hoffnung und schrecklicher Angst –

diesem Wechselbad war er noch nicht gewachsen, ihm fehlte die Kraft dazu. Er wandte widerwillig den Blick von ihrem Gesicht ab, preßte die Hände an die Wangen, um die falschen Worte zurückzuhalten, bis ihm die richtigen einfielen. Es gab Hürden, die selbst die Liebe nicht ohne Sturz überwinden konnte; nur die Hartnäckigkeit, die die grauenvollen Erlebnisse der letzten Zeit in Maggie geweckt hatten, konnte sie dazu verleiten, es mit diesen Hürden aufnehmen zu wollen. Aber sobald die Erinnerung an die Vorfälle verblaßte, würde sie es bereuen, den Sprung gewagt zu haben. Sie war eine vernünftige Person, sie würde ihm zuhören und einsehen, daß er recht hatte. Und er brauchte nicht zu Lügen Zuflucht zu nehmen.

»Maggie«, begann er schwerfällig, »hast du dir das wirklich gründlich überlegt? Du weißt, wer du bist und was du bist – wer sollte das besser wissen als du? Du bist in der ganzen Welt berühmt und auf dem besten Wege, noch größer zu werden ...«

»Unter den richtigen Umständen wäre das möglich«, gestand sie ihm gelassen zu.

»Und ich bin dieser richtige Umstand? Wach auf, Mädchen, um Gottes willen! Ich muß dir keine Einzelheiten über mich erzählen, und ich habe auch nicht die Absicht, das zu tun. Tu nicht so, als könntest du mich nicht richtig einschätzen.«

»Das kann ich wahrscheinlich besser als du«, gab sie schneidend zurück.

»Also gut, meinetwegen. Aber du weißt sehr gut, was ich meine. Du gehörst in eine Welt, die ich nicht kenne, zu Leuten, mit denen ich nichts gemeinsam habe, außer vielleicht die Liebe zur Musik. Doch das allein bringt mich nicht weit. In deinem aufregenden, bedeutsamen Leben ist kein Platz für ein nutzloses Anhängsel. Wir beide wissen sehr gut, wovon ich spreche. Glaubst du, eine solche Ehe könnte leicht werden?«

»Gut«, sagte sie nach langem Schweigen und sah ihn aus großen, wachsamen Augen an, »ich weiß, wovon du sprichst, und nein, es wird nicht leicht. Hast du je gehört, daß eine Ehe leicht ist? Aber diese könnte komplizierter werden als die meisten anderen, darüber bin ich mir im klaren. Und sehr viel ernster. Ich beschönige nichts. Ich kenne die Antworten nicht, die müssen wir gemeinsam ergründen. Ich weise dich nur darauf hin, daß es keine Alternative für uns gibt. Unsere Beziehung mag schwierig werden, aber eine Trennung wäre unmöglich. Wir haben soviel zusammen durchgemacht und wissen soviel voneinander – was können uns deiner Meinung nach die üblichen Reibereien noch anhaben? Meinst du, daß sich zwei Menschen so nahekommen können wie wir und es schaffen, sich voneinander loszureißen, ohne zu verbluten?«

Er wußte nicht, ob sie dieses Argument zufällig oder mit Bedacht angeführt hatte, aber sobald sie es ausgesprochen hatte, erkannte er die unwiderlegbare Wahrheit in ihren Worten und dankte Gott dafür, denn es war ihm unerträglich, ihr noch länger zu widerstehen. Was auch immer die Zukunft bringen mochte, sie waren so zusammengewachsen, daß eine gewaltsame Trennung ihnen den inneren Tod vor dem eigentlichen Tod gebracht hätte.

Ob sie ihn überzeugt hatte, oder ob er vor seinen eigenen Gefühlen und der quälenden Sehnsucht kapitulierte, war beiden nicht bewußt, als sie plötzlich in seinen Armen lag. Ihnen blieb keine andere Wahl, als sich ihre eigenen Gesetze zu schaffen, nachdem sie sich beide so weit aus dem Bereich geltender Gesetzmäßigkeiten entfernt hatten. Möglicherweise hätte Maggie nie einen anderen Mann aus den üblichen gesellschaftlich anerkannten Gründen heiraten können, und vielleicht stellte sich ja doch heraus, daß er genau der war, den sie sich wünschte und ein Leben lang an ihrer Seite haben wollte. Bitte, lieber Gott, dachte er, hilf uns, wir können es beide brauchen. Aber als er sie küßte, lösten sich all seine Bedenken in Nichts auf wie der Nebel über dem Bodensee. Nichts als Dankbarkeit und tiefempfundene Freude hatten noch Platz in seinem Herzen.

Nach einer Weile lösten sie sich ernst aus der Umarmung und fuhren schweigend und benommen nach Scheidenau.

Anhang

»Wo die schönen Trompeten blasen«

aus: *Des Knaben Wunderhorn*, vertont von Gustav Mahler

»Wer ist denn draußen und wer klopfet an.
Der mich so leise, so leise wecken kann?

Das ist der Herzallerliebste dein,
Steh auf und laß mich zu dir ein.
Was soll ich hier nur länger stehn?
Ich seh' die Morgenröt' aufgehn.
Die Morgenröt', zwei helle Sterne.
Bei meinem Schatz, da wär' ich gerne,
Bei meiner Herzallerliebsten.

Das Mädchen stand auf und ließ ihn ein,
Sie hieß ihn auch willkommen sein.
Willkommen, lieber Knabe mein,
So lang hast du gestanden.
Sie reicht' ihm auch die schneeweiße Hand.
Von ferne sang die Nachtigall.
Das Mädchen fing zu weinen an.

Ach weine nicht, du Liebste mein,
Ach weine nicht, du Liebste mein,
Aufs Jahr sollst du mein eigen sein;
Mein eigen sollst du werden gewiß,
Wie's keine sonst auf Erden ist.
O Lieb, auf grüner Erden . . .

Ich zieh' in Krieg, drüben in der grünen Heid.
Die grüne Heid, die ist so weit.
Dort, wo die schönen Trompeten blasen,
Dort ist mein Haus, mein Haus auf grünem Rasen.«